Roger Metzener

I0654976

Christina ou Métamorphose

Éditions Dédicaces

CHRISTINA OU MÉTAMORPHOSE,
par ROGER METZENER

ÉDITIONS DÉDICACES INC.
675, rue Frédéric Chopin
Montréal (Québec) H1L 6S9
Canada

www.dedicaces.ca | www.dedicaces.info
Courriel : info@dedicaces.ca

Roger Metzener

Christina ou Métamorphose

Prologue

La chaleur étouffante et la moiteur de l'air saturé d'humidité imprégnaient les rudimentaires vêtements de cuir et les rendaient inconfortables. Immobile mais l'esprit aux aguets, Loki attendait. Soudain, l'astre de la nuit s'échappa de l'étreinte d'un nuage et, malgré la pénombre, l'espace d'un instant, le guerrier crut voir le pelage tacheté du fauve se faufiler dans les sous-bois. Loki porta machinalement sa main à sa ceinture pour sentir le manche rassurant de son poignard. C'est alors qu'il réalisa toute l'ampleur de son dénuement. Jamais le conseil des anciens ne lui avait confié une mission si risquée. Pourtant, les ordres étaient clairs et formels. Cette nuit de pleine lune, Loki et son ami Aroun, les deux meilleurs guerriers de la tribu des Wamba, avaient été désignés pour capturer et rapporter deux panthères au village. Grâce à la magie d'une cérémonie d'identification conduite par le grand chaman, les bêtes seraient consacrées à la protection de la tribu. Demain, tous les membres de la communauté s'identifieraient à l'esprit des félins, attirant ainsi sur eux la chance et la prospérité. Pour éviter de blesser les animaux, les anciens du village avaient jugé préférable de ne leur laisser aucune arme dangereuse, uniquement de grands bâtons et un filet.

Un nouveau bruit plus précis mit le guerrier en alerte. Cette fois, il n'y avait plus de doute. La bête se trouvait tout près, sans doute dissimulée juste derrière les fourrés. Seul, il ne pouvait rien faire. Aussi, d'un regard circulaire, Loki chercha son compagnon. Bénéficiant de la complicité de la lune, il l'aperçut un peu plus loin sur le sentier. Aroun l'avait vu et comprit instinctivement ce qui se passait. Il approcha lentement en prenant garde de ne pas faire de bruit. Il retira le filet qu'il portait sur l'épaule et saisit son bâton, prêt à contrer une éventuelle attaque du fauve. Les deux hommes s'étaient rejoints. Ils utilisèrent le langage des gestes et préparèrent leur capture. Loki contourna prudemment l'arbuste et, présentant la pointe de son bâton en avant, le glissa sous les branches basses pour débusquer la bête. Provoquée, sans possibilité de fuite, la panthère apeurée passa à l'attaque et bondit sur le chasseur. Avant que l'homme ne pût l'éviter, elle s'agrippa à ses épaules et enfonça profondément ses crocs dans la chair. Surpris, Loki hurla de douleur et battit en retraite, alors que son compagnon s'interposa et assena un violent coup de bâton à la bête. L'animal se retourna et se rua sur lui. Une lutte féroce s'engagea entre les deux guerriers et le fauve. Finalement, au prix de nombreuses morsures et griffures, empêtrée dans les mailles du filet, la panthère fut capturée. Ils lui lièrent les pattes, la suspendirent horizontalement à une perche qu'ils posèrent sur leurs épaules, puis, fiers de leur exploit, rapportèrent leur proie au village.

Sur le chemin du retour, Loki restait songeur. Pour lui, ces fauves avaient toujours représenté un danger et une sorte de maléfice qu'il fallait combattre. Malgré sa bonne volonté, cette nuit, il éprouvait de la peine à comprendre l'enjeu de leur mission et la décision des vieux sages.

Avant de s'engager dans leur expédition périlleuse, le plus vénérable des anciens leur avait ravivé la mémoire. Il leur avait rappelé le passé glorieux de la tribu et les circonstances présentes qui leur avaient imposé cette nouvelle orientation spirituelle des Wamba. En ce moment, le récit du patriarche défilait inconsciemment dans l'esprit encore embrouillé de Loki.

Cette année, la saison sèche était particulièrement chaude. La journée, à part quelques femmes occupées aux soins des plantations, la plupart du temps, les membres de la tribu restaient étendus à l'ombre de leur case ou sous les branches bienveillantes du vieil arbre sacré. L'arbre sacré était un imposant colosse aux innombrables ramifications et représentait à lui seul une cathédrale de verdure. Il avait vu les générations d'hommes se succéder à ses pieds. Sa mémoire végétale lui rappelait la foi touchante des ancêtres qui, lors de longues et belles cérémonies, lui vouaient un culte sincère et empreint d'une grande ferveur. Ce protecteur, édifié par la divinité elle-même, avait perdu peu à peu de sa valeur au cours des siècles. Les hommes, dans leur ingratitude, s'en étaient détachés et, aujourd'hui, sa bienveillance ne leur suffisait plus. Après des palabres qui avaient duré plusieurs jours, les anciens avaient finalement réussi à se mettre d'accord. Seul l'esprit d'une race d'animaux jugée supérieure pouvait désormais protéger la communauté des forces maléfiques qui l'assaillaient sans répit et voulaient la détruire. Enfin, le temps était venu et se montrait propice à l'identification de toute la tribu à l'esprit d'un félin.

En cette période difficile de l'année, les jours de disette se faisaient toujours plus nombreux. Pour contrer le mauvais sort, la plupart des hommes du village s'étaient mis en route pour rejoindre les hautes prairies où les troupeaux de buffles sauvages trouvaient encore, en cette saison sèche, leur maigre nourriture. Le conseil des sages avait profité de l'absence des chasseurs pour confier, plus discrètement, aux deux plus valeureux guerriers, cette mission difficile.

À leur arrivée au village, les deux amis ne prêtèrent pas la moindre attention aux félicitations des anciens qui les attendaient sagement assis sur un banc de bois placé près du grand arbre. Le temps d'entraver leur capture en la reliant à un gros pieu fiché dans le sol, et déjà, sans se soucier de leurs blessures, les hommes repartaient en quête d'une seconde bête. Cette fois, leur recherche ne dura pas longtemps. Excités par la chasse et la capture mouvementée de leur première victime, les deux compagnons firent confiance à leur instinct ancestral de chasseur. Ils flairèrent rapidement l'emplacement où se tairait un autre fauve. Sans prendre le temps d'utiliser les mêmes précautions, ils se précipitèrent sur la bête qui défendit courageusement sa vie. Usant d'une bonne dose de brutalité, ce nouvel affrontement se termina par une nouvelle victoire des hommes. La panthère, étroitement ligotée, prit le chemin du retour. Pour cette circonstance, un grand feu de bois avait été allumé sur la place du village. Les trois sages attendaient les vainqueurs avec une impatience grandissante. À leur arrivée, ils se levèrent pour les applaudir et les féliciter une nouvelle fois.

Deux des anciens allaient s'avancer à leur rencontre quand le troisième s'interposa.

« Non ! pas maintenant ! s'exclama-t-il. Laissons-les poursuivre, je suis curieux de voir ce qu'ils vont faire. »

Les deux sages hésitèrent un instant, puis, finalement, reprirent leur place.

Loki et son ami ignorèrent une nouvelle fois les trois hommes et s'affairèrent autour de leurs proies.

Attachée un peu plus loin, leur première prise semblait accepter difficilement son sort. Étendue au pied d'un arbre, elle gémissait doucement.

« Celle-ci est bien trop agressive pour nous servir de totem, dit Loki à son compagnon en désignant la seconde bête qui se débattait de toutes ses forces. Elle est même dangereuse. Qu'en penses-tu ? Que va-t-on en faire ? »

Son ami haussa les épaules d'un air indifférent et resta pensif.

« Sa capture nous a coûté assez cher, répondit-il. On pourrait récupérer sa fourrure, ce serait un beau trophée.

— Pour cela, il nous faut la tuer sans lui abîmer la peau… On pourrait tout simplement l'étouffer.

— T'es malade ! s'écria son compagnon surpris par cette suggestion. C'est bien trop difficile ! Je te propose plutôt de pratiquer à la manière des chasseurs de fourrures africains.

— Ah oui ! en l'empalant avec une perche de bambou, par exemple !

— Ça, c'est une bonne idée ! J'ai aperçu plusieurs pieux près de l'étang. Ils sont assez grands et pas trop gros, ils pourraient parfaitement convenir. Dès que nous aurons réussi à l'immobiliser, j'irai vite en chercher un.

— Je suis de ton avis, mais, pour l'instant, aide-moi, nous allons la libérer du filet. »

Alors que le fauve avait retrouvé une bonne partie de sa mobilité, Aroun occupait la bête en l'excitant de son bâton tandis que Loki lui fixait une corde aux deux pattes arrière. Les chasseurs relièrent le filin au tronc d'arbre le plus proche. Finalement, la panthère se trouva solidement entravée. Loki s'éloigna au pas de course pour revenir un instant plus tard avec une longue pièce de bois mince et ronde qu'il brandissait avec un air triomphant.

« Ce n'est pas du bambou, mais c'est lisse, solide et l'extrémité a été bien taillée ! s'exclama-t-il en montrant sa découverte à son ami. Regarde comme elle est pointue !

— Tiens ! dit Aroun – *il lui tendait un petit pot en terre cuite* –, c'est l'onguent que j'avais prévu pour soigner nos blessures. Badigeonnes-en ton pal. Ainsi lubrifié, il traversera plus facilement ses entrailles. »

Loki plongea ses doigts dans le pot avant de répartir généreusement la crème sur la pointe ainsi que le long de la première partie de sa perche. Il empoigna son arme des deux mains, se plaça derrière l'animal et s'apprêta à l'empaler.

« Je vais lui enfoncer cette broche dans le cul, prononça-t-il d'un ton acerbe. Tu vas voir comme ça va la calmer, cette sale bête. »

Le plus ancien des sages, en voyant la scène, se précipita pour empêcher le drame. Mais avant qu'il ne réussît à rejoindre les chasseurs, un second père de la tribu, en le suppliant de ne pas intervenir, se précipita pour le retenir. Dans la lutte qui les opposa, l'agresseur s'agrippa aux habits de son adversaire et l'entraîna dans sa chute.

Loki et Aroun, toujours indifférents à ce qui se passait autour d'eux, poursuivaient leur dessein. À l'instant où Loki allait enfoncer sa perche dans les entrailles de la bête, le troisième sage, en le retenant par un bras, s'opposa à son action.

Les flammes qui s'élevaient du grand feu de bois projetaient des éclairs de lumière colorée et renforçaient encore le mystère de cette nuit de pleine lune. Captivés par le spectacle déconcertant qui se déroulait devant eux, les anciens virent le visage de Loki changer d'expression. Le chasseur retira sa tunique de cuir souple et, nu, vint se placer derrière la captive.

Les trois sages comprirent immédiatement ce qui se passait dans la tête de Loki. Sans hésiter, deux des anciens se précipitèrent au secours de l'infortunée. Une nouvelle fois, le troisième s'opposa à leur intervention.

« Non ! messieurs, lança-t-il nerveusement, laissez-les faire, cela fait partie de l'expérience ! Nous devons respecter notre rôle d'observateurs neutres jusqu'au bout. Je suis très curieux de voir comment cela va se terminer ! »

Le plus ancien exalté par le spectacle s'interposa entre les chasseurs et les deux sages. Il voulait empêcher ces derniers de mettre un terme à ce test qui prenait une tournure dramatique.

Les trois professeurs, dans leur rôle de sage de la tribu des Wamba, s'invectivaient et perdaient leur sang-froid. Ignorant leur présence, les chasseurs poursuivaient leur jeu qui, maintenant, avait totalement changé de sens.

« Tiens-la bien, Aroun ! s'écria Loki parvenu au faîte d'une nouvelle excitation. Puisqu'ils ne veulent pas nous laisser l'empaler, je vais m'amuser un peu. Je vais la baiser ! »

L'exaltation de Loki se transmit rapidement à son partenaire, qui fut à son tour pris de folie.

« Vouai, ça, c'est une bonne idée ! lança Aroun d'un ton euphorique. Et quand tu auras fini de la niquer, on échangera nos places !

— Mais, Petrov, que diable ! vous voyez bien ce qu'ils veulent faire ! » hurla Trabeaut.

Poussé à bout par l'insistance de ses confrères, Petrov aboya tout en empêchant ses amis d'intervenir :

« Et alors, qu'est-ce que cela peut bien faire ? C'est naturel ! Ils ne font qu'obéir à leur instinct de mâle ! Dans l'intérêt de la science, notre devoir est de les laisser poursuivre ! »

Aroun se tenait debout à la tête de la jeune femme. Les deux mains agrippées à ses épaules, il la forçait à se maintenir à quatre pattes.

Les jambes entravées, Sonia se débattait désespérément pour se libérer. En passant sa main sur son arme, Loki récupéra un peu de crème qu'il appliqua sur son sexe turgescent. Il s'installa entre les cuisses de la captive et avança les hanches.

Galvanisés par leur désir de mettre fin au drame dont ils se sentaient responsables, les deux hommes de sciences se libérèrent de leur confrère et se précipitèrent pour délivrer la jeune femme et la soustraire à la folie subite qui s'était emparée

10

des sujets masculins. Ils empoignèrent sans ménagement les chasseurs par les bras, les éloignèrent de leur victime et délivrèrent les jeunes femmes de leur corde.

« Réveillez-vous ! C'est un ordre ! » tonna le plus grand des savants.

Les jeunes gens abandonnèrent leur rôle de cobaye et reprirent peu à peu leurs esprits. Ils étaient tous épuisés, exténués. Le corps douloureux, ils se laissèrent tomber sur le gazon du parc où ils restèrent étendus. Les médecins prirent enfin conscience de l'ampleur des blessures subies par les participants.

Quelques minutes plus tard, les quatre malheureux sujets furent emmenés par des infirmiers au bloc opératoire de la clinique.

Il était près de quatre heures du matin quand, se servant eux-mêmes une boisson froide, les trois médecins accompagnés de leurs plus proches collaborateurs se retrouvèrent autour d'une table du grand salon. Le plus imposant des hommes ouvrit la discussion :

« Nous pouvons considérer cette expérience comme terminée. Cependant, avant d'aller nous coucher, je voudrais attirer votre attention sur les premiers enseignements que nous pouvons déjà en retirer. »

L'un de ses confrères, les traits tirés par la fatigue, reposa le verre d'eau minérale qu'il buvait et posa ses coudes sur la table.

« Trabeaut, dit-il d'une voix calme, pour faciliter les choses et les rendre plus claires, vous serait-il possible, mon cher, de dresser rapidement un sommaire récapitulatif de notre étude ?

— Si cela peut vous être utile, Dargaud, pourquoi pas ? Voici donc, en deux mots, le sens de l'expérience de cette nuit. Il s'agissait d'évaluer, d'une manière scientifique, la puissance de suggestion que nous pouvons atteindre en conjuguant l'effet de l'hypnose et une mise en condition physique par un grimage du corps sur un individu. Le but recherché était l'identification totale d'un sujet avec un animal, ou voire même un être primitif, et son comportement. »

Trabeaut hésita à poursuivre, puis jeta un regard souriant à son ami :

« Je vous donne la parole, Dargaud, proposa-t-il d'un air innocent. À vous de nous rappeler brièvement la partie pratique de cette étude. »

Dargaud voulut se lever, mais, en voyant son confrère sortir une tabatière d'une poche de sa blouse, après un instant de réflexion, renonça et resta assis.

« Je me demandais pourquoi vous vouliez me confier la suite de votre explication, Trabeaut. Maintenant, j'ai compris. Vous aviez l'intention de nous enfumer avec votre satanée pipe et poursuivre ce discours ne pouvait que vous embarrasser. Bien, je me sacrifie et reviens à notre histoire. Parmi les membres de notre personnel médical, nous avons choisi quatre jeunes volontaires pour nous servir de sujet d'étude. Nous avons demandé à Michel Danet et Patrick Fantin de tenir le rôle des chasseurs de fauves primitifs. Dans une mise en condition physique, nous leur avons appliqué sur tout le corps un fond de teint foncé, puis des peintures de guerre. Ensuite, le professeur Petrov, notre éminent hypnotiseur, par l'une de ses séances dont il détient le secret, a réussi à convaincre nos garçons qu'ils étaient de valeureux guerriers, auxquels les pères de la tribu des Wamba confiaient le soin de capturer deux panthères et de les ramener vivantes au village. Quant à Sonia Morel et Marion Coutier, elles avaient subi la même mise en condition. Premièrement, leur corps dénudé fut recouvert de taches de couleur, ensuite Petrov les avait mentalement transformées et métamorphosées en fauves. Leur rôle cependant était foncièrement différent de celui des jeunes hommes. Retrouvées subitement dans la peau d'une panthère, elles avaient pour mission d'échapper à la capture en se dissimulant le mieux possible. Pour placer nos sujets dans l'environnement le plus favorable, nous avons choisi cette belle nuit de juillet où la pleine lune, par sa clarté, devait faciliter le déroulement de cette chasse particulière. Toute l'action avait pour cadre le grand parc de la clinique de notre confrère Trabeaut, où tous les arbres, fleurs et buissons devaient, aux yeux des sujets, représenter la terre africaine. Aussitôt libérées, les jeunes femmes panthères se sont enfuies à l'autre extrémité de la propriété. Quelques instants plus tard, nous avons envoyé les hommes à leur poursuite. Le développement de la chasse elle-même, vous le connaissez tous et je n'y reviendrai pas. »

Dargaud tourna son regard vers l'un des professeurs.

« Maintenant, dit-il calmement, je suis surpris du comportement final de nos garçons. En tant que responsable de leur mise en condition psychique, pouvez-vous, Petrov, nous donner une explication plus ou moins logique ? »

Grand et maigre, au visage étroit et aux yeux de rapace, l'homme suivait attentivement les explications de son confrère.

« Comme vous l'avez certainement remarqué, répondit-il en restant assis, jusqu'à la fin de la capture, l'esprit des hommes était uniquement préoccupé par l'idée de chasse, et tout s'est déroulé d'une manière logique. Les guerriers débusquaient leurs proies, s'en emparaient et les ramenaient à ce qu'ils prenaient pour leur village. C'est seulement après la capture des fauves qu'ils changèrent de comportement. Est-ce la logique humaine, toujours présente quelque part dans le subconscient de l'homme, qui, refaisant surface à un moment donné, leur a imposé notre éthique ? Cela, nous ne pouvons malheureusement pas l'affirmer. C'est pourquoi je tenais à me rendre compte jusqu'où allaient les conduire leurs pensées et leurs actes. Alors, j'ai insisté pour que vous les laissiez poursuivre. »

L'homme haussa le ton en regardant sévèrement tour à tour ses confrères :

« Malheureusement, vous ne m'avez pas écouté et avez cru bon d'intervenir en arrêtant l'expérience !

— Mais enfin, Serge ! vous avez bien vu à quelle action violente et coupable nos garçons se livraient ! Il était de notre devoir d'y mettre fin ! » remarqua Trabeaut vexé d'un tel manque d'humanité.

Petrov le fixa de ses prunelles grises, contrarié et scandalisé par leur incompréhension.

« Je vous en prie, cher confrère ! répondit-il en élevant la voix encore d'un degré. Nous sommes des scientifiques, pas des collégiens ! Ne sombrez pas dans la sensiblerie ! Je vais simplement vous rappeler ce que nous avons vu exactement. Le chasseur, dans un premier temps, bien déterminé à s'approprier la fourrure du félin, s'apprêtait à le sacrifier. Grâce à votre stupide intervention, il n'a finalement pas pu aller jusqu'au bout de son action. Un instant plus tard, face à la croupe féminine, il a retrouvé ses instincts de mâle et a voulu soumettre la jeune femme à une loi vieille comme le monde. C'est logique et parfaitement naturel. Il n'y a là rien de répréhensible. Par contre, il était primordial pour nous de voir si cette pensée allait subsister jusqu'au bout, ou, si au fil des minutes, l'homme, retombant sous l'influence de la suggestion, reprendrait son rôle de chasseur primitif, et en revoyant notre sujet féminin sous la forme d'un animal, la soumettrait à l'épreuve du pal.

— Sincèrement, vous êtes fou, Petrov, si, sous prétexte d'études scientifiques, vous nous croyez capables d'assister sans rien dire à un pareil crime ! s'exclama Dargaud. Vous faites une grossière erreur !

— Une erreur ? reprit Petrov hors de lui. Mais bon sang ! écoutez-moi ! Laissez-vous emporter par votre imagination. Lors d'un voyage en Afrique, vous participez à un safari. Par chance, vous êtes les témoins d'une scène de chasse où une lionne poursuit une antilope. Vous n'allez pas prétendre encore une fois qu'il est de votre devoir de voler au secours de la victime et, par là, de vous opposer bêtement aux lois de la nature ! »

Dargaud ne put en entendre davantage. Scandalisé par de tels arguments, il secoua la tête et répondit d'un ton réprobateur :

« Là, je ne vous suis plus, Petrov ! Vous êtes un danger public ! Un savant certes, mais un savant fou ! Je refuse de vous écouter davantage. La vie d'une jeune femme n'a rien de commun avec l'existence d'une bête sauvage africaine. »

Petrov se leva et, en se penchant au-dessus de la table, apostropha Dargaud :

14

« Ne soyez pas stupide ! Nous sommes bientôt huit milliards d'individus sur cette terre ! Ce n'est pas une femme de plus ou de moins qui changera quelque chose. Par contre, le résultat de nos recherches peut servir à améliorer le sort de millions d'êtres humains. Dites-vous bien une chose, c'est la science qui fait progresser le monde, pas votre attitude rétrograde ! Toute découverte a un prix, et ce soir l'existence de votre infirmière était en l'occurrence peut-être le prix à payer ! »

Trabeaut, qui jusqu'ici était resté neutre, intervint pour séparer les deux hommes :

« Mes amis, je vous en prie, reprenez vos esprits et calmez-vous. Petrov, vous avez parlé de prix à payer. Dargaud et moi-même venons de passer plusieurs heures à soigner nos jeunes gens. Les deux femmes ont été horriblement maltraitées et se trouvent dans un état pitoyable. Il leur faudra plusieurs semaines de soins pour effacer toute trace de cette désastreuse expérience. Quant au point de vue traumatisme psychique, là, je peux vous assurer qu'elles vont me donner du travail. Les garçons ne vont guère mieux. Profondément griffés et même mordus, leurs corps sont couverts de blessures. »

Les trois médecins avaient retrouvé leur calme.

« Si je comprends bien, marmonna Petrov, notre expérience se termine en queue de poisson.

— Non, répondit Trabeaut, nous n'abandonnons pas si facilement. Nous devons mettre au point une autre stratégie, peut-être en donnant une identité plus pacifique à nos acteurs. »

Petrov réfléchissait à haute voix :

« Les filles, dans leur rôle de fauve, ne pouvaient devenir qu'agressives, et à leur tour les hommes se montrer brutaux.

— Oui, c'est cela, exactement, approuva Dargaud. Vous avez parfaitement raison, il nous faut revoir toute notre organisation. D'abord, le lieu. Cette nuit, le choix du parc de votre clinique près de Chalon-sur-Saône ne représentait peut-être pas l'idéal. Les sujets, et aussi leur rôle, méritent toute notre attention.

— Cela va nous reporter à la fin de l'année au minimum »,

remarqua Petrov d'un ton déçu.

Trabeaut se leva, vida sa pipe dans une soucoupe et s'adressa aux deux hommes :

« Nous devons étudier nos sujets, évaluer jusqu'à quel point ils se sont identifiés à leur personnage ou animal et voir les séquelles qu'ils risquent de garder de cette épreuve. Vu sous cet angle, la fin de l'année, ou même le début de la prochaine, à vrai dire, quelle importance ? Cela nous donne le temps de revoir à fond nos théories et ensuite de préparer, en toute connaissance de cause, la meilleure façon de nous y prendre la prochaine fois. Pour l'instant, la soirée ayant été plutôt mouvementée, je vous propose d'aller nous coucher. Vu l'heure, je vous invite à passer la nuit ici. Considérez-vous comme mes invités. »

Les hommes se levèrent, se souhaitèrent une bonne nuit et gagnèrent leur chambre.

1. Madame Christina Beauvallon

Son peignoir retiré, Christina s'étendit sur la table de massage. La jeune hôtesse la recouvrit d'une grande serviette-éponge blanche.

« Je vous prie d'attendre un instant, madame, dit-elle pour s'excuser de leur retard, monsieur Desroches ne va pas tarder.

— Je vous préviens, mademoiselle, mon temps est précieux, je n'attendrai pas longtemps, répondit la cliente contrariée. Je viens dans cet établissement pour la première fois, et vous pouvez me croire, si je me réfère à votre accueil, je ne suis pas certaine de revenir.

— Je vous prie encore une fois de nous excuser, madame, monsieur Desroches a certainement dû faire face à un imprévu. Autrement, c'est un homme plutôt ponctuel. »

Christina, sans bouger ou ouvrir les yeux, sentit soudain qu'une nouvelle personne venait d'entrer dans la pièce. Elle ne répondit pas à la demande d'excuse de l'hôtesse et attendit.

« Laissez-nous, Natacha, prononça une voix d'homme, je m'occupe de madame. »

Avant de se retirer, la jeune fille, par une grimace, fit comprendre au thérapeute que la cliente était loin d'être agréable.

Martin sourit, lui fit un clin d'œil et se tourna vers la femme qui resta allongée sur le ventre.

« Bonjour, madame Beauvallon. Je suis un tantinet en retard, je vous prie d'accepter mes excuses… Je vais vous expliquer les causes de…

— Le motif de votre retard ne m'intéresse pas, monsieur, l'interrompit assez sèchement la jeune femme. Vous m'avez fait attendre et c'est la seule chose qui m'importe. »

Martin choisit d'user de son sens de la diplomatie pour essayer de calmer sa cliente :

« Autrement dit, si je faisais partie du personnel des laboratoires de cosmétiques Beauvallon, j'aurais droit au sermon de la grande patronne en personne, dit-il en voulant plaisanter.

— Certainement pas, monsieur ! Je ne m'occupe pas du personnel. J'ai un excellent directeur, et c'est à lui qu'incombe cette tâche. »

Martin était prêt à commencer ses soins.

« Je vais vous faire un massage, madame, dit-il en s'approchant. Quel bénéfice désirez-vous en retirer ? Vous sentir plus dynamique, ou plutôt plus décontractée ?

— Je me sens terriblement stressée, répondit-elle tout en restant immobile. Par conséquent, je ne parviens plus à rétablir des moments de calme dans mon corps et mon esprit. Vous êtes thérapeute, alors j'attends de vous des conseils avisés et surtout efficaces. »

Martin réfléchit un instant. Il avait l'impression de saisir la personnalité de la jeune femme d'affaires. Il mit rapidement au point une stratégie qui avait toutes les chances de l'amadouer et se lança délibérément dans cette nouvelle aventure.

« Abandonnez-vous totalement à mes soins et essayez de faire le vide dans votre tête ou, du moins, ne pensez à rien d'important. Je vais vous gratifier d'un massage californien, agrémenté d'une touche d'huile de ma composition… Vous verrez, c'est souverain et diablement efficace.

— Parfait ! Pour le choix du produit, je vous fais confiance, quant à son efficacité, ce sera à moi d'en juger. »

Martin sourit. En effet, il avait affaire à une femme plutôt difficile, mais cela ne l'affectait en rien. Il aimait relever ce genre de défi. Il poursuivit son désir de l'apprivoiser en prenant cela comme un jeu.

« Encore une chose, madame, êtes-vous allergique à une plante ou à un produit particulier ?

— Non, à part l'incompétence, je ne souffre d'aucune allergie.

— Alors, c'est parfait, je vais pouvoir utiliser mon huile. »

Martin retira la serviette jusque sur les fesses de la jeune femme et commença par lui effleurer doucement le dos. Dans l'intention de détendre sa cliente, il se lança dans une conversation avec des propos anodins :

« M'en voulez-vous toujours pour mon retard, madame Beauvallon ?... Avec le chef de votre personnel, j'aurais un peu plus de chance… ne croyez-vous pas ?

— Léon Boistendre, mon responsable, a pleins pouvoirs pour diriger mes employés. Cependant, je lui ai donné des consignes rigoureuses et son devoir est de les faire respecter.

— Donc, si je comprends bien, je serais bon pour subir un premier avertissement et, au troisième, il me resterait à chercher un nouvel emploi.

— Non, monsieur, mes collaborateurs n'ont pas de troisième avertissement. C'est un, et la seconde fois, c'est la porte.

— Avec nos syndicats, je doute qu'il soit aussi facile de renvoyer une personne pour ce simple prétexte.

— Cela, je vous l'accorde. Cependant, croyez-moi, je vais tout faire pour trouver à me débarrasser d'une personne qui ne respecte pas les règles les plus élémentaires de la politesse.

— Vous êtes dure en affaires, madame.

— Peut-être, mais la vie est une lutte constante où il n'y a pas de place valable pour les perdants. »

Les mains du thérapeute glissaient sur la peau douce et éveillaient parfois de délicieux frissons dans le corps féminin. Était-ce l'effet du massage ou l'action miraculeuse de l'huile ? Christina sentait son corps s'émerveiller au contact des mains si délicatement attentionnées.

« Avez-vous du temps libre le soir ? demanda-t-il doucement en se penchant sur elle.

— Je dois prendre le TGV pour Paris en début de soirée. Autrement, je dois bien vous l'avouer, je n'ai pas beaucoup de temps libre. Je suis comme une balle de ping-pong, constamment renvoyée d'un endroit à l'autre. Dijon, pour mon laboratoire, Paris, pour le siège social de ma société ; croyez-moi, en France, on ne fait rien de grand en affaires sans une adresse dans la capitale, et New York pour les promotions en Amérique. Pour ma société, le marché des États-Unis est très important. »

Martin l'écoutait un peu distraitement, car son attention était toute tournée sur les formes délicieuses de sa patiente.

« Je vous en prie, madame, tournez-vous sur le dos », prononça-t-il d'une voix douce.

Elle négligea de lui répondre et changea de position. Martin lui recouvrit le corps de la serviette et, pour la première fois, elle ouvrit les yeux. Ses prunelles vert tendre croisèrent le regard bleu de Martin. Avant de s'abandonner au plaisir exquis de cette thérapie, Christina, surprise par la beauté du praticien, le détailla avec plus d'attention, puis referma les yeux et se laissa dorloter par les mains chaudes qui parcouraient son corps.

Heureuse de ce contact humain, elle réfléchissait au jeune homme. Ce garçon lui rappelait un acteur. Ho ! pas l'un de ces trop nombreux machos modernes, mais à un acteur plus ancien. Un polo à manches courtes laissait apparaître un corps athlétique et soigné. Oui, ce visage d'un homme fort et pourtant capable de se révéler un véritable ami. Dans son esprit maintenant, Christina le voyait plus nettement. Steve Reeves, c'est à lui que Martin ressemblait si étrangement. Elle sourit en s'abandonnant encore plus aux frissons agréables des mains qui pétrissaient sa chair et, parfois, lui sembla-t-il, la caressaient presque affectueusement.

Un moment de silence s'établit autour d'eux, puis Martin la sortit de ses rêveries :

« Vous me l'avez avoué, madame, vous avez bien peu de temps à consacrer à vous-même. Cependant, j'ose espérer qu'il vous arrive parfois de vous accorder des journées de détente. »

Christina lui en voulut presque de la sortir de ses pensées agréables.

« Non, ma vie est une course perpétuelle, répondit-elle doucement comme pour elle-même. Certes, je suis mariée et ai même un fils, mais mon mari étant également dans les affaires, quand je suis ici, il part pour l'étranger et, à son retour, c'est moi qui m'en vais. Finalement, nous ne nous voyons que très peu.

— Et votre fils, madame ?

— Une folie de jeunesse, j'avais alors dix-huit ans. J'étais en pleines études et ai cédé à un caprice, mais j'avoue n'avoir jamais regretté de l'avoir gardé. Mon fils, au cours du temps, est devenu un ravissant garçon. Son père, deux ans après sa naissance, pour régulariser ma situation, est devenu mon mari.

— Et maintenant, vous avez vingt-huit ans et courez toujours. »

Surprise, Christina ouvrit les yeux.

« Comment savez-vous mon âge ?

— Je vous vois, madame, cela me suffit pour définir votre âge.

— Sur quel critère vous fondez-vous pour deviner l'âge d'une femme avec autant d'exactitude ?

— J'ai acquis cette connaissance lors d'un séjour en Extrême-Orient. En même temps, j'ai glané d'autres petits secrets bien utiles.

— Et vous en faites profiter vos petites amies.

— Dans un sens, oui. »

Ils rirent de ce sous-entendu, et la séance se poursuivit dans le silence.

Sa cliente semblait satisfaite de sa prestation. Martin en était ravi. Il l'accompagna jusqu'à la porte de l'institut. Songeur, il la regarda s'éloigner, avant de revenir préparer sa cabine. À l'instant où il retraversait le hall d'entrée, ses yeux croisèrent la moue énigmatique de Natacha.

« Cela n'a pas été trop difficile avec cette femme ? lança-t-elle acerbe. Elle n'a pas l'air agréable. Mon Dieu ! quelle horreur ! Pour la faire patienter, je lui ai proposé de s'installer sur la table. Je gagnais au moins une ou deux minutes.

— T'as bien agi et c'est gentil de ta part, répondit Martin. Quant à madame Beauvallon, c'est vrai qu'elle est plutôt rêche. Pourtant, j'ai fini par l'amadouer. Tu sais, elle possède un corps superbe.

— Oui, je l'ai également remarqué. Belle mais sauvage… On verra. Si tu as réussi à l'apprivoiser, elle reviendra. »

Dans un wagon des premières classes du train rapide qui l'emmenait à la capitale, Christina feuilletait la dernière édition du *BEAUTÉ*. Cependant, ses yeux ne parcouraient pas les pages de la revue. Elle était absente et s'abandonnait à un trouble délicieux. Martin avait ému son corps d'une façon inédite pour elle. En une heure, elle s'était sentie rajeunie de dix ans. Quel homme attentionné ! Il la sentait avec une précision et une sensibilité extrêmes. Elle se redressa sur son siège, s'étira et éclata de rire. Ses voisins lui jetèrent un regard curieux. Elle se sentait si heureuse qu'elle leur sourit.

Deux semaines s'étaient écoulées. Martin éprouvait de la peine à se l'avouer à lui-même, mais c'était vrai, depuis leur première rencontre, Christina Beauvallon n'avait cessé d'occuper son esprit. Il avait beau se raisonner, rien ne pouvait venir le soustraire à cette obsession. Pourtant, après deux semaines d'efforts, il y était presque parvenu quand un vendredi à quinze heures, alors qu'il revenait d'une petite pause-café prise entre deux clients, il entendit appeler la réceptionniste :

« Une de tes clientes, Martin, la Beauvallon. Tu te rappelles ? Elle est déjà venue. Une assez grande blonde, plutôt revêche. »

À cette nouvelle, Martin sourit et sembla heureux.

« Quand veut-elle venir ?

— Aujourd'hui même, à dix-huit heures. J'ai consulté ton agenda, cela devrait te convenir.

— Je te remercie, ma poulette. »

Elle lui fit une grimace en remarquant l'intérêt que cette perspective suscitait dans l'esprit du masseur.

« T'as l'air bien joyeux de la revoir, cette pimbêche ! lança-t-elle maussade.

— Oui, tu as raison, je me réjouis de la retrouver », dit-il d'un ton sérieux.

La jeune femme haussa les épaules en secouant la tête d'un air découragé.

Martin massa son client suivant sans grand intérêt. Son esprit s'envolait déjà vers la belle madame Beauvallon. Cette fois, il ne tenait pas à se trouver en retard. Un quart d'heure avant le rendez-vous, il était à la réception pour accueillir Christina.

À dix-huit heures, la Ferrari rouge de la PDG faisait crisser ses pneus sur les dalles du parking devant l'immeuble. Christina sortit de sa voiture. Au travers des baies vitrées de l'institut, Martin et Natacha la suivaient des yeux. Elle portait un ravissant tailleur bleu marine et des chaussures à talons hauts. Christina arborait un grand sourire. Elle entra dans le hall de réception où, en voyant Martin, elle prononça d'un ton joyeux :

« Je vois qu'aujourd'hui je suis attendue ! Croyez-moi, j'apprécie. »

Martin la salua et l'invita à le suivre :

« Comment avez-vous passé ces derniers jours, madame ?

— Très bien. Oui, je peux le dire, grâce à l'efficacité de vos soins, j'ai tenu le coup plus d'une semaine, en pensant même qu'il m'avait poussé des ailes. »

Martin se sentait flatté. Il lui sourit.

« Si je suis parvenu à vous satisfaire, j'en suis particulièrement ravi. Et aujourd'hui, désirez-vous le même massage ?

— Californien, m'avez-vous dit ?

— Oui, c'est cela même.

— Alors, nous sommes d'accord. Mais auparavant, j'arrive de Paris et apprécierais de pouvoir prendre une douche.

— Bien entendu, madame, le massage n'en sera que plus efficace. »

Quelques minutes plus tard, enveloppée d'une sortie-de-bain, Christina pénétra dans la pièce.

« Voilà, je suis prête. Si vous voulez bien vous occuper de moi. »

Elle retira son peignoir et s'étendit sur le ventre.

« Avez-vous pensé à vous accorder un jour de détente ? » demanda-t-il en commençant son massage.

Elle rit doucement.

« Lors de notre première rencontre, vous m'avez parlé de quelques secrets glanés au cours de vos voyages en Extrême-Orient. À part celui de déterminer mon âge avec exactitude, pouvez-vous, seulement en me massant, répondre vous-même à votre question ?

— Sans problème, madame, il me suffit d'interroger votre corps et il me le dira. Oh ! pas par la parole, comme nous le faisons vous et moi, mais, à sa façon, il va me révéler bien des choses !

— Et que vous dit-il ? »

Le thérapeute resta un moment silencieux et laissa ses mains parcourir le corps aux formes agréablement féminines.

« Non, Martin, répondit-il sans interrompre ses manipulations, Christina ne m'a pas accordé de repos. Elle court constamment. Et la nuit dernière a été si courte que je n'ai pas eu le temps de récupérer. Voilà ce que me dit le corps de déesse de madame Christina Beauvallon.

— C'est exact ! Mais diable ! comment le voyez-vous ?

— Ce n'est pas bien sorcier, vos muscles sont tendus comme la corde d'un arc.

— Je compte sur vous, Martin, pour atténuer les effets négatifs de mes excès. Avec votre sensibilité, vous devriez parvenir sans beaucoup de peine à me redonner la décontraction musculaire et la quiétude de l'esprit qui avaient baigné doucement ma personne après notre première rencontre.

— Oui, je vous l'accorde. Pourtant, je me permets d'insister, vous devez vous imposer un peu de repos, et ceci d'une façon régulière. Vous n'êtes pas une machine, que diable ! Si vous craquez, le monde ne cessera pas pour autant de tourner. Offrez-vous un peu de plaisir, autre que celui de voir les statistiques de vos ventes augmenter. »

Elle rit doucement avant de lui répondre :

« Je vous promets d'y veiller et de revoir mon rythme de croisière. Néanmoins, vous me faites rire en parlant de course perpétuelle. Le monde est ainsi fait. Si vous ne courez pas, un autre vous devance et vous ravit le marché.

— Je l'admets, madame. Cependant, il y a assez de place pour tout le monde sur notre terre. Si le nombre de vos clients n'augmentait pas, vous pourriez tout de même vous sentir satisfaite, non ?

« — J'ai bien peur que vous ne compreniez rien aux affaires, Martin… Permettez-vous que je vous appelle Martin ?

— Oui, madame, j'en suis même très flatté.

— Alors, appelez-moi Christina.

— Avec plaisir, Christina. Et merci pour cette faveur. »

Elle se tourna sur le dos et, les yeux fermés, s'abandonna aux sensations merveilleuses diffusées par les mains de l'homme.

« À propos de course – *elle venait de rompre le silence* –, savez-vous combien de temps dure un rapport sexuel en moyenne, bien entendu, chez nos semblables en France, d'après une étude faite par une revue féminine que j'ai eu l'occasion de parcourir dans le train qui me ramenait de Paris ? »

Martin réfléchit et haussa les épaules.

« Je l'ignore, répondit-il de sa voix chaude et douce qui avait le don d'émouvoir profondément sa patiente. Je suppose qu'il doit plutôt être assez court.

— Vous avez raison. Mon magazine citait le nombre incroyablement bref de six minutes.

— Cela ne m'étonne guère. À force de courir constamment, les pauvres humains que nous sommes en sont venus à réduire à sa limite extrême ce moment privilégié où deux êtres s'unissent. Ils se privent du même coup d'un plaisir, ô combien merveilleux !

— Vous voyez, Martin, ma course n'a rien d'un cas particulier et semble plutôt le lot du commun des mortels.

— Oui, peut-être, en Occident du moins.

— La légendaire sérénité des Orientaux vous aurait-elle convaincu qu'il existe encore des gens capables de jouir de l'instant qui passe en contemplatifs passifs ?

— Lors d'un long séjour passé dans un temple bouddhiste perdu dans le fond d'une vallée de la Chine, j'ai appris l'art de la relaxation et de savoir prendre le temps de s'imprégner des beautés de la nature. Dans ce même lieu destiné au recueillement et à la méditation, on m'a curieusement aussi enseigné les techniques qui permettent à l'homme de prolonger considérablement le plaisir physique.

— Vous faites allusion au yoga tantrique, je suppose ?

— Oui, entre autres.

— Sous nos latitudes, ils sont nombreux les jeunes hommes capables dans une seule nuit d'entreprendre plusieurs rapports sexuels. Ne trouvez-vous pas ?

— Sans doute. Pourtant, vous pouvez me croire, le plaisir retiré d'une telle pratique n'a rien de commun avec un seul jeu prolongé sur plusieurs heures. Imaginez un instant, une délicieuse offrande à Éros, une étreinte vous emportant dans un orgasme sans fin.

— Si ce que vous dites est vrai, cela me paraît bien tentant, quoique certainement assez épuisant.

— Non, Christina, ce genre de jeu se déroule d'une façon très douce et onctueuse. Toute l'action reste constamment imprégnée de tendresse et d'amour. »

Elle ne répondit pas et, le temps de finir son massage, Martin laissa sa cliente somnoler.

Agréablement détendue, Christina appréciait dans un état second les effets magiques conjugués des plantes aromatiques et des mains expertes du praticien. Son corps se sentait emporté dans un enchantement infini.

« Christina, réveillez-vous. »

La voix douce de Martin la surprit. Elle ouvrit les yeux et, par réflexe, voulut consulter sa montre. Elle sourit en réalisant que son bras était nu, puis se redressa sur ses coudes.

« Mon Dieu ! quelle heure est-il ?

— Ne craignez rien, madame, la rassura-t-il aussitôt, il est à peine dix-neuf heures quinze. Ce n'est pas tard.

— Vous n'auriez pas dû me laisser m'endormir, prononça-t-elle d'une voix douce, tout en se levant rapidement.

— Vous en aviez tellement besoin, madame. »

Elle s'habilla en hâte alors que Martin se retirait pour aller l'attendre à la réception.

Quelques minutes plus tard, à petits pas rapides, elle le rejoignit. Elle arborait un sourire radieux et paraissait joyeuse. Martin lui avança un siège.

« Je vous en prie, prenez place, madame », dit-il avec déférence.

Christina lui jeta un regard pressé :

« Je n'ai malheureusement pas le temps. J'ai un dîner d'affaires très important à huit heures et je dois rentrer au manoir pour me changer. Voyez-vous, mon cher, la course continue.

— J'ose espérer que mon massage vous a été agréable. »

Christina lui sourit en sortant son carnet de chèques. Elle se pencha vers lui pour empêcher la réceptionniste de l'entendre.

« Merveilleusement bien, lui glissa-t-elle doucement à l'oreille. Martin, votre table de soin est une véritable source de jouvence. »

Martin essaya de dissimuler sa satisfaction sans vraiment y parvenir. Il accompagna Christina jusqu'à sa voiture où, avant de refermer la portière qu'il lui avait galamment ouverte, il lui demanda :

« Vous n'avez pas pris de nouveau rendez-vous. Reviendrez-vous bientôt ? »

Les yeux verts de Christina pétillaient de bonheur.

« Je vous promets de vous donner de mes nouvelles avant dix jours. Cela vous convient-il ? »

Martin se sentait joyeux comme un collégien qui vient d'obtenir son premier rendez-vous galant.

« J'en suis heureux, madame. Alors, est-ce promis ?

— Promis ! »

Il referma la portière, et le roadster partit aussitôt en vrombissant.

« Elle a l'air de bien te plaire, cette mijaurée, lui lança Natacha à son retour.

— Serais-tu jalouse ? » lui répliqua Martin en riant.

Elle lui jeta un regard indifférent avant de répondre :

« Je n'ai pas à l'être. Tu es libre et je ne suis pas ta petite amie. »

À l'angle de la pièce était aménagé un petit coin de détente. Martin retira du réfrigérateur une bouteille de Coca, la décapsula et revint près de l'hôtesse.

« Je t'ai demandé plusieurs fois de sortir avec moi, dit-il calmement. C'est toi qui ne l'as pas voulu, alors ne te plains pas. »

La petite brune aux cheveux courts et bouclés, tout en poursuivant de frapper sur le clavier de son ordinateur, secoua négativement la tête.

« Désolée, fit-elle avec une moue de dédain, je ne suis pas un Kleenex. Je connais le genre de type que tu représentes. Il tire tout ce qu'il peut de nous et ensuite nous largue, sous prétexte que nous ne représentons pas vraiment son idéal. Pour ma part, j'ai trouvé un garçon très sympa. Oh ! ce n'est pas un Apollon, mais il est gentil, m'aime et nous sommes heureux comme cela !

— Bien, alors c'est parfait, tant mieux pour toi, et pourvu que cela dure. »

La sonnerie du téléphone interrompit leur conversation. Martin consulta sa montre, dix-neuf heures trente. Son prochain client, un amateur passionné de musculation, allait arriver d'un moment à l'autre. Il partit préparer sa table.

Le même soir, dans un restaurant de la vieille ville, Christina dînait en compagnie d'un couple d'amis. Elle, d'habitude si austère, rayonnait de joie et plaisantait de tout.

Profitant de l'absence momentanée de son mari, Sandra se pencha au-dessus de la table, regarda son amie dans les yeux et prononça lentement en guettant ses réactions :

« Vous ! vous êtes amoureuse, ma chère ! »

Christina ne répondit pas. Elle porta son verre de vin à ses lèvres pour éviter le regard inquisiteur de Sandra qui revint à la charge.

« Vous avez un amant, insista son amie.

— Non, répondit Christina en détournant la tête.

— D'accord, admettons. Vous n'avez pas encore un amant, mais vous ne me trompez pas, vous êtes amoureuse.

— Oui.

— Ah ! j'en étais sûre ! Et puis-je savoir qui a su conquérir votre petit cœur de pierre, ma chère ?

— Non. »

Sandra était ravie de son intuition.

« Vous avez de la chance, coquine, murmura-t-elle en se penchant au-dessus de la table. Et l'élu de votre cœur, sait-il que vous l'aimez ?

— Pas encore.

— Allez-vous lui avouer vos sentiments ?

— Je ne sais pas, cela dépendra beaucoup de lui. »

Comme son mari revenait, Sandra chuchota rapidement :

« Un conseil, ma chérie, si vous voulez garder ce secret, pensez à votre façon de vous comporter. En ce moment, votre état d'esprit crève les yeux. »

Christina réfléchit un instant. Elle était amoureuse, soit, mais était-ce vrai que cela se remarquait autant ? Peut-être qu'il s'agissait de jalousie de la part de son amie. Elle devait l'admettre, Sandra s'était rendu compte de ses états d'âme. Oui, cependant, il est vrai qu'une femme ressent assez facilement ce genre de choses.

« Je veillerai à suivre votre conseil, ma chère », répondit-elle alors que le mari reprenait sa place à table.

L'homme regarda successivement les deux femmes.

« Vous devriez suivre un conseil de Sandra, Christina ?

— Oui, concernant David, l'un de mes neveux dont l'avenir me tient à cœur. Il vient de fêter ses dix-huit ans, et Sandra, qui le connaît, me disait qu'il s'est amouraché d'une fille toute simple et craint que cela ne devienne plus sérieux.

— Qu'entendez-vous par "toute simple", ma chère ?

— Elle suit un apprentissage de vendeuse en cosmétique.

— C'est une très jeune fille, je suppose ?

— Oui, elle doit avoir à peine dix-sept ans.

— Eh bien, laissez-les ! Si elle est intelligente, vous pourrez même lui offrir des études. Ce n'est pas sa condition qui compte, mais plutôt son intelligence et ses facultés d'évoluer. J'ai toujours été pour donner sa chance à une personne, pour autant qu'elle soit motivée. »

Christina avait fait dévier la conversation sur l'un de ses protégés. Elle estima qu'il était temps d'en sortir.

« Je crois qu'il est encore un peu prématuré de faire des

projets à son égard. Attendons de voir ce que deviendra cette idylle, et alors j'aviserai.

— Excellente résolution, ma chère ! Et maintenant que nous sommes tombés d'accord sur un point, si nous revenions à nos affaires ?

— Oui, il s'agissait du marché asiatique qui se trouve actuellement en pleine expansion. Je pensais… »

2. Une invitation au manoir

« Allô… Oui… Ho ! bonjour, Christina !… Bien sûr que non, vous ne me dérangez pas. Comment pouvez-vous penser une chose pareille ?

— Martin, je serai libre vendredi soir. Vous serait-il possible de venir m'enchanter avec l'un de vos merveilleux massages, ici même dans mon manoir, disons à partir de vingt et une heures ? Ou, peut-être, est-ce un peu tard pour vous ? »

Martin crut qu'il rêvait tant cette invitation le comblait.

« Non, nullement, chère madame. Je me ferai même un réel plaisir de venir vous rendre visite. Je viendrai, vous pouvez compter sur moi.

— Savez-vous où se trouve ma propriété ?

— Oui, dans le faubourg de la ville, sur la route…

— Je vois que vous connaissez, l'interrompit-elle brusquement. Excusez-moi, mais je dois raccrocher. Alors, à vendredi, sans faute ?

— Promis, madame Beauvallon.

— Ta duchesse a pris un rendez-vous ? demanda la secrétaire curieuse, alors que Martin reposait le combiné du téléphone.

— Non, elle m'a demandé d'aller lui rendre visite, et par la même occasion, de lui faire un massage.

— Ah !… parce que madame te demande d'aller lui faire ça chez elle ? remarqua ironiquement Natacha. Eh bien, bravo ! Je dois admettre que tu as su t'y prendre. C'est une affaire rondement menée ! »

Loin de se vexer, Martin se sentait plutôt flatté de cette jalousie.

« Tu vois, ma poulette, Christina est une femme intelligente.

Elle a vite reconnu en moi un homme exceptionnel. Pour la remercier de cette lucidité à mon égard, je vais la combler de mes affectueuses caresses.

— Quelle horreur ! Toi, au moins, ce n'est pas la modestie qui va t'étouffer !

— Non, je l'admets, je ne suis pas modeste et n'ai pas à l'être. Je suis instruit, intelligent et…

— Et surtout gonflé ! » lâcha-t-elle en lui coupant la parole.

Martin, en riant, l'abandonna pour rejoindre la salle de sport.

Le soir du rendez-vous, Martin quitta la départementale et engagea sa Peugeot sur le chemin qui longeait la grande propriété. Bientôt, un imposant portail de fer forgé lui donna accès à la cour intérieure revêtue de gravillons. Les deux portes du garage étaient fermées. Aussi, il ne vit pas la Ferrari de Christina. Il faisait déjà nuit, des appliques en cuivre ouvragé formaient des zones lumineuses jaunes le long de la grande bâtisse de pierres taillées. Les feuilles de la vigne vierge qui recouvraient les murs, rougies par l'automne, étaient tombées et laissaient apparaître la façade.

Martin se dirigea vers le porche d'entrée, pressa sur la sonnette et attendit. À l'intérieur, le son d'un gong retentit plusieurs fois. Martin consulta sa montre. Il était juste vingt et une heures. « Au moins, cette fois, Christina ne pourra pas me reprocher de manquer de ponctualité, » se dit-il en souriant.

Martin entendit des pas rapides se rapprocher, puis la porte s'ouvrit sur une jeune fille brune et mince qui lui sourit.

« Je suis monsieur Desroches, j'ai rendez-vous avec Madame Beauvallon. »

Vêtue d'une petite robe noire, la servante répondit dans un français approximatif :

« Monsieur Desroches, oui, madame a dit à moi, vous venir ce soir.

— C'est exact.

— Je vous en prie, vous entrez et attendre ici. »

À l'invitation de la jeune étrangère, Martin pénétra dans le grand hall, retira sa veste d'hiver et la tendit à l'employée qui la suspendit au portemanteau avant de disparaître le long d'un corridor.

Martin parcourut du regard le hall d'entrée. Soudain, son attention fut attirée par un bruit léger qui provenait de l'étage. Il releva la tête.

Christina apparaissait sur la plus haute marche de l'escalier intérieur. Elle portait une grande robe rose sans manches réalisée dans un tissu de soie froissée. Elle descendit à sa rencontre en soignant sa démarche. Martin, en la voyant, ne put s'empêcher de la complimenter :

« Vous êtes tout simplement ravissante, madame. »

Son visage s'éclaira d'un grand sourire. En penchant un peu la tête de côté, ses cheveux bouclés rassemblés en une grande queue-de-cheval lui balayèrent les épaules.

« Je vous remercie, mon ami, lui dit-elle en lui tendant la main. Venez, nous serons plus à l'aise dans mes appartements. »

Elle l'invita à la suivre dans la rangée d'escaliers. À l'étage, ils longèrent un long corridor au sol de parquet recouvert d'un tapis oriental. Martin, au gré de ses pas, croisait des portraits de personnages des siècles passés accrochés au mur. Pour faire plaisir à son hôtesse, plutôt que par véritable intérêt, il feignit de s'y intéresser :

« Des membres de votre famille, je suppose ?

— Oui, répondit-elle d'un ton vague sans se retourner, vous voyez ici quelques-uns de mes ancêtres. »

Arrivée à un angle du couloir, la jeune femme ouvrit une porte et, sur son invitation, Martin pénétra dans une grande pièce aménagée en salon. Meubles et tapisseries, tout était rigoureusement antique.

« Voici le centre de mes appartements », dit-elle enjouée.

En face d'eux, le mur était ouvert de quatre fenêtres hautes et étroites à petits carreaux. De lourdes tentures couleur brique les encadraient.

Christina lui montra la paroi de gauche où deux portes en chêne se découpaient dans le mur de crépi blanc.

« Mon bureau et ma bibliothèque personnels sont de ce

côté, tandis qu'en face, vous voyez de part et d'autre de la cheminée de nouveau deux portes. L'une donne dans la chambre à coucher, quant à la seconde, elle ouvre sur un petit boudoir. Nous allons nous y rendre, je tiens à vous offrir une boisson pour marquer votre venue. »

En suivant son hôtesse, Martin pénétra dans une petite pièce meublée avec beaucoup de goût. Tout y respirait la présence féminine. Christina la traversa, ouvrit un petit meuble ancien, en sortit deux verres et une bouteille :

« Asseyez-vous, mon cher, nous allons trinquer à notre rencontre. »

Martin s'installa confortablement en face d'elle dans un fauteuil.

« Du Napoléon ! » lança-t-il joyeusement en voyant la bouteille d'alcool.

Elle lui sourit en désignant d'un doigt l'étiquette.

« Oui, voyez un excellent cognac, mis en fût bien avant ma naissance. Vous aimez, j'espère ?

— Ho oui ! madame. D'autant plus que, pris en votre compagnie, ce ne peut être qu'un divin régal !

— Merci, j'apprécie ce compliment. »

Elle remplit les verres en respectant la quantité idéale.

« À votre santé, mon ami.

— À la vôtre, madame, ainsi qu'à notre rencontre. »

Après quelques minutes de conversation amicale, Christina se leva et se dirigea près d'une autre porte.

« Venez, Martin, dit-elle d'un ton enjoué, c'est dans cette pièce que vous allez me gratifier de votre massage. Ici, je me livre aux plaisirs de la danse, malheureusement trop rarement ces temps-ci, par contre, beaucoup dans ma jeunesse. »

La chambre rectangulaire était pratiquement vide. À l'une des extrémités, une cheminée en pierres taillées dévorait quelques bûches de bois et irradiait une chaleur agréable. Un appareil stéréo était posé directement sur le parquet dans un angle. Trois grandes fenêtres, aux mêmes vitrages à petits carreaux que ceux des autres pièces, garnissaient l'un des murs. À cette heure, quatre appliques doubles en forme de bougeoir

34

diffusaient une lumière douce. Martin remarqua plusieurs portes étroites intégrées à la paroi boisée. Christina les ouvrit et le masseur découvrit des armoires garnies de rayons. Il y avait là, soigneusement rangés, des coussins, des couvertures simples ou encore matelassées et des serviettes-éponges de plusieurs dimensions.

« Je vous confie le soin de tout organiser, mon ami. Parmi ce matériel, vous trouverez sûrement ce qu'il nous faut, lui dit-elle. Entre-temps, je vais me changer. »

Martin parcourait du regard les rayons et réfléchissait à ce qu'il leur conviendrait le mieux pour la circonstance.

« Avez-vous pris votre flacon d'huile ? demanda-t-elle encore avant de quitter la pièce.

— Oui, madame.

— Alors, ce sera parfait. Encore une chose, vous ne disposez pas de table, cela ne vous incommode-t-il pas trop ?

— Je vais vous installer directement sur le sol, cela n'en sera que plus confortable. Vous verrez, vous allez apprécier, j'en suis certain.

— Je l'espère bien », lâcha-t-elle en riant, avant de se retirer.

Resté seul, Martin choisit une couverture épaisse et l'étendit sur le sol. Il la recouvrit d'un grand drap de bain et compléta cet ensemble de deux coussins qu'il déposa un peu à l'écart. Encore une autre serviette pliée, destinée à recouvrir la jeune femme, et Martin se sentait prêt à s'occuper de sa cliente. La chaleur était agréable. Il retira son pull et resta vêtu de son pantalon ample et d'une chemise polo. Assis en tailleur sur le parquet, il attendit le retour de son hôtesse.

La porte s'ouvrit sur Christina. Elle avait revêtu un petit kimono de soie bleue décoré de deux grues blanches réalisées en broderie. Elle se déplaçait avec élégance en balançant son corps avec des mouvements de danse. Elle était radieuse.

« Me voici, mon ami ! s'exclama-t-elle avec une moue enfantine. Je ne vous ai pas fait patienter trop longtemps, j'espère ?

— Non, chère madame, je peux rester un instant seul, sans en prendre ombrage. Particulièrement, si c'est pour retrouver le plaisir exquis de votre compagnie. Je le prends plutôt pour un privilège.

— Ho ! quelle remarque délicate ! dit-elle en retirant son kimono, puis nue, s'étendit sur le ventre. Si je me réfère à nos rencontres passées, pour commencer vos soins, vous avez une nette préférence à me voir prendre cette position.

— Oui, comme cela, c'est parfait », répondit-il en la recouvrant de la grande serviette.

Puis, un peu inquiet, il ajouta :

« Ne craignez-vous pas d'être surprise par quelques indiscrets ?

— Absolument pas ! affirma-t-elle aussitôt. Et aussi, j'ai le droit de m'offrir un massage, n'est-ce pas ?

— Oui, évidemment. Cependant, si une personne nous découvrait à l'instant, elle pourrait se faire des idées.

— Sans importance, mon ami. Personne n'a accès à mes appartements, même pas mon mari. De toute façon, ce soir, tout le monde est sorti. »

Il commençait à lui effleurer le dos.

« Il reste la servante, remarqua-t-il.

— Greta ? Ho ! à l'heure qu'il est, elle ne se préoccupe plus de moi !

— En êtes-vous certaine ?

— Écoutez, Martin, la jeune fille qui vous a accueilli est une étudiante danoise. Elle est venue en France pour suivre des cours de langue. Elle est studieuse et se montre particulièrement discrète. Dans toute ma propriété en ce moment, à part Greta, il y a seulement le gardien. Il loge avec sa femme dans le pavillon situé près de l'entrée et ne vient jamais à l'intérieur du manoir. Croyez-moi, il a aussi tout intérêt à se montrer discret.

— Alors, je me sens rassuré et vais me consacrer à vous en toute quiétude.

— À la bonne heure ! » s'exclama Christina enfin satisfaite.

Martin pétrissait doucement sa cliente et réfléchissait à son état d'esprit : « Elle a renvoyé le personnel, son mari et son fils sont absents, il y a de fortes chances pour que toutes ces précautions soient une invitation. M'avoir introduit dans cette

36

pièce isolée alors qu'elle est pratiquement seule est une véritable provocation. »

Depuis la nuque jusqu'aux chevilles, en passant par les épaules, les hanches, les fesses et les cuisses où il sembla insister particulièrement, Martin gratifia chaque parcelle du corps féminin de ses effleurements, pressions et caresses.

« Maintenant, chère Christina, vous pouvez vous tourner », dit-il doucement en rompant le silence.

Christina ne répondit pas, mais se roula sur le côté pour se retrouver sur le dos. Martin la recouvrit partiellement pour voir sa réaction. Elle garda les yeux fermés et ne bougea pas.

Martin était ravi. De toute évidence, le comportement très complaisant de sa belle laissait la porte ouverte à ses fantasmes les plus audacieux.

Au fil des minutes, Christina s'abandonna aux mains chaudes et agréables du praticien. Tout lui semblait si loin, si peu important. Son laboratoire, ses obligations, rien ne venait la soustraire de cet état de douce torpeur si délicieuse où l'emportaient les caresses.

Martin se faisait de plus en plus pressant. Ses doigts parcouraient le haut des cuisses, puis s'enhardissaient vers l'intérieur. Plusieurs fois, ses mains caressèrent la douce et soyeuse toison, sans que la jeune femme n'émît la moindre protestation. Le moment était venu pour lui de passer à la grande aventure.

Soudain, Christina sentit le corps chaud de Martin prendre timidement contact avec son épiderme. Elle émergea de sa langueur et sépara les jambes pour l'inviter à se glisser entre ses cuisses. Finalement, elle se laissa emporter par son désir et glissa ses bras autour du torse puissant et musculeux de l'homme.

« Christina, je vous aime, lui glissa-t-il à l'oreille. Je vous désire de tout mon cœur, de tout mon être. »

Elle resta silencieuse et, en guise de réponse, se contenta de resserrer encore plus son étreinte. Martin se sentit heureux. Cette fois, la belle était prête à lui appartenir. Il lui prit la tête entre ses mains et plaqua sa bouche sur les lèvres au rouge provocant. Christina se soumit avec une facilité déconcertante.

En desserrant les dents, elle l'invitait à la prendre à pleine bouche. Leurs langues se caressaient, puis s'emmêlaient dans un jeu délicieux empreint d'une grande passion. Parfois, Christina se retirait, le temps de reprendre son souffle. Aussitôt, Martin, impatient, la reprenait doucement pour la soumettre de nouveau à l'emprise de son désir. Quand il se sentit enfin rassasié, il se retira. Il glissa le long du torse et ses lèvres parcoururent le cou avant de descendre sur l'un des seins qu'elles happèrent au passage. Subjuguée par tant d'ardeur, Christina se laissa faire. Mieux encore, elle l'encouragea par sa mobilité. Son corps dansait sous les caresses et les baisers. Soudainement emporté par son plaisir, Martin plaqua sa bouche sur l'intimité féminine et sa langue agile vint s'immiscer entre les lèvres accueillantes. Il lui glissa les mains sous les fesses pour la soulever. Alors, dans cette position, sa langue inquisitrice pouvait s'infiltrer plus profondément. Christina, toujours muette, balançait son giron en jouissant. Martin se retira lentement, se pencha de côté et saisit l'un des coussins placés à proximité, puis, en la soulevant, le glissa sous les fesses. Il lui écarta les cuisses et présenta son membre turgescent entre les lèvres. Alors, d'un geste rapide et puissant, il la posséda. Soumise à cette action possessive, Christina serra les dents et ne laissa échapper aucun son. L'impétueux amant lui libéra les cuisses de l'étau puissant de ses mains, puis s'étendit sur elle. En cet instant, elle se sentait heureuse. Cette étreinte l'élevait vers des sommets de plaisirs vertigineux. Elle vibrait d'un million de douces émotions tandis que son corps ployait sous les attouchements. Les longs mouvements de l'organe viril caressaient son ventre et la comblaient. Liquéfiée par cette jouissance infinie, Christina n'existait plus. Son être sublimé évoluait dans une dimension demeurée, pour elle, jusqu'à ce jour inconnue.

Inlassablement, les minutes continuaient leur ronde, jusqu'au moment suprême où l'homme, dans une ultime contraction de ses muscles, en se libérant dans son intimité, la combla entièrement.

Le calme revenu, Christina ouvrit les yeux. Martin la regardait, elle lui sourit.

« Madame a-t-elle apprécié mon massage ?

— Ho oui ! mon ami, jamais je n'ai vécu de moments si intenses ! »

Martin se pencha sur elle et l'embrassa une nouvelle fois. Elle le laissa faire et partagea son baiser, puis le repoussa doucement :

« Martin, je vous en prie, assez d'amour pour ce soir. Vous êtes amoureux de moi, m'avez-vous dit, et vous ne m'êtes pas indifférent, comme vous avez dû vous en rendre compte. »

Elle se laissa tomber sur le dos et ferma les yeux. Martin se coucha contre elle et la prit dans ses bras. Après avoir observé un instant de silence, elle lui dit doucement comme si elle réfléchissait à voix haute :

« Après cette soirée, je sens naître en moi un désir nouveau. Il me faut rassembler mes pensées. Je suis toujours restée fidèle à mon mari. Ce soir, vous êtes devenu mon amant et ma première infidélité. Désormais, au point de vue affectif, je refuse de vivre au rabais. Je tiens à vous, Martin, plus que de raison, et c'est une situation nouvelle qu'il me faut assumer.

— Ma chérie, je sème le trouble dans votre vie, j'espère ne pas vous décevoir.

— Ho non ! c'est seulement une chose nouvelle pour moi, si délicieuse, que je ne voudrais pas perdre !

— Alors, mon amour, pourrai-je vous revoir ?

— Certainement, mon ami. Cette forme de massage est une expérience qui mérite d'être renouvelée pour l'épanouissement de mon corps et aussi celui de mon esprit. »

Christina se retira doucement des bras de son ami. Elle se releva et enfila son kimono, tout en regardant d'un œil amusé Martin qui pliait avec soin les couvertures avant de les ranger sur le sol contre les portes d'une armoire. Il se releva, revêtit son pull et reprit sa montre.

« À propos, quelle heure est-il ? demanda-t-elle.

— Une heure trente.

— Félicitations ! mon ami, dit-elle agréablement surprise, vous avez réussi à m'emporter et me maintenir près d'une heure et demie au septième ciel !

— J'en suis franchement ravi, Christina chérie. Maintenant, je crois qu'il serait plus convenable de ma part de vous laisser. Vous m'avez dit avoir un rendez-vous important demain matin et je ne voudrais pas, par manque de tact, nuire à vos affaires. »

Surprise et un peu déçue, elle fit la moue et fronça les sourcils.

« Je vous en prie, ne me quittez pas si vite. Venez plutôt dans mon petit salon, je vais vous offrir quelque chose à boire et nous bavarderons encore un instant. À moins que vous ne désiriez déjà m'abandonner ?

— Non, pas du tout, je pensais à vous et votre besoin de repos. »

Assis l'un en face de l'autre dans des fauteuils, ils sirotaient lentement un gin-fizz. Ils reprirent leur conversation. Martin, un peu maladroitement, revint sur leur soirée.

« Ne m'en voulez-vous pas de m'être conduit d'une façon si entreprenante ? »

Elle lui sourit et leva son verre.

« À notre amour naissant, Martin, lança-t-elle avec des yeux malicieux.

— À nos futures aventures, ma chérie… Christina, vous ne m'avez pas répondu. »

Elle posa sur lui un regard qui en disait long sur le plaisir qu'elle retirait de sa présence.

« Ne me posez pas de question à laquelle vous savez pertinemment que je ne répondrai pas, murmura-t-elle simplement.

— Vous avez raison, ma chérie.

— Dites-moi, Martin, puisque nous en sommes aux confidences, pratiquez-vous l'amour toujours de la même façon ?

— Non, ma très chère, je connais beaucoup du royaume d'Éros. Sans vouloir me vanter, je crois être assez doué.

— Oui, je le reconnais. Vous m'avez semblé parfois connaître mon corps et sa sensibilité presque mieux que moi-même. Vous rendez-vous compte de mon aveu ? ajouta-t-elle en riant.

— Croyez-moi, vous ne lui consacrez pas assez de votre temps. Si vous me faites confiance, ma chérie, je vous emporterai par d'autres chemins sur des nuages de félicité. »

Christina détourna la tête en riant.

« Nous verrons, mon ami. Laissez-moi le temps d'apprécier cette soirée avant de formuler des projets d'avenir. »

Leur conversation s'engagea sur des sujets plus prosaïques ; la propriété de Christina, sa façon de la gérer et aussi le nom qu'elle portait, autre que celui de son mari. Elle lui expliqua l'importance de son nom de jeune fille pour ses affaires héritées de son père.

Une vieille horloge de parquet sonna deux heures.

Martin se leva.

« Cette fois, dit-il d'un ton qui laissait paraître son regret, permettez-moi d'insister. Je n'ai pas le droit de vous monopoliser plus longtemps. »

Elle se leva, s'étira et le prit par le bras.

« Je vous remercie, mon ami. Venez, je vais vous raccompagner jusqu'à la porte d'entrée. »

Ils sortirent. Dans le hall, Martin récupéra sa grosse veste, puis, précédé de son hôtesse, gagna la sortie.

« Au revoir, mon ami. À bientôt, je vous téléphonerai. »

Il voulut lui prendre encore un dernier baiser, mais elle le retint doucement d'une main :

« Non, pas ici, on pourrait nous apercevoir.

— Vous avez raison, ma chérie. Maintenant, je vous laisse. N'oubliez pas, je vous aime. Encore une chose, le grand portail de l'entrée est fermé à cette heure.

— Ah oui ! ne vous inquiétez pas, il se commande électrique-ment et va s'ouvrir à l'approche de votre voiture !… Bonne nuit.

— Bonne nuit, ma chérie. »

La nuit était fraîche. Martin frissonna en rentrant dans sa voiture et, en chantant sa victoire, regagna son appartement.

Dix jours avaient passé, dix jours longs et ennuyeux. Le centre de fitness fermait à vingt-deux heures. Chaque soir, Martin reprenait sa voiture en se disant : « Elle n'a pas appelé, ce sera peut-être pour demain. » Il commençait à désespérer. Maintes fois, il avait failli céder à l'envie de l'appeler au manoir, ou même à son laboratoire, pourtant, malgré son impatience, il s'était retenu en pensant que cette façon d'agir avait de grands risques de la contrarier. Après tout, dix jours, ce n'était pas beaucoup. Il n'y avait rien là d'exceptionnel. Avec son occupation importante, son amie ne pouvait pas facilement se libérer.

Il était dix-sept heures. Faute de client, il s'était accordé une pause et ruminait ses pensées chagrines quand Natacha l'appela à l'interphone :

« Martin ! une personne demande à te voir ! »

Son cœur bondit de joie. C'était sûrement Christina, il en avait le pressentiment.

Arrivé à la réception, Martin reconnut aussitôt la silhouette qui lui tournait le dos.

« Bonsoir, madame Beauvallon ! lança-t-il joyeusement. Quel bon vent vous amène ? »

Christina se retourna. Elle portait un tailleur rouge sous un manteau et une toque de fourrure. D'un geste élégant, elle retira son bonnet et libéra ses cheveux qui descendirent en vagues souples sur ses épaules.

« Bonsoir, Martin, dit-elle d'un ton neutre. Pouvez-vous aujourd'hui encore prendre soin de moi ?

— Maintenant ? répondit-il un peu surpris.

— Oui. Êtes-vous libre, oui ou non ?

— En effet, je suis libre et vais vous choyer avec grand plaisir, madame. »

Natacha émit un gloussement de jalousie.

Déjà, Martin aidait madame Beauvallon à retirer son manteau et l'invitait à le suivre :

« Vous connaissez la maison maintenant !

— Oui, je me souviens encore de votre lieu de travail… Oh ! vous avez deviné mon désir ! dit-elle en le voyant lui tendre une sortie-de-bain et une serviette-éponge.

— Je vous laisse vous mettre à l'aise, proposa-t-il galamment. Je vous retrouve dans un instant.

« Merci », dit-elle simplement.

Il se retira et réfléchit. Sa chère Christina était revenue. Pour le moment, elle se comportait d'une façon curieusement distante, mais était revenue et c'était l'essentiel. Quand Martin la vit sortir de sa cabine pour se rendre à la douche, il rentra préparer sa table. Il arrangea les vêtements de Christina et, en déplaçant son sac à main sur une chaise près d'un guéridon, remarqua qu'un billet d'avion dépassait d'une des poches latérales. « Tiens, pensa-t-il, elle s'apprête à aller en voyage. »

Le temps de préparer drap et serviettes, et déjà Christina revenait.

« Massage, comme d'habitude, madame Beauvallon ? demanda-t-il d'un ton sérieux en présentant la grande serviette-éponge qu'il allait servir pour la recouvrir.

— Oui, comme d'habitude », répéta-t-elle en soupirant.

Un instant plus tard, Martin massait consciencieusement le corps de sa cliente. Il prit l'initiative et engagea la conversation :

« Avez-vous passé des jours agréables, chère madame ? »

Christina descendit enfin de son piédestal et prit un ton plus amical :

« Oui, merci… Dites-moi, mon ami, êtes-vous certain qu'à l'intérieur de cette pièce personne ne peut nous entendre ?

— Parfaitement certain, ma chérie. Il y a bien d'autres cabines de massage, cependant, toutes sont situées plus loin, près des bains de vapeur et de la piscine. De plus, j'ai veillé personnellement à l'isolation phonique de ma pièce.

— Bien, vous me rassurez. Voyez-vous, mon ami, ces derniers jours, j'ai pris une décision importante à notre égard et tenais à vous en parler aujourd'hui même.

— Ha ! fit Martin étonné.

— Oui, j'ai décidé de venir, dans la mesure du possible, tous les quinze jours pour un massage tout ce qu'il y a de plus conventionnel et, en ce qui concerne nos rencontres plus privées, si vous me comprenez, je vous inviterai dans mon manoir les soirs où je serai seule.

— C'est merveilleux, ma chérie. Mais cela ne risque-t-il pas d'être un peu trop rare ?

— Non, répondit-elle en riant, je vous rassure. Alexandre est pratiquement toujours en rôde et Fabrice, mon fils, suit des études dans une grande école privée et n'habite pas dans la maison les jours de semaine.

— Pauvre Christina, si belle et pourtant si délaissée, remarqua Martin en plaisantant.

— Vous riez, mais cela n'est pas une vie, je vous l'assure. Ainsi, si, en apparence, je me permets de céder aussi facilement à votre amour et à votre affection, c'est peut-être pour combler ce grand vide.

— Je vous comprends et vous approuve, pas seulement pour la bonne raison que je suis le bénéficiaire de cette situation, mais également pour vous. Croyez-moi, vous méritez mieux.

— Merci, Martin.

— Avez-vous réfléchi ces dix derniers jours avant de prendre cette décision ?

— Non. Maintenant, vous devriez mieux me connaître. Il ne me faut pas autant de temps pour décider de quoi que ce soit, d'autant plus qu'il s'agit de mon existence même. Sur ces dix jours, je viens d'en passer sept à New York et je suis rentrée aujourd'hui. Vous voyez, il m'était difficile de vous rencontrer auparavant.

— Les affaires ont-elles été fructueuses lors de ce voyage ? »

Elle soupira avant de lui répondre :

« Mon ami, depuis le premier jour de notre rencontre, je négocie mes contrats avec une facilité déconcertante. Mes amis me soupçonnent même d'avoir acquis un pouvoir de persuasion, ou encore de fascination quasiment démoniaque.

— Vous êtes un peu plus heureuse et c'est cela sans doute qui rend votre compagnie si agréable.

— C'est fort probable. »

Martin venait de terminer le massage du dos de son amie. Il l'invita à changer de côté :

« Si vous voulez vous tourner, ma chérie. »

Elle se plaça sur le dos et, comme Martin ne lui recouvrait

pas complètement le giron, elle déplaça elle-même la serviette-éponge.

« Avez-vous froid ? demanda-t-il.

— Non, répondit-elle en gardant les yeux fermés. Je suis ici pour un massage, il est donc inutile de provoquer votre désir. Si toutefois la vue de mon corps vous émeut toujours.

— Tout en vous inspire l'amour, ma chérie, lui glissa-t-il doucement à l'oreille en se penchant sur elle. Votre classe, votre beauté. Vous savez, Christina, je vous aime depuis notre première rencontre.

— Cela ne fait pas bien longtemps, remarqua-t-elle en riant.

— Oui, bien sûr, je n'ai pas eu le privilège de faire votre connaissance avant. Pourtant, cela ne change rien. Si vous saviez combien je me suis ennuyé pendant votre absence.

— Je sais de quels maux vous souffrez, mon ami.

— Croyez-vous ?

— Oui, vous êtes tout simplement amoureux.

— Vous êtes cruelle, ma chérie. Je vous adore et vous riez de moi.

— Non, cher ami, je plaisantais simplement.

— Je vous pardonne, lui répondit-il en lui déposant un baiser sur le ventre.

— Bien, Martin, passons aux choses sérieuses. Après-demain, je serai seule au manoir. Je vous y attendrai, disons à vingt heures. Êtes-vous libre ce soir-là ?

— Pour vous toujours, Christina chérie.

— Alors, c'est parfait, nous disposerons de toute la soirée.

— Et de la nuit, ajouta-t-il aussitôt.

— Non, je le regrette, cela, je ne peux pas vous le permettre, ce serait trop risqué. Vous savez, si quelqu'un apprenait que vous avez passé la nuit avec moi, cela me nuirait beaucoup. Jusqu'à minuit, ou même une heure du matin au maximum. Croyez-moi, j'en suis désolée.

— Quatre heures au nirvana, cela n'est déjà pas si mal. Je vous remercie de tout cœur, ma chérie.

— Vous le comprenez, je le savais et vous en suis reconnaissante.

« — Maintenant, abandonnez-vous aux bienfaits du massage, fermez les yeux et laissez votre corps se détendre et apprécier le travail de mes mains.

— À une condition, vous ne me laissez pas dormir.

— Je vous promets de vous réveiller dès la fin du massage.

— Parfait, répondit-elle avant de fermer les yeux.

— Christina, ma chérie, c'est fini. »

Elle se réveilla, se redressa sur les coudes et lui sourit avant de prononcer d'une voix qui trahissait une soudaine inquiétude :

« Mon Dieu ! je n'ai pas dormi trop longtemps, j'espère ?

— Non, j'ai arrêté de vous masser il y a juste une demi-heure. »

Elle se sentit aussitôt rassurée et retrouva son calme.

« Quatre-vingts minutes, c'est un peu long pour un massage, non ?

— Pas pour vous en tout cas, ma chérie. »

Elle se releva et commença à s'habiller.

« Cela vous a-t-il plu ?

— C'était tout bonnement divin. Je me sens de nouveau prête à affronter ma vie trépidante pour quinze jours.

— Disons, jusqu'à après-demain, si je me réfère à votre invitation.

— Cela, c'est autre chose, mon ami. Ne mêlons pas ce genre de plaisirs avec vos soins.

— Pourtant, s'abandonner à certains soins peut s'avérer un véritable plaisir.

— Certainement. Mais alors, il ne s'agit pas de la même satisfaction.

— C'est exact, je vous l'accorde. Maintenant, je vous laisse vous vêtir, ma chérie.

— Une chose encore, lui dit-elle précipitamment, n'oubliez pas de rester toujours aussi discret sur nos relations et rendez-vous secrets.

— C'est promis. D'ailleurs, ici c'est Christina, en dehors c'est madame Beauvallon.

— Parfait ! Si vous respectez cette règle, ce sera merveilleux et vous me rendrez heureuse ! »

46

Il lui déposa un baiser furtif sur la bouche et sortit pour se rendre à la réception.

Un instant plus tard, Christina le rejoignit. Elle était radieuse. Il l'aida à enfiler son manteau et prit le chèque qu'elle lui tendait avant de la raccompagner à sa voiture.

« Ta séance de massage a duré bien longtemps. En vérité, tu lui as fait quoi à cette pimbêche pour qu'elle affiche un sourire si béat ? remarqua Natacha à son retour.

— Un massage, tout simplement.

— Un massage ? Tu parles ! T'as vu la tête qu'elle faisait ? On aurait dit qu'elle jouissait encore. »

Il s'approcha d'elle et prit une attitude d'homme outré.

« Là, tu deviens franchement grossière ! Regarde, voici le chèque qu'elle m'a remis. Il comprend bien le prix d'un massage, non ? »

Sans lui accorder le moindre regard, elle répondit d'un ton vague :

« Alors là, il y a comme un nœud. Tu lui fais un Californien et elle te paie pour cela, je l'admets. Mais alors, pourquoi diable fait-elle cette tête de gamine bêtement amoureuse ?

— Faut pas chercher plus loin, ma poulette. C'est l'effet magique de mes mains sur un corps féminin. »

Natacha éclata d'un grand rire forcé.

« Tu parles d'un gonflé, ce mec ! lança-t-elle. En tout cas, je te préviens, ne t'amuse pas avec ce genre de bimbo de luxe, autrement ta carte Visa pourrait bien surchauffer ! »

Martin négligea de lui répondre et se dirigea vers la salle de sport.

3. Sévère avertissement

Cette fois, c'est Christina en personne qui vint répondre à la porte du manoir.

« Bonsoir, mon ami, dit-elle enjouée.

— Bonsoir, Christina… Êtes-vous seule ?

— Oui, vous voyez, absolument seule.

— Même pas la Danoise ?

— Même pas. »

Martin rentra, suspendit sa veste au portemanteau du hall et suivit son hôtesse. Christina portait une grande robe en velours fin d'un vert lumineux. En la regardant plus attentivement, Martin remarqua un détail encourageant, le vêtement se croisait sur le devant. Il se réjouissait déjà du plaisir promis par sa belle blonde.

La voix de Christina le ramena à l'instant présent.

« Venez, mon ami, je vais vous montrer le bar. Vous verrez, je dispose de tout le confort moderne.

— Je n'en doute pas, ma chérie », répondit-il en la suivant.

Ils rentrèrent dans une pièce meublée d'un long canapé et de plusieurs fauteuils. Le bar occupait tout un angle. Pour donner un style particulier à cette pièce, le décorateur avait choisi de s'inspirer du Far West. Un grand miroir servait de mur de fond et une quantité de bouteilles de tailles et de formes déférentes étaient alignées sur des rayons en verre. Le tout était abondamment garni de diverses moulures en bois rouge exotique.

Martin s'était installé sur un tabouret en bois rembourré recouvert d'un cuir brun foncé. Les coudes posés sur le comptoir, il regardait Christina qui éprouvait de la peine à se dépatouiller avec ses ustensiles. Dans l'enceinte réservée au barman, elle cherchait quelque chose qu'apparemment elle ne trouvait pas.

« Vous comprenez, dit-elle d'un ton embarrassé, c'est surtout Alexandre qui connaît cet endroit. »

Martin avait remarqué les verres suspendus à l'envers, presque au-dessus de lui, et les tiroirs où devaient certainement se trouver les divers accessoires qu'elle cherchait. Il décida de lui venir en aide.

« Si vous le permettez, ma chérie, laissez-moi faire, je connais assez bien le service. »

Il se leva et rentra dans la pièce. Christina, en souriant, s'installa à son tour au comptoir.

Martin approcha, se redressa et adopta un air des plus sérieux.

« Et pour madame, ce sera ? » demanda-t-il avec emphase.

Elle rit et fit la moue.

« Au juste, je ne sais pas. Concoctez-moi quelque chose de circonstance.

— Aimez-vous les cocktails, madame ?

— Oui, assez.

— Alors, je me permets de vous proposer un Devil. »

Martin souleva les sourcils pour attirer l'attention sur ce qu'il allait dire.

« Vous verrez, poursuivit-il, c'est excellent et cela prédispose à l'amour. Je m'empresse de vous le recommander chaudement.

— En quoi consiste votre breuvage ? »

Martin ferma les yeux en faisant la grimace.

« Un mélange infernal, de quoi damner le plus saint des hommes. »

Christina adopta une attitude qui trahissait une défiance grandissante.

« Avouez-moi sa composition, mon ami, je vous en prie.

— Vous voyez, ma chérie, dans la timbale, je mets un quart de glace pilée, un verre à liqueur de menthe verte, un verre toujours à liqueur de Old brandy, deux traits d'angustura, deux traits de curaçao et un diablotin de Cayenne. Je ferme le shaker, frappe, passe dans un verre avec un zeste de citron et vous le donne avec une paille.

— Ne vais-je pas me retrouver paf avec cela ? Ce serait franchement ridicule !

« — Non, je vous l'assure. Malgré son nom et sa composition, cette boisson et agréable, échauffante, mais sans danger, à condition de ne pas en boire plusieurs évidemment.

— Alors, dans ce cas, allons-y pour un Dévil, mon garçon. »

Assis face à face, les amants se souriaient en sirotant lentement leur verre.

« Comment trouvez-vous cette boisson, ma chérie ?

— Agréable et délicieuse. Elle me convient. »

Martin regardait son amie. Sous l'éclairage tamisé des petites lampes judicieusement réparties, elle lui apparaissait encore plus belle et désirable.

« Vous rayonnez de beauté et de charme, ma chérie, et je vous aime. »

Elle sourit et l'expression de son visage trahissait ses sentiments. Martin comprit. La belle blonde aimait qu'il lui parlât d'amour.

Ils n'échangèrent plus aucun mot, mais leurs yeux en disaient long sur les pensées qui traversaient leur esprit.

Les verres vides, Martin les rinça et les essuya avant de les remettre en place.

« J'efface toute trace de notre passage, dit-il. Comme cela, nous restons discrets.

— Merci, mon ami, répondit-elle en choisissant une bouteille dans une armoire frigorifique, avant de l'inviter : prenez deux flûtes à champagne et suivez-moi. »

En arrivant dans la chambre où il l'avait comblée la première fois, Martin remarqua que son amie avait déjà préparé la place : une grande couverture piquée, deux ou trois coussins et serviettes-éponges, tout était prêt pour les recevoir.

La grande cheminée avait été allumée et des bûches de pin se consumaient en émettant de joyeux pétillements tandis qu'une odeur de résine chaude embaumait la chambre.

« Merveilleux, ma chérie, ce cadre est franchement romantique.

— Vous appréciez ma mise en scène, mon ami, j'en étais certaine. »

Martin était aux anges.

« Le décor est placé ! s'exclama-t-il. Nous sommes donc prêts pour le premier acte. »

Christina s'étendit sur la couverture, abandonna ses sandalettes et dit en l'attirant sur elle :

« Venez, mon chéri, l'amour nous attend ! »

Sans plus attendre, Martin, emporté par son impatience, défit le nœud de la ceinture, écarta le tissu de la robe et aussitôt les deux seins libérés apparurent. Il sourit en les voyant. Sous son vêtement, Christina était nue. Malgré sa poitrine ferme et l'épaisseur du tissu, il s'en était douté.

Il la renversa sur le dos et sa bouche gourmande lui prit sauvagement les lèvres. Elle répondit à son désir en partageant son baiser et en se tortillant doucement. Ce premier jeu épuisé, il acheva de la déshabiller et se plaqua contre le corps chaud et vibrant de désir de son amante. Christina, un peu surprise par sa précipitation, sentit le membre viril s'enfoncer rapidement dans son intimité.

« Vous me semblez bien pressé, mon ami, dit-elle doucement.

— Pour une bonne raison, ma chérie. J'ai prévu de vous apprendre comment, avec un peu d'imagination et de technique, nous pouvons augmenter d'une façon substantielle notre plaisir. »

En entendant ces mots, il la sentit se cabrer.

« Que voulez-vous m'apprendre au juste ? dit-elle d'une voix dont l'intonation trahissait sa soudaine inquiétude. D'après vous, je suis censée l'ignorer, et pourtant, cela devrait me plaire.

— Ne craignez rien, mon amour, ce n'est qu'un jeu simple et pourtant, ô combien délicieux !

— Proposez-moi toujours, je vous dirai si je me sens prête à m'y soumettre.

— Bravo ! ma chérie, vous êtes une amante merveilleuse ! »

Tout en poursuivant ses mouvements réguliers, Martin lui exposa son idée :

« Pour nous permettre de percevoir notre environnement, nous disposons de cinq sens. Ils ont chacun une infinie variété de sensibilité, qui vont d'une sensation douloureuse ou désagréable, jusqu'aux plaisirs les plus élevés. Dans l'amour tel que nous le faisons en ce moment, nous jouissons du toucher par le contact de notre peau, du goût avec les baisers, de la vue également ; le spectacle de votre corps nu étendu sur ce tissu soyeux me procure un plaisir infini. Le sens olfactif aussi est extrêmement important ; le parfum dégagé par votre épiderme se mêlant subtilement à celui de la résine de pin qui se consume dans la cheminée est très excitant. Il nous reste le sens de l'ouïe, et c'est à celui-ci que je vous convie à céder ce soir.

— Vous désirez m'entendre prononcer des mots d'amour, je suppose ?

— Non, du moins, pas exactement comme nous pourrions l'entendre.

— Comment cela, alors ?

— Christina chérie, êtes-vous prête à vous soumettre à ce jeu ?

— Dites toujours.

— Fermez les yeux et abandonnez-vous à notre plaisir… Je viens en vous, je me retire et ce mouvement recommence.

— Cela, je m'en étais un peu doutée, remarqua-t-elle en riant.

— Arrêtez, vous me coupez mes moyens. Écoutez plutôt. Quand je vous investis, chaque fois vous faites un mouvement pelvien pour me recevoir. Vous le faites parfaitement bien cela dit en passant… Maintenant, vous allez, à chacune de mes pénétrations, émettre une petite plainte.

— Comme dans les films X ?

— Non ! ne pensez pas à cela, tout est stupide dans ses films ! Ne vous référez pas à cela.

— J'éprouve, je crois, un peu de peine à jouer à ce jeu-là.

— C'est que, peut-être, notre position ne s'y prête guère. Attendez… Avez-vous déjà fait l'amazone ou, selon l'antique Kamasutra, la position de la paire de pincettes ?

— Le Kamasutra, répéta-t-elle lentement en appuyant sur les mots. Cela ne m'étonne pas de vous. Cet antique guide de l'amour pourrait bien vous servir de référence pour savoir séduire les jeunes femmes. Cela dit, vous faites sans doute allusion à cette position où la femme domine l'homme physiquement, mais aussi du regard. Il paraîtrait qu'elle augmente le plaisir instantanément. Pour ma part, je l'ai effectivement expérimentée une fois, mais il y a bien longtemps. »

Martin ne répondit pas à sa remarque. Il se retira, s'étendit sur le dos et l'attira sur lui.

« Maintenant, dit-il avec empressement, vous allez vous placer à califourchon sur mes cuisses et je vais vous reprendre. »

Elle suivit son idée, se ficha sur son sexe en érection et posa ses mains à plat sur sa poitrine.

« Parfait, ma chérie. Maintenant, vous allez balancer votre giron, d'abord en silence, puis, quand vous vous sentirez prête, vous commencerez à ponctuer chacun de vos mouvements par un gémissement. D'accord ?

— Je veux bien essayer, ne serait-ce que pour vous être agréable.

— Merci, ma chérie. Vous y retirerez vous aussi du plaisir, croyez-moi, vous verrez. »

Ils restèrent silencieux. Christina se balançait doucement, puis, après quelques hésitations, se glissa timidement dans le jeu.

« Ah !... Ah !... Ah !

— Oui, c'est bien mon amour, continuez, plus fort !

— Ah !... Oh !... Eh !... Hop !

— Non, non et non ! Christina, vous ne prenez pas notre jeu au sérieux. Reprenez et soyez plus crédible.

— Sérieux, vous en avez de bonnes, dit-elle en soupirant.

— Vous réfléchissez trop, ma chérie. Suivez attentivement mon conseil. Abandonnez-vous sans réfléchir. Concentrez-vous uniquement sur votre plaisir. Comme si votre corps ne disposait que de ce moyen pour s'exprimer. Par l'une de vos plaintes, je dois réaliser à quel degré de jouissance vous vous trouvez.

— Dans quelle intention ?

— Si je peux me rendre compte de ce qui vous fait le plus plaisir, je serai en mesure de vous satisfaire plus pleinement encore.

— Selon vous, je devrais par des "ah !" ou des "ho !" vous exprimez toute ma jouissance ?

— Exactement.

— Alors, mon ami, il était plus simple de me le dire directement.

— Depuis le début de notre jeu, j'essaie de le faire, ma chérie. »

Elle se pencha plus près de son visage.

« Vous le faites avec ménagements pour ne point m'offusquer, répondit-elle près de son oreille. Cependant, je dois vous l'avouer, dès votre première explication, je savais pertinemment où vous vouliez en venir.

— Vous mériteriez une bonne fessée.

— Je vous demande un instant de silence pour quitter nos bavardages, proposa-t-elle en fermant les yeux pour se soustraire à son regard. Ensuite, je vous promets de me livrer à votre jeu. »

Martin posa ses mains sur les hanches aux rondeurs agréables et les pressa doucement.

Le temps de quelques minutes, seul le crépitement du feu rompait le silence. Les flammes dans leur danse illuminaient d'éclats irréguliers la jeune femme nue. Martin la regardait. Elle avait fermé les yeux pour se laisser couler dans le plaisir offert par cette étreinte. Puis, lentement, d'une façon progressive, elle suivit son désir de l'entendre.

« Ah !... Ah !... Ah !... »

Le temps s'écoulait lentement. Christina jouait parfaitement bien son rôle. Martin la suivait, la palpait, lui pétrissant les hanches de ses doigts qu'il enfonçait dans la chair tendre. Elle savait, par l'intonation de sa voix, lui faire comprendre à quel point ses caresses lui procuraient du plaisir.

Christina se livra longuement ainsi à satisfaire le caprice de son amant. Il était vrai qu'au cours du jeu, en percevant les effets de ses plaintes sur son amant, elle commençait à ressentir une excitation supplémentaire.

Il l'attira contre lui, l'enlaça et lui happa les lèvres pour l'entraîner dans un long baiser.

54

Quand il la libéra, elle se laissa tomber sur le côté et tendit ses jambes engourdies.

« Ah ! cela fait du bien ! Je commençais à avoir des crampes en maintenant aussi longtemps cette position ! »

Martin se plaça à genoux entre les cuisses écartées comme les branches d'un compas, la souleva d'une main et lui glissa le plus volumineux des coussins sous les fesses.

« Maintenant, dit-il d'un ton plein d'enthousiasme, c'est à mon tour de prendre le rôle actif.

— C'est parfait ! lui répondit-elle. Il ne me reste plus qu'à me laisser faire !

— Pas du tout, ma chérie, je t'invite à poursuivre ton éducation sexuelle.

— Que dois-je faire encore ? Attiser un autre de nos sens ? lui demanda-t-elle un peu inquiète.

— Oh non ! ma chérie, encore le même, celui de l'ouïe !

— Dois-je poursuivre mes plaintes ? »

Il s'étendit sur elle et lui prit la tête entre les mains. Elle ouvrit les yeux et le fixa, attendant la suite du programme qu'il allait lui proposer.

Martin plongea son regard dans l'émeraude des prunelles de son amante et lui demanda en guettant ses réactions face à son désir :

« Oui, tu vas poursuivre tes gémissements et, de temps en temps, dire une phrase pour nous encourager. »

Elle fit une grimace et resta méfiante.

« Que voudrais-tu m'entendre prononcer, au juste ?

— Tes sensations, comment tu apprécies mon intrusion dans l'intimité de ton corps, etc.

— Soit, mais à une condition. Tu parles une minute, je fais quelques plaintes, puis ce sera à moi d'exprimer mon plaisir et l'on recommence.

— Entendu, mais c'est toi qui commences.

— Non ! Martin, c'est ton idée ! Tu désires ce jeu de phrases, aussi je te confie le soin d'entamer le premier acte de notre représentation lubrique. »

Martin souleva les sourcils et s'apprêtait à protester, puis se ravisa.

« J'ai un peu peur de dire des choses qui pourraient te choquer si tu n'es pas prête à les entendre », murmura-t-il en surveillant d'un œil ses réactions.

Elle lui sourit tout en le regardant dans les yeux.

« Alors, je me livre à quelques soupirs, afin de me mettre dans l'ambiance, et je te dirai lorsque je me sentirai prête à me soumettre à l'épreuve du verbe.

— Je t'en remercie. Maintenant, allons-y. »

Il lui replia les jambes au maximum de façon à la pénétrer au plus profond tandis qu'elle se préparait mentalement à gémir.

« Ah !... Ah !... Ah !... Vas-y... parle...

— Ho oui ! c'est diablement agréable de te prendre comme cela, ma chérie !... Tiens !... tiens !... encore... J'aime te voir gigoter de plaisir... Ho oui ! je suis heureux de te posséder et de me sentir en toi !

— Ho oui ! mon chéri, prends-moi bien fort !... Fais-moi jouir, mon amour... Viens !... viens !... Enfonce-toi bien profondément dans ma chair. »

De ses mains libres, Christina pétrissait doucement ses seins qui se dressaient sous l'effet des caresses.

Les amants poursuivirent longuement leurs échanges de phrases excitantes, jusqu'au moment où Martin accéléra progressivement le rythme de ses assauts et finit par la gratifier de sa semence qu'il lui injecta dans l'intimité de son ventre.

Épuisés par leurs jeux, les deux amants se laissèrent retomber de côté sur la couverture et, face à face, poursuivirent leurs caresses.

« Tu as été merveilleuse, Christina ! Tu sais te montrer une amante délicieuse. »

Elle lui sourit en parcourant de ses lèvres l'un de ses bras vigoureux, puis releva la tête.

« Toi aussi, mon amour, murmura-t-elle, toi aussi. »

Elle resta un instant songeuse avant de poursuivre :

« Mais, dis-moi, ai-je beaucoup d'autres découvertes à faire en ta compagnie dans le passionnant royaume d'Éros ?

— Ho oui ! Mais tu verras, je suis sûr que tu aimeras !

— Je l'espère bien.

— Pourquoi, ma chérie ? Mon désir de t'entendre ce soir t'a-t-il déplue ?

— Non ! Certes, non ! Je m'inquiète un peu, car je ne sais pas ce qui se passe dans ta tête et jusqu'où nous conduirons tes fantasmes. »

Il la prit dans ses bras l'enlaça tendrement et lui glissa à l'oreille :

« Ne crains rien, mon amour, je t'aime et te respecte. »

À cet instant, ils réalisèrent qu'ils se tutoyaient.

« Ho ! ma chérie, je te tutoie, pardonne-moi.

— Je me livre à cette familiarité pour la première fois de ma vie, répondit-elle en lui souriant et haussant les épaules. Mais rassure-toi, je vais la poursuivre. Cependant, j'insiste, uniquement lorsque nous sommes dans l'intimité.

— J'en suis extrêmement flatté, ma chérie. Alors, il me faut modifier notre règle. Dans l'enceinte de l'institut et à l'extérieur, c'est madame Beauvallon. Dans la cabine de massage, c'est Christina. Et quand nous sommes seuls, en amoureux, c'est "tu".

— Tu as parfaitement résumé la chose. Te sens-tu prêt à respecter cette formule ?

— Avec plaisir. Cela ajoutera une dimension supplémentaire à notre relation, déjà assez particulière. »

Ils rirent, se relevèrent et s'habillèrent lentement. Christina récupéra la bouteille de vin, la montra à son ami, puis s'allongea sur la couverture près de lui.

« Et maintenant, Champagne ! » lança-t-elle joyeusement.

Martin s'assit en tailleur, prit la bouteille et l'ouvrit. Son amie, pendant ce temps, tenait les verres qu'il remplit.

« À nos futures aventures amoureuses, ma chérie.

— À mes prochaines découvertes et épreuves, en espérant me montrer toujours à la hauteur. »

Après ce qu'elle venait de dire, Christina le regardait en surveillant ses réactions. Avant qu'il ne répondît, elle ajouta :

« Oui, il serait dommage d'échouer au prochain examen. »

Martin lui adressa un grand sourire.

« Cela m'étonnerait, ma chérie, tu me sembles plutôt douée. »

À ces mots, elle se redressa en feignant de se vexer.

« Comment cela, douée ?

— Oui, je dis bien douée. Pourtant, ne te méprends pas, il s'agit d'une qualité. Tu as une nature de comédienne qui te permet de rentrer facilement dans la peau d'un personnage et de jouer un rôle. »

Elle resta un instant pensive, se calma et s'étendit sur le sol.

« T'as peut-être raison. D'ailleurs, quand j'étais petite, je rêvais de devenir actrice.

— Tu vois, mon amour, je commence à te connaître. »

Ils poursuivirent leur conversation au gré de leurs fantaisies, passant d'un thème à un autre, jusqu'à une heure du matin où, une fois encore, le son lugubre de la vieille pendule leur rappela qu'il était temps de se séparer. À contrecœur, ils finirent la bouteille et se levèrent. Martin voulut ranger les couvertures, mais Christina le retint :

« Laisse, mon ami. »

Ils sortirent de la pièce et Christina l'accompagna jusqu'à la porte principale où ils se quittèrent.

« Bonne nuit, mon ami.

— Bonne nuit, ma chérie, et à bientôt. »

Le brouillard enveloppait la cour de son voile lugubre et dissimulait presque totalement le manoir. Martin gagna sa voiture et jeta encore un dernier regard vers l'entrée où Christina avait disparu.

Martin avait repris son travail routinier. La majorité de la clientèle de l'institut venait pour pratiquer des exercices avec les appareils de musculation. Quelques personnes, généralement un peu moins jeunes, étaient plus intéressées par le sauna et la piscine. C'est parmi ces gens que Martin tirait l'essentiel de ses clients.

Martin venait de rencontrer Christina. Il savait qu'une bonne semaine devrait s'écouler avant d'obtenir de ses nouvelles. Aussi fut-il assez surpris quand Natacha l'appela à l'interphone :

« Martin, un appel pour toi. Je peux te le passer ?

— Un client ? demanda-t-il curieux.

— Mieux, une cliente !

— Passe-la-moi.

— Allô, monsieur Desroches ? demanda une voix féminine qu'il reconnut aussitôt.

— Oui, lui-même. Bonjour, Christina.

— Bonjour, Martin. Mon appel vous surprend-il ?

— Oui, un peu. Cependant, rassurez-vous, c'est une très agréable surprise. Je n'attendais pas de vos nouvelles avant quelques jours. »

Le rire joyeux de Christina s'échappa de l'appareil :

« J'ai essayé en vain de vous atteindre sur votre portable, c'est pourquoi je vous appelle à votre institut.

— Oui, comprenez, je ne peux pas me permettre d'être dérangé quand je travaille. Aussi, je l'éteins systématiquement. Le problème, c'est qu'après j'oublie toujours de le rebrancher. Alors, je vous prie de me pardonner.

— Croyez-moi, c'est sans importance du moment qu'il m'est possible de vous atteindre. Maintenant, revenons au sens de mon coup de fil. Je vous appelle de Londres. Je ne serai pas de retour avant une semaine et tenais à vous en avertir.

— Je penserai beaucoup à vous, ma chérie.

— Moi aussi, mon ami. J'ai également le plaisir de vous informer que je serai libre le week-end suivant.

— Le 24 et le 25 novembre ?

— Exactement. Alexandre doit se rendre à Rome. Il quittera la propriété aux alentours de quatorze heures et ne rentrera certainement pas avant dimanche soir, tard dans la soirée.

— C'est merveilleux ! s'exclama Martin que cette nouvelle rendait fou de joie. Je serai également libre et avais prévu de passer ces deux jours dans mon pavillon de chasse.

— Vous êtes chasseur ? demanda Christina un peu surprise.

— Non, pas vraiment. J'ai acquis cette petite maison il y a deux ans et y passe mes jours de congé.

— Où se trouve-t-elle ?

— Dans le Jura, entre Morez et Les Rousses. Ce n'est pas très loin d'ici.

— Oui, je vois. Écoutez, faites-moi un croquis sur une feuille de l'itinéraire à suivre pour vous retrouver et, dès la fin de mes affaires, je vous rejoindrai.

— Dois-je vous l'envoyer par poste ?

— Non, directement ici, à mon hôtel, à Londres. Je vous donne le numéro du fax.

— Ho oui ! Je le dessine et vous le fais parvenir aussitôt. Mais dites-moi, êtes-vous certaine de me retrouver ?

— Si vos indications sont claires, il n'y aura aucun problème.

— Je vous promets de soigner mon travail.

— J'y compte bien. Alors, au 24, mon ami. À bientôt.

— Oui, à bientôt, Christina. »

Martin se sentait heureux. Il allait recevoir la femme de ses pensées dans sa maison perdue dans la forêt. En amoureux, il était bien décidé à mettre tout en œuvre pour l'accueillir dignement. « Encore huit jours d'impatience, c'est relativement vite passé », se dit-il. Il allait lui mijoter de ses petits plats délicieux dont il avait le secret et ensuite passer toute une nuit avec elle. Cette seule pensée le réjouissait déjà.

Il sortit de sa cabine pour aller chercher un Coca et croisa Natacha.

« Alors ? lança-t-elle piquée par la curiosité. Tu dois te trouver aux anges ! La Beauvallon vient sûrement de prendre un rendez-vous. »

Martin avait bien envie de lui révéler la vérité, mais se souvint de la promesse qu'il avait faite à Christina.

« Madame se trouve pour une semaine à Londres, dit-il décontracté. Elle tenait simplement à m'en informer. »

Natacha secoua la tête en signe d'incompréhension.

« Ce n'est pas croyable, maugréa-t-elle. Mais qu'est-ce que cela peut bien te foutre si cette pimbêche va à Londres ou au diable ? Comme je te connais, tu lui as sûrement répondu : "Des mercis de m'en informer, madame Beauvallon. Je vous promets d'en tenir compte dans mes prochains fantasmes." »

Martin feignit de se vexer.

« Ho ! là, tu vas un peu loin ! lança-t-il le doigt pointé dans sa direction. C'est une femme de classe et nous pouvons être fiers de la compter parmi notre clientèle.

— Ho ! pardon, monsieur ! Je suppose que je vous dois des excuses. »

Martin retrouva son flegme habituel et s'éloigna en prononçant calmement :

« Je te laisse, tu es décidément trop jalouse.

— Jalouse, moi ? Tu divagues ! » fit-elle en haussant la voix et en se remettant à taper sur son clavier.

Samedi matin, Christina était de retour de Londres. Elle venait de franchir le seuil de son manoir quand Greta se précipita à sa rencontre.

« Monsieur est dans son bureau, dit-elle à voix basse, il est tout fâché.

— Ah oui ? Et savez-vous pourquoi ? » demanda Christina tout en commençant à gravir la rampe d'escalier qui conduisait à ses appartements.

Greta la suivit. Elle s'approcha encore plus près.

« Francisco, chuchota-t-elle en prenant garde à ne pas être entendue, a dit à monsieur : "Madame a reçu un homme le soir et il est resté jusqu'au petit matin."

— Ah ! le salaud ! fit Christina en arrêtant ses pas.

« Merci, Greta, de m'en avertir, je vais agir en conséquence.

— Madame sait qu'elle peut toujours compter sur moi », lui dit encore la Danoise avant de retourner à ses occupations.

Christina se changea et, d'une manière naturelle, descendit au grand salon où, un instant plus tard, son mari la rejoignit. À l'attitude austère de l'homme, elle comprit qu'elle devait jouer serré. Elle prit l'initiative et le salua gentiment :

« Bonjour, Alexandre. Vous semblez bien tendu, mon ami. Auriez-vous des ennuis ? »

L'homme croisa les bras sur sa poitrine et lui jeta un regard glacial.

« Bonjour, ma chère, dit-il d'une voix sévère. En effet, vous avez raison, je suis courroucé et suis en droit de l'être.

— Et pourquoi cela, je vous prie ? répondit calmement

Christina en s'installant dans un fauteuil.

— J'ai appris avec une certaine surprise que, durant mon absence, vous avez reçu un homme, le soir, sous mon toit, et ceci par deux fois. J'exige une explication ! »

Christina fit quelques profondes respirations et se contrôla.

« En effet, répondit-elle calmement, ces derniers jours, j'étais particulièrement stressée. J'ai dû faire appel à mon masseur-kinésithérapeute, et le seul moment que nous avons trouvé de libre pour nous rencontrer était le soir. C'est tout !

— C'est tout ? Je me demande si vraiment vous espérez me faire gober une histoire pareille, ou alors vous me prenez vraiment pour un imbécile, ma chère ! Voyez-vous, je ne suis pas dupe. Quand une séance de massage nécessite toute une soirée et se prolonge même jusqu'au petit matin, j'estime qu'il y a un peu plus qu'une simple relation entre un thérapeute et sa cliente ! »

Christina quitta son fauteuil et se dirigea tranquillement vers l'une des fenêtres.

« Vous estimez ! J'aime bien cela ! Je suis une femme avec des besoins relationnels humains minimums, vous l'oubliez un peu trop souvent, mon cher. Face à ceux que nous entretenons, je me vois obligée de disposer de ma personne comme bon me semble. Je tiens aussi à vous faire remarquer encore une chose importante. Lors de ces deux soirées, mon visiteur a quitté le manoir un peu après minuit, ce qui est loin du petit matin comme l'a mal intentionnellement prétendu votre rapporteur. »

Alexandre était grand et maigre, toujours vêtu de la même façon ; complet beige chemise blanche et gilet. Il approcha de sa femme et ses petits yeux gris dans sa face presque ronde la fixèrent d'un air supérieur.

« Vous oubliez peut-être avoir conclu un contrat de mariage. Par conséquent, vous m'appartenez, si ce n'est d'esprit, en tout cas de corps, et je tiens en plus à vous rappeler votre devoir d'épouse. »

Elle se retourna d'un geste vif et se retrouva face à face. En le voyant si proche, Christina ne put s'empêcher de comparer Alexandre avec ses cheveux grisonnants coupés courts et ses yeux de rapace, à Martin au corps athlétique, à sa gentillesse, sa courtoisie et son amour romantique.

« Aujourd'hui – *Alexandre poursuivait sa leçon* –, je suis prêt à me montrer magnanime et ne plus tenir compte de vos égarements, somme toute bien féminins, à la condition toutefois que vous soyez prête à faire amende honorable et à suivre mon conseil.

— Et quel est votre conseil, mon cher ?

— Il est assez simple. Je ne veux plus entendre parler de cette stupide idylle et vous allez y mettre fin immédiatement. »

Christina s'appuya contre un fauteuil et posa ses mains sur le dossier.

« Vous me semblez agir comme avec une enfant, dit-elle en conservant difficilement son calme.

— Si je me réfère aux Saintes Écritures, qui sont tout de même la référence de vie de notre civilisation, en tant que femme, vous devez considérer votre mari comme votre seigneur et maître. C'est lui seul qui peut, par ses actions et son bon vouloir, vous ouvrir les portes du ciel.

— Arrêtez, mon ami, vous allez me faire pleurer de rire, tant votre conception de la vie est stupide et surannée. Nous vivons au XXIᵉ siècle et vos fadaises, si elles pouvaient impressionner les peuples du Moyen Âge que votre doctrine prenait bien soin de maintenir dans l'ignorance, aujourd'hui ne me font ni chaud ni froid. Alors, gardez vos discours pour ceux qui sont encore assez stupides pour y croire.

— Riez, ma chère ! Cependant, écoutez bien mon conseil. Si vous ne tenez pas compte de mes avertissements, je ne vais pas m'accommoder du rôle de cocu ni demander le divorce, ce qui serait contraire à mes convictions religieuses.

— Attachée à un poteau et lapidée, voilà la grandeur d'âme que vous dicte votre croyance qui, bien entendu, concernait la femme, puisque, pour le mari, il était tout à fait normal d'avoir deux femmes et même quelques concubines.

— Je ne discuterai plus avec vous de ce domaine qui vous est décidément bien hermétique. L'essentiel pour vous, c'est de savoir ce à quoi vous devez vous attendre en cas de récidive. Je me verrai obligé de prendre à votre égard des mesures très sérieuses et désagréables. »

Christina le regardait en silence et se demandait où il voulait en venir.

« Alors, madame l'infidèle, poursuivit-il avec arrogance, m'avez-vous bien compris ? »

Elle le fixa sévèrement et son visage exprimait toute sa colère.

« Faites attention, Alexandre ! dit-elle en appuyant sur ses mots. Vous me menacez, je n'aime pas cela ! »

Alexandre quitta sa position restée jusqu'ici statique, pour se déplacer dans la pièce en gesticulant.

« Vous n'aimez pas cela ! Peut-être bien, pourtant c'est la vérité. Je vous le répète, si vous n'écoutez pas mes conseils, vous allez le regretter amèrement, car je vous punirai. »

Christina éclata de rire avant de répondre :

« Ah oui ? Et en quoi consistera votre punition ? Puis-je le savoir ? La fessée ? Ou bien encore me priverez-vous de dessert ?

— Profitez de rire, ma belle ! Car je vous le promets à l'instant, je m'arrangerai pour me retrouver seul avec vous dans notre manoir, et alors je vous infligerai la plus belle correction que vous n'avez sans doute jamais reçue de votre vie. »

Le visage de Christina s'empourpra. Elle s'efforça de paraître stoïque, alors qu'en vérité elle bouillonnait de rage.

« Vous osez me menacer de sévices physiques dans ma demeure ? – *Elle martelait ses mots* – La colère vous égare ! Prenez garde à ce que vous dites ! »

Face à ces menaces, Christina, en un instant, venait de prendre la décision qui allait transformer sa vie d'une manière radicale. Avant qu'elle ne parlât, son mari lui dit encore d'un ton toujours arrogant :

« Vous avez été jusqu'ici une enfant gâtée, fille unique d'un couple fortuné. Tout vous a été offert immédiatement sur un plateau d'argent. Aucune restriction à vos désirs, et maintenant, vous croyez que ces privilèges peuvent durer. Eh bien non, madame ! Vous avez un mari dans votre vie et lui devez fidélité et soumission. C'est écrit dans les lois… Compris, ma chère ? »

Elle voulut lui annoncer sa décision de se séparer et se retint au dernier moment :

« Je vais voir ce que je peux faire. Cependant, je vous conseille de cesser vos menaces parfaitement déplacées, vous ne m'impressionnez pas. »

Comme Alexandre approchait, par prudence, elle se glissa derrière le fauteuil qui lui servait d'appui.

« Je vous le répète pour la dernière fois, respectez notre pacte et tout rentrera dans l'ordre ! Je dois partir cette après-midi et ne rentrerai pas avant dimanche soir. Si, d'ici là, j'apprends que, en dépit de mes avertissements, vous avez de nouveau failli à votre devoir, vous le regretterez ! Je vous le jure !

— Encore et toujours des menaces, dit-elle en se dirigeant vers la porte.

— Où allez-vous maintenant ?

— Dans mes appartements, dit-elle en se retournant. J'estime avoir suffisamment subi votre humeur, mon cher.

— C'est cela ! lança-t-il – *d'un signe de la main, il l'invitait à sortir de la pièce.* Allez chez vous et méditez sur ce que je vous ai dit. Peut-être adopterez-vous une attitude plus raisonnable ! »

4. Une dangereuse récidive

Tôt le matin du 24 novembre, accompagné de son berger de Beauce, Martin sortit de chez lui. Il avait fait des achats la veille et les chargea dans son break. Après avoir contrôlé qu'il n'y manquait rien, il prit le volant et engagea sa Peugeot sur la départementale en direction de Dole. Ce jour-là, il faisait froid et cru. Pour se tenir compagnie, Martin brancha sa radio sur Nostalgie et roula en pensant à ses plaisirs futurs.

Il était à peine huit heures et demie quand il parqua son véhicule devant sa petite maison de rondins. Il laissa son chien à l'extérieur et rentra. Dans la grande et unique pièce rectangulaire régnaient une atmosphère froide et une odeur de renfermé. Il alluma la grande cheminée de pierres naturelles et se frotta les mains. Il ouvrit ensuite les fenêtres pour changer l'air, le temps de décharger les bagages ainsi que ses différents achats.

Martin balaya et nettoya sans relâche. Il tenait à donner à son intérieur un attrait accueillant. À midi, alors qu'il prenait le repas qu'il s'était rapidement concocté, il se sentit enfin satisfait de son travail. Christina pouvait désormais venir, son pavillon était présentable. Dans un angle, juste après l'entrée, il avait aménagé une petite cuisine ouverte. Une table, avec un banc et deux chaises, la séparait du salon. En face, un grand meuble en bois massif était disposé entre deux fenêtres à petits carreaux.

L'espace à l'autre extrémité avait été également divisé en deux zones plus ou moins distinctes. Un lit divan occupait l'un des côtés, alors qu'à l'autre, il avait disposé un ensemble canapé et fauteuils.

Après le repas, Martin sortit. Il parcourut rapidement du regard les alentours. Tout lui sembla parfait. Il déplaça encore sa voiture pour la garer sous un couvert construit à quelques pas du refuge, puis, accompagné de son chien, suivit le petit sentier qui conduisait à la grande route. Ses bottes foulaient la chaussée recouverte d'une fine couche de neige. En marchant lentement, il pensait à leurs retrouvailles : « Christina possède une voiture de sport. Ce genre de véhicule ne s'accommode guère de la mauvaise saison. » Il se fit un peu de soucis, puis se raisonna et décida de faire confiance à son amie. Elle saurait se jouer de cette difficulté. Après avoir fait demi-tour, il aperçut au bout du chemin la fumée qui montait en volutes régulières de la cheminée de son refuge. Ce cadre lui plaisait par son charme et son côté accueillant. Certain qu'il plairait à son amie, il sourit.

De retour à la maison, il se dirigea à la cuisine où il prépara les ingrédients indispensables à l'élaboration d'un repas de circonstance.

La nuit commençait déjà à assombrir le paysage quand le bruit caractéristique de la Ferrari attira son attention. Martin quitta sa lecture et se leva du fauteuil où il s'était installé, pour aller au-devant de sa belle.

En sortant de son roadster, Christina était radieuse. Elle portait un ensemble pantalon et veste en tissu rouge matelassé.

« Il est franchement ravissant, ton petit refuge ! » s'exclama-t-elle en admirant l'endroit.

Le chien se précipita à sa rencontre. Elle s'arrêta et Pacha tourna autour d'elle en aboyant joyeusement.

« Doucement !... doucement, mon brave, lui dit Martin pour lui faire comprendre qu'il avait affaire à une amie. Christina, je te présente Pacha, c'est mon ami à quatre pattes. »

Elle flatta l'animal de ses mains gantées. Tout en poursuivant son jeu avec Pacha, d'un mouvement de tête, elle lui désigna sa voiture :

« Martin, veux-tu récupérer la petite valise posée sur le siège passager ? Elle contient mes effets personnels.

— Avec plaisir, madame ! » répondit-il avec emphase.

Le bagage à la main, Martin l'invita à le suivre :

« Viens, ma chérie, je vais te faire les honneurs de mon château. »

Christina retira d'abord sa veste, puis découvrit le charme désuet du petit intérieur.

Martin la suivait en surveillant ses réactions.

« Je sais, ce n'est pas bien grand, remarqua-t-il comme pour s'excuser de la simplicité de l'endroit, mais je m'y plais beaucoup.

— Je te comprends, approuva-t-elle. C'est un nid douillet et idéal pour se ressourcer loin des tumultes de la vie active.

— Oui, et aussi merveilleux pour se retrouver seul avec l'être aimé. »

Elle sourit tout en parcourant des yeux le refuge de son ami.

« Première chose, mon chéri, si tu le permets, je vais me changer. Je serai ensuite plus à l'aise et vais me sentir aussitôt presque chez moi.

— Parfaitement, ma chérie. Tu es ici chez toi. Et pendant que tu te changes, je vais te préparer une boisson. »

Il déposa la valise sur la table basse près des fauteuils et lui désigna une étroite porte vitrée :

« Là, c'est la salle de bains. Tu peux t'y changer, si tu le désires.

— Volontiers. Par la même occasion, je prendrai une douche.

— Je te le répète, Christina, tu es ici chez toi, ne te gêne pas. Comme je te connais, j'ai déjà préparé des serviettes-éponges. Tu verras, elles sont roses.

— Je te remercie beaucoup. Si tu veux m'offrir une boisson, je te demanderai un simple café.

— Je le prépare. »

Martin, en sifflotant, s'affairait à la cuisine. Il entendait la jeune femme se doucher et pensait aux plaisirs promis. Il arbora un grand sourire de satisfaction.

« Voilà, maintenant, je me sens bien », remarqua Christina en sortant de la salle de bains.

Martin se retourna aussitôt. Elle portait une casaque cintrée sur un pantalon large. Cet ensemble, en coton léger de couleur bleu ciel, avait brodé sur la poitrine un superbe oiseau de paradis.

« C'est ravissant, ma chérie. Il faut aussi l'admettre, c'est surtout ta beauté qui met cet ensemble en valeur.

— Merci du compliment. Je l'accepte volontiers. Et regarde, j'ai aussi des pantoufles assorties. »

Elle tendit une jambe pour lui montrer ses chaussures basses qui étaient confectionnées dans le même tissu et garnies de fourrure.

« Ravissant, ma chérie… Viens boire ton café pendant qu'il est encore chaud. »

Elle prit la tasse entre les mains et la porta à ses lèvres, but une gorgée et s'assit à table sur le petit banc. En le regardant préparer le repas, il lui vint une petite pensée de méfiance.

« Martin, je ne voudrais pas te froisser, glissa-t-elle doucement, mais promets-moi de ne pas user de drogue quelconque ou encore de mixture spéciale à mon égard. Je te préviens, je serai très déçue.

— Christina, chérie, tu as raison, j'ai effectivement prévu d'incorporer aux aliments quelques stimulants aphrodisiaques. Cependant, ils sont tous naturels et communs à la plupart des cuisines. Je tiens à te rassurer, je ne dispose d'aucune drogue ou potion miracle. D'ailleurs, si tu restes là, tu pourras le constater.

— Dans ce cas, je l'accepte. Je te crois et te fais confiance. Mais dis-moi, pourquoi veux-tu user de ces artifices ? Craindrais-tu de manquer de moyens, ou encore, que je me montre trop prude ?

— Non, pas du tout, ma chérie. C'est simplement dans le dessein de te faire goûter au raffinement de l'amour, quand la rencontre exquise de deux êtres qui s'aiment est préparée dans les règles de l'art.

— Admettons. Après tout, nous verrons bien. Je me réjouis déjà d'en ressentir les résultats. Toutefois, j'y mettrai une condition, tu me révéleras tes recettes. »

Toujours occupé à ses préparations, Martin lui répondit en plaisantant :

« Avec joie, ma chérie. Comme cela, tu pourras t'en servir à l'occasion, pour stimuler Alexandre par exemple.

« — Mon mari ? s'exclama-t-elle en riant. Mon Dieu ! j'ai bien de la peine à imaginer cela ! »

Elle se leva et arpenta la pièce en réfléchissant à la discussion orageuse qu'elle avait eue le matin même avec son mari. Faisant fi de ses conseils et menaces, elle était venue à son rendez-vous. Elle soupira et décida de ne plus y penser et de ne rien dire à son ami.

Christina retrouva peu à peu son calme et s'étendit sur le canapé.

« As-tu prévu un dîner aux chandelles, mon ami ?

— Pourquoi pas ? Cela te plairait-il ?

— Oui, assez. Je me sens d'une humeur plutôt romantique, et c'est si charmant cette petite maison en bois rond. »

Ces yeux se posèrent sur le feu qui lentement faiblissait.

« Martin ! ton foyer se meurt !

— J'arrive ! répondit-il en quittant sa cuisine. Deux bûches de chêne et voilà, ma chérie, nous sommes bons pour une bonne partie de la soirée. »

Couché sur le tapis près de l'entrée, Pacha regardait d'un œil curieux le couple qui bavardait.

Martin s'agenouilla devant le canapé où Christina se tenait allongée et approcha son visage pour lui voler un baiser. Elle lui offrit ses lèvres sans hésiter. Quand il se retira, ses mains partirent à la découverte de son amante. Elles soulignèrent au passage les formes agréablement arrondies et douces que Martin pouvait ressentir au travers du tissu.

« Mon petit amour, dit-il, tu m'as permis de te tutoyer si nous sommes seuls. Que dirais-tu si je te donnais le petit nom de Tina ? »

Elle sourit. Elle se sentait si heureuse auprès de lui.

« Mon chéri, dit-elle en soupirant, comme si elle regrettait déjà ce qu'elle allait dire, dans ce lieu magique, je serais presque tentée de l'accepter. Pourtant, comme je te l'ai déjà dit, le tutoiement est une forme de familiarité qui m'est totalement étrangère. Je ne l'ai jamais pratiqué, pas même avec mon mari ou mon fils. Avec toi, malgré l'amour qui nous rapproche, je t'avoue avoir éprouvé un peu de peine à m'y habituer. Alors,

70

maintenant, tu me demandes de réduire encore mon nom, cela me donne l'impression de me dévaloriser encore. Non, je t'en prie, restons-en là… À moins que… Oui, attends, j'ai une idée, une sorte de compromis qui va nous satisfaire tous deux. Si tu réservais ce diminutif pour nos moments strictement intimes, qu'en dis-tu ?

— Alors là ! je suis franchement enchanté par ta géniale proposition ! Je te remercie de tout cœur. Maintenant, accepterais-tu un apéritif pour fêter cela ?

— Volontiers ! As-tu du Martini rouge ?

— Bien sûr ! Avec ou sans glace ?

— Avec ! »

Martin se leva, prépara deux verres qu'il prit dans un petit bar et revint auprès d'elle.

« Voici ma chérie. Bois tranquillement. Quant à moi, je vais finir de préparer le dîner.

— Veux-tu de l'aide ?

— Que sais-tu faire en cuisine ?

— Strictement rien !

— C'est bien ce que je soupçonnais. Alors, contente-toi de me regarder faire. »

Elle renonça à se déplacer et resta paresseusement allongée.

« Si Madame veut bien, le repas est servi », annonça Martin en s'exprimant avec déférence.

Christina se leva, s'étira et s'assit à table en face de son amant. Martin alluma les cinq bougies d'un chandelier en cuivre.

En se penchant au-dessus des plats, la jeune femme humait le fumet qui s'en échappait.

« Quel est le menu, mon ami ?

— J'avais cru comprendre que tu tenais à contrôler mes préparations ?

— Oui, mais je t'avoue avoir manqué de courage. Je me sentais si bien.

— C'est parfait ! Ainsi, tu en es réduite à me faire confiance. »

Elle fit la moue, puis sourit. Martin lui désigna successivement les plats :

« Soupe de fruits de mer, steak au poivre, salade de roquette et petits légumes. Comme dessert, nous aurons droit à un plat de variété de fruits au miel, le tout arrosé comme il se doit de vin…

— Non ! de l'eau, l'interrompit-elle.

— De l'eau, répéta Martin désagréablement surpris par cette idée.

— Oui, si tu veux vraiment me faire plaisir, offre-moi de l'eau gazeuse et c'est tout. Tu sais, des repas de ce genre, c'est-à-dire avec entrée, plat principal, dessert, vin, etc., j'en fais presque tous les jours. Pour une fois, je t'en prie, faisons cela tout simplement. Si de plus tu me réserves quelques cocktails pour la soirée, je tiens à conserver toute ma tête.

— Comme il te plaira, mon amie. Accepteras-tu un café avec un peu d'alcool pour conclure en gaieté ?

— Pour te faire plaisir, mais pas plus. »

Tout en bavardant avec son amant, Christina savoura la cuisine qu'elle trouva délicieuse.

La neige tombait lentement et de gros flocons duveteux avaient recouvert le sentier qui formait une allée dégagée entre les sapins en manteau d'hiver. Après leur repas, en se donnant le bras, Christina et Martin s'offrirent une petite promenade dans les environs du pavillon. Pacha gambadait joyeusement derrière eux. Ils avaient marché environ vingt minutes quand, à la demande de la jeune femme, ils revinrent sur leur pas.

« Brrr ! il ne fait pas chaud ! remarqua Christina en retirant sa veste.

— Oui, c'est là que l'on apprécie de retrouver l'atmosphère douillette d'une petite chaumière.

— Je t'approuve et souscris entièrement à ton appréciation.

— Si tu le permets, ma chérie, cette fois c'est à moi d'aller prendre une bonne douche et de me mettre à l'aise.

— Va ! mon ami. Pendant ce temps, je vais me changer. »

Revêtu d'une robe de chambre, Martin retrouva son amie dans la grande pièce. Il sortit quelques branches d'un petit coffre en bois et les jeta dans le feu.

Christina avait enfilé un déshabillé en soie rose et s'était allongée sur le canapé d'où elle le suivait du regard.

Un parfum agréable s'échappait du foyer. En reniflant doucement, la jeune femme essaya d'identifier les senteurs.

« Tes produits ne sont-ils pas un peu psychotropes ? demanda-t-elle. De quelles plantes s'agit-il ?

— De l'héliotrope et du seringa.

— Stimulent-elles l'esprit ?

— C'est connu comme tel. La première est un puissant aphrodisiaque, elle développe l'imagination sexuelle ; la seconde est aussi un excitant de l'esprit qui porte aux pratiques érotiques.

— Je m'en doutais un peu.

— Cela te déplaît-il ?

— Non, loin de là, j'apprécie aussi ce genre de pratique. Par contre, j'aime bien en connaître les particularités.

— J'en suis heureux. Et maintenant, acceptes-tu un cocktail, ma chérie ?

— Avec plaisir.

— Un Devil ?

— Alors, allons-y pour un Devil. »

Martin éteignit les lampes et ne laissa qu'une grosse bougie sur la table de la cuisine. Sa faible clarté permettait de jouir de l'éclat des flammes du feu de bois qui illuminaient la pièce de leur lumière chaude.

Il s'approcha de Christina avec son verre à la main. Les yeux dans les yeux, sans un mot, seul leur regard plein de malice trahissait leurs désirs mutuels.

Pacha, couché sur le tapis près de la porte d'entrée, somnolait et les ignorait parfaitement. Les amants finirent leur boisson. Martin glissa une main sous le léger vêtement féminin et caressa la peau douce des hanches. Avant de poursuivre plus loin son exploration vers le buste, il lui retroussa le déshabillé jusqu'à la naissance des cuisses. Christina avait fermé les yeux et semblait apprécier le contact de ces mains effrontées. Il s'approcha encore plus près, puis retira l'habit qui lui faisait encore obstacle et, sans plus attendre, dénuda son amante. À sa surprise, Martin découvrit qu'elle portait un petit slip en satin noir. Pour l'instant, il le toléra et dirigea son intérêt sur le haut du corps satiné. Christina l'attira sur elle et leurs lèvres se rencontrèrent. Aussitôt Martin la prit à pleine bouche. Sa langue s'immisça entre les dents et il libéra son ardeur trop longtemps contenue.

Quand il fut rassasié du goût de ses lèvres, il quitta son visage et se laissa glisser jusqu'aux seins qu'il suça en émettant des grognements de satisfaction. Sa lente exploration se poursuivit sur le ventre, les cuisses et les jambes. Il la souleva un peu, puis, d'un geste rapide, lui retira le slip et la déplaça de façon à pouvoir venir entre les cuisses qu'il écarta largement des deux mains. Sa bouche parcourut encore le giron, avant de s'attarder sur le delta que formaient le bas du corps et la naissance des jambes où, doucement, ses lèvres rencontrèrent l'intimité féminine. Christina sentit subitement la langue de son amant passionné venir la fouiller. Elle posa ses mains sur la tête et en lui caressant les cheveux. Elle l'invitait à poursuivre sa quête du nectar qu'elle lui offrait si généreusement.

Un long moment s'écoula, puis Martin cessa de la butiner. Il se releva et la prit dans ses bras pour la déposer sur la peau d'ours, face au foyer qui brûlait en dégageant toujours le même parfum suave. Encore passive, Christina resta allongée sur le côté, dans la position où il l'avait laissée.

Martin s'assit près d'elle. À la lueur des flammes, il admirait ce corps délicieusement féminin, tout fait de courbes délicates et sensuelles. Il caressa la belle chevelure blonde avant d'enfoncer ses doigts dans l'abondante crinière et de lui prendre la tête entre les mains. Alors, il avança ses hanches, guida son membre en érection près de son visage et l'invita doucement à le prendre dans la bouche.

Christina accéda aussitôt à son désir. Elle s'étendit sur le ventre, glissa la verge entre ses lèvres, puis, en la tenant d'une main, se mit à la sucer sans gêne. Parfois, elle ouvrait les yeux

74

et croisait le regard de son amant. Elle refermait aussitôt les paupières et poursuivait son jeu.

Martin était heureux. Contrairement à ce qu'il avait craint, elle ne s'était point offusquée de sa demande et avait, au contraire, spontanément suivi son désir. Il sourit en pensant à ce qu'il lui réservait. Cela ne serait peut-être pas si difficile de le lui faire accepter.

Après quelques minutes, elle abandonna son jeu.

« Et maintenant, proposa-t-elle, si je faisais l'amazone, cela te plairait-il ? »

Martin lui caressa affectueusement les cheveux.

« Cela m'enchanterait, c'est vrai, mais auparavant, te sens-tu disposée à te prêter à un jeu ? »

Elle le regarda un peu surprise.

« Encore ? soupira-t-elle. De quoi s'agit-il ? »

Dans l'expression de ses yeux, Christina eut l'impression de voir passer furtivement une ombre de malice. Elle frissonna et resta sur ses gardes. Elle se releva, enfila un slip, revêtit une nuisette faite de fin coton noir, puis s'étendit sur le canapé.

« Excuse-moi, dit-elle d'un ton solennel, mais vois-tu, comme je te soupçonne de vouloir te lancer délibérément dans de longues explications, j'ai préféré m'habiller un peu. Maintenant, je suis prête. Au juste, qu'attends-tu de moi ? »

Martin lui adressa un sourire malicieux avant de se lancer courageusement dans son explication, en prenant le risque de l'effaroucher.

« Sans oser le demander directement, commença-t-il lentement, tout en surveillant du coin de l'œil ses réactions, certaines femmes aspirent à recevoir la fessée. Ce n'est peut-être pas ton cas, mais veux-tu bien me laisser t'en donner une petite, juste pour jouer ? »

Surprise par cette demande qu'elle jugeait incongrue, elle fit la moue en fronçant une nouvelle fois les sourcils.

« Malheureusement pour toi, murmura-t-elle, je crains de ne pas apprécier ce genre de stimulant. »

Martin resta un instant perplexe avant d'argumenter en faveur de son désir :

« Comment peux-tu prétendre cela avant de l'avoir expérimenté ? Qu'en dis-tu, ma chérie ?

— Je m'interroge, cher ami… En vérité, je ne vois pas très bien, à moins d'être masochiste, quel plaisir je pourrais en retirer.

— Alors, c'est non ? »

Elle se retira un peu et se figea dans une attitude qui dénotait sa circonspection face à un désir si inattendu. Martin interpréta son silence comme une faiblesse. Il insista encore :

« Même si je te promets de le faire doucement ? Tu verras, je te garantis que c'est très excitant.

— Pour toi, certainement. Quant à moi, pardonne-moi, mais j'en doute un peu.

— Pour toi aussi, ma chérie. Crois-moi, je peux te l'assurer. »

Bien qu'elle se sentît premièrement offusquée par cette idée, avant toute chose, elle tenait à Martin. Ainsi, plutôt que de s'opposer carrément à sa proposition, elle décida d'user de diplomatie :

« Accordé, mon chéri. Je suis prête à subir ta fessée puisque cela te ferait tellement plaisir de m'en administrer une. Cependant, pas ce soir. Je te prie de m'en excuser, ce n'est pas un refus de te satisfaire, puisque je viens de te promettre de m'y soumettre l'un de ces jours prochains. Mais, aujourd'hui, des événements fâcheux m'ont mis dans une disposition peu favorable à ce genre de jeu. »

Martin la regardait en restant silencieux. Il se demandait à quel événement fâcheux son amie faisait allusion. Il renonça à lui demander des précisions. Il la prit dans ses bras et lui caressa affectueusement le visage.

« T'a-t-on fait des misères, mon amour ? »

Elle lui sourit.

« Laissons cela, je ne veux pas en parler, veux-tu bien ?

— Comme il te plaira, ma chérie. »

Elle soupira profondément, avant de reprendre sur un ton plus joyeux :

« Maintenant, revenons à nos plaisirs. Si, pour le moment du moins, à défaut de pratique, tu m'expliquais en théorie comment cela se passe ta fessée, couchée sur le ventre au travers de tes cuisses, comme une collégienne qui a raté son bac.

— Pas du tout ! s'exclama-t-il outré. Il s'agit d'un simple jeu entre deux amoureux, ma chérie. »

Martin se releva, prit un gros coussin placé à la tête du divan et le déposa devant elle. Souriante et curieuse, Christina le regardait faire.

« Voilà, lui dit-il, tu te places à plat ventre sur le coussin. »

Elle regardait le volumineux traversin d'un air pensif.

« N'est-ce pas un peu haut ? demanda-t-elle.

— Non, une fois installée, ton postérieur doit se trouver bien présenté. Je répartis les petites tapes seulement sur les muscles, sans toucher les os où les zones trop sensibles du dos, ce qui serait douloureux, et ce n'est pas le but recherché.

— Bien ! Maintenant, j'imagine. Je suis couchée comme tu viens de me l'expliquer, tu me frappes, et ce supplice dure-t-il longtemps ?

— Une dizaine de minutes. Cependant, tu peux me faire confiance, je connais la technique. Les coups doivent être bien dosés, légers, de temps en temps appuyés et parfois même sévères. Tu verras, c'est très excitant. »

Elle le regardait avec des yeux qui trahissaient son inquiétude.

« Me frapperais-tu avec la main ?

— Non, si tu avais accepté, j'avais prévu d'utiliser plutôt ceci. »

Il passa une main derrière le coussin d'un fauteuil et en sortit un petit accessoire qu'il lui présenta.

« C'est un martinet, remarqua-t-elle en tournant l'objet dans ses doigts.

— Pas vraiment. C'est un matelot qui me l'a offert en souvenir d'une croisière où nous nous étions liés d'amitié. Il avait réalisé cet instrument à partir d'un bout d'écoute de grande voile.

— Dans de louables intentions, je suppose ? »

Martin ne répondit pas. Il la regardait manipuler ce genre de fouet avec un air songeur.

« Je vois, poursuivit-elle. Ton marin l'a confectionné en séparant les brins d'un gros cordage et en lui conservant sa forme d'origine sur une vingtaine de centimètres. C'est bien fait, un vrai travail de matelotage. Ce qui m'étonne un peu, c'est la matière de ton martinet. Il me semble que, dans la marine actuelle, tous les cordages sont synthétiques. Apparemment, pas celui qui a servi à réaliser cet objet de torture.

— Le bateau sur lequel nous avons navigué était une goélette construite en 1920. Son propriétaire actuel a tenu à conserver son apparence originelle. Aussi, tout le gréement est en matière naturelle.

— Je comprends. Mais maintenant, en ce qui nous concerne, es-tu certain que d'être frappé avec cela procure vraiment du plaisir ?

— Manipulé correctement, je l'affirme.

— Comment peux-tu sérieusement te rendre compte si les gémissements de la femme sont signes de plaisir ou de douleur ?

— Si la fessée est administrée dans l'art de la donner, il n'y a aucun risque de dérapage.

— Ah ! parce qu'il s'agit d'un art ? J'aurai décidément tout entendu ! Et de quelle façon procèdes-tu ?

— Je me place à genoux près de toi et, dans un premier temps, tu gardes ton slip.

— Ah bon ? fit-elle une nouvelle fois surprise.

— Oui. Je commence à frapper doucement et, quand tu éprouves une excitation suffisante, tu me demandes de te déculotter.

— Déculotter ! s'exclama-t-elle en riant.

— Oui, et j'insiste, tu te sers bien de ce terme. Alors, je t'abaisse le slip à mi-cuisses.

— Et tu me frappes de nouveau ?

— Exactement, en prenant soin de bien répartir les coups sur les fesses, les hanches et le haut des cuisses.

— Eh bien, bravo ! cela doit vraiment être agréable !

— Je te le promets, ma chérie.

— Si je comprends bien, ce n'est rien de moins qu'une

véritable flagellation que tu me proposes là, mon ami. Et, en réalité, ce tourment dure une dizaine de minutes si je m'en tiens à ce que tu viens de me dire.

— En principe, oui. Dix minutes de cette stimulation te propulsent dans un état d'excitation idéal.

— Je te promets de me livrer à ce jeu machiste l'un de ces prochains jours, dit-elle tout en s'asseyant sur la fourrure. Par contre, comme je te l'ai déjà dit, pas ce soir. »

Elle lui rendit son martinet. Il déposa l'instrument redouté sur un fauteuil, s'approcha d'elle et, tout en la caressant, prononça doucement :

« Je t'ai proposé un jeu. Que tu l'acceptes ou pas ne change rien à l'amour que j'éprouve pour toi, ma chérie.

— Je te remercie de ta compréhension, mon ami. Et maintenant, si l'on reprenait nos ébats ? Dis-moi comment voudrais-tu que je m'installe pour commencer.

— Alors là, tu es franchement merveilleuse, ma chérie ! Commence par te déshabiller, puis tu te placeras à plat ventre.

— Sur le coussin ?

— Oui, ma chérie. »

Elle lui jeta un regard plein de suspicion.

« Je le veux bien… mais attention ! pas de fessée, promis ?

— Promis ! » répéta-t-il en riant.

5. Une fessée d'amour

Un peu plus tard, elle était étendue sur le coussin. Martin se plaça entre les cuisses qu'il écarta largement et, excité sans doute par les explications qu'il venait de lui donner, lui saisit les hanches des deux mains, plaça son membre tendu entre les lèvres et l'enfonça d'un coup dans l'intimité chaude. Surprise devant la violence de cette pénétration, Christina le reçut en émettant une grande plainte. Leur étreinte se poursuivit dans un état d'intense excitation. Elle se sentit rapidement emportée par l'exubérance de son étalon. Elle gigotait de plaisir tandis que son ami, en la maintenant fermement de ses mains, la gardait sous son contrôle.

Au fil des minutes qui passaient, leur ardeur première se calma et les mouvements désordonnés du début cédèrent peu à peu la place à des gestes plus doux. En rythme puissant et régulier, Martin l'investissait. Christina répondait à ses assauts en cambrant le dos et en soulevant sa croupe. Le silence, entrecoupé de gémissements et du crépitement des flammes de la cheminée, accompagna leur jeu qui se prolongea.

Malgré le plaisir qu'il retirait de leur union, dans la façon de se donner de son amie, Martin sentait que, par moments, quelque chose de désagréable venait sournoisement occuper son esprit et perturbait leur jeu. Il trouva une idée qui avait à ses yeux toutes les chances de remédier à cette désagréable frustration. Il se retira et la libéra doucement.

« Tina chérie, veux-tu changer de position ?

— Ho oui ! répondit-elle en se laissant glisser du coussin à la fourrure. Tu n'y es pour rien, mon chéri, poursuivit-elle pensive, je te l'assure. Mais par moments, les contrariétés de ce matin reviennent à mon esprit et me privent d'une bonne partie de mon plaisir.

— Oui, je m'en suis rendu compte. Parfois, je te sentais particulièrement nerveuse.

— Disons, un peu tendue.

— Alors, fais-moi confiance. Je te propose de choisir entre deux choses. Mais rassure-toi, toutes deux sont souveraines contre cet état d'esprit. »

Christina glissa ses mains sous sa nuque.

« Lesquelles ? demanda-t-elle en soupirant.

— La première consiste en un massage, tu en connais maintenant bien l'efficacité. Quant à la seconde, c'est un jeu d'amour particulier. »

Christina fit une grimace. Elle évalua l'intérêt de chacune des solutions avancées par son amant avant de répondre :

« Nous sommes ici pour le plaisir, non pas pour le travail. Aussi, je ne vais pas t'imposer de me masser et opte délibérément pour le jeu d'amour.

— Bravo ! ma chérie. Alors, tu suis sans trop réfléchir mes indications et tu verras, tu seras entièrement satisfaite.

— Ok, que dois-je faire ? »

Martin choisit cette fois un coussin plus petit et le déposa devant son amie.

« Étends-toi là-dessus.

— Comment ? Sur le dos ?

— Non, sur le ventre.

— Encore ? s'exclama-t-elle de nouveau méfiante.

— Oui, mais rassure-toi, je ne vais pas me servir du martinet.

— Je l'espère bien ! » répondit-elle en lui jetant un regard sévère.

Martin attendit qu'elle se soit installée avant de s'asseoir à côté d'elle et de commencer à lui pétrir doucement les fesses. Au premier abord, ses caresses se montrèrent prudentes, puis elles s'approchèrent progressivement du sillon séparant les deux formes charnues où elles se révélèrent toujours plus audacieuses. D'un geste rapide, Martin passa son index et son majeur dans un pot de crème lubrifiante avant de les appliquer contre l'entrecuisse et de les enfoncer entre les lèvres pour venir lui fouiller l'intimité. Christina se laissa explorer en silence.

Après quelques minutes de ce massage particulier, les doigts abandonnèrent doucement l'entrée féminine pour s'immiscer résolument dans la voie parallèle. Christina était loin de s'attendre à une action si surprenante. Elle manifesta sa désapprobation en lâchant de longs gémissements ponctués de cris aigus. Par ses plaintes devenues rauques et profondes, elle semblait refuser ce nouveau jeu, alors que les mouvements résolument positifs de son corps venaient démentir son ego en révélant d'une façon évidente l'intensité du plaisir qu'elle en retirait. Aussi, Christina retrouva assez rapidement un calme relatif et finit par s'abandonner sans plus s'opposer à cette intrusion intempestive. Face à la disparition de toute réaction négative, Martin s'enhardit et vint se placer derrière les cuisses de sa partenaire. En guidant son phallus d'une main, il l'enfonça doucement dans la petite ouverture. Cette fois encore, Christina le reçut en libérant un nouveau long gémissement.

Martin la sentait profondément investie. Il lui tenait fermement les hanches tandis qu'en se penchant au-dessus d'elle, il lui mordillait les épaules.

Confrontée à ce jeu effronté, Christina perdit graduellement ses craintes pour peu à peu se livrer entièrement. Quand Martin estima qu'elle devait être suffisamment prête pour satisfaire un nouveau fantasme, il l'entraîna dans des mouvements puissants et réguliers.

« Maintenant, ne te gêne pas, ma Tina chérie, proposa-t-il, dis tous les mots qui te passent par la tête, des plus doux aux plus crus, voire même pourquoi pas pervers, les uns après les autres sans réfléchir. Tu verras, cela te soulagera et te fera le plus grand bien.

— Je veux bien suivre ton idée, répondit-elle après une courte hésitation, pour autant que tu en dises aussi !

— Comme tu voudras, ma belle. Une phrase chacun à son tour. Je commencerai quand tu te sentiras prête à m'entendre. »

Un moment de silence s'installa où seul le crépitement du

feu de bois emplissait la pièce de son enchantement.

« Tu peux commencer, mon chéri.

— Oui, Tina, j'aime te sentir gigoter comme cela, pendant que tu te trouves toute à moi, posséder ton cul de vénus callipyge et m'y enfoncer profondément. »

Un nouveau silence et Christina s'exclama à son tour :

« Ho oui ! viens plus fort ! Encore plus profond. Oui ! fais-moi subir le supplice de ton pal !...

— Waouh ! » s'exclama-t-il, emporté par l'enthousiasme.

De phrase en phrase, leurs jeux de paroles se succédèrent quelques minutes. Puis, encouragée par son ami qui l'incitait à se livrer sans retenue, Christina devenait, au fil des minutes, plus hardie et audacieuse. En suivant le rythme des pénétrations qui allaient en s'accélérant, leurs mots devenaient plus crus, plus obscènes, pour, finalement, au faîte de leur jouissance, atteindre un sommet de délire vertigineux.

Martin était comblé. Finalement, il la libéra et s'étendit près d'elle. Quand dans la faible lumière leurs regards se rencontrèrent, Christina se sentit intimidée par le langage qu'elle venait d'employer.

« Eh bien, mes amis, quel jeu ! » lança-t-elle tout en souriant.

Il la prit dans ses bras.

« Ma chérie », murmura-t-il simplement.

Elle se sentait un peu honteuse. Elle rit aux éclats.

« Je te l'avoue franchement, je suis surprise. Jamais je ne me serais crue capable d'user d'un tel vocabulaire. Mon Dieu ! quelle horreur !

— Ne t'inquiète pas, dit-il de sa voix la plus douce pour la rassurer. Ces mots, du fait de notre éducation, sont peu ou pas usités dans notre vie courante et nous sont presque tabous. Placés dans le contexte d'un jeu, ils prennent une tout autre dimension. D'obscènes et interdits, ils deviennent excitants.

— Oui, je le pense aussi, c'est du moins comme cela que je les ai ressentis. »

Elle se releva, enfila sa robe de chambre et s'allongea sur le tapis devant les pieds de Martin qui poursuivit leur conversation.

« Tu vois, ma chérie, comme il est important de les garder pour ces moments intimes, en évitant de les galvauder par un usage fréquent. Alors, ces mots n'en restent que plus provocants.

— Je t'approuve et t'avoue m'être bien libérée en suivant ce jeu surprenant. Quant à la sodomie, malgré mon apparente soumission, il m'aurait peu fallu pour que je m'y oppose.

— Par éducation, sans doute, remarqua-t-il à peine surpris par cet aveu.

— Non, pas vraiment, dit-elle énigmatique. Il me semble plutôt que, comme dans mon esprit, j'y attribue une valeur sadomasochiste certaine. Mon esprit m'incitait à me dérober, tandis que mon corps, bravant toute forme de restriction morale, jouissait sans vergogne de ce nouveau jeu très excitant.

— Et maintenant, après s'être livrée à cette étreinte un peu particulière, qu'en pense ma Tina chérie ?

— Pour être franche, je reconnais en avoir retiré du plaisir, particulièrement vers la fin. Pourtant, pour moi, cette forme d'union, plutôt sauvage, ne devrait pas être utilisée couramment, mais plutôt réservée pour des rencontres comme celle que nous connaissons cette nuit par exemple. »

Face à un jugement si empreint de complaisance, Martin profita pour revenir à son désir secret :

« Et en ce qui concerne la fessée, serais-tu également si tolérante ?

— L'ambiance dans laquelle se déroulent ces extras est pour moi primordiale. Tant qu'il demeure un jeu auquel on n'a recours qu'occasionnellement, cela peut s'avérer excitant, pour autant que l'amant respecte jusqu'à la fin ce principe : les claques doivent être modérées et arrêtées à temps.

— Encore une fois, je partage ton avis. Et maintenant, après ce jeu barbare, te sens-tu plus détendue ?

— Oui, plus soulagée. Je me suis franchement défoulée avec tes idées tout de même un peu perverses, il faut bien le reconnaître.

— J'en suis enchanté, mon amie. »

Elle se releva sur les coudes et, tout en restant sur le tapis, tourna son visage vers lui. Ses yeux pétillaient de malice.

« Bien ! lança-t-elle d'un ton résolu, et maintenant, mon chéri, je vais te surprendre, car figure-toi que je vais te proposer ni plus ni moins de nous livrer tous deux à un brin de folie. Je me sens prête à me soumettre à ta fessée.

— Vouai ! s'exclama-t-il enthousiasmé par cette idée. Ça, c'est ce que j'appelle faire preuve d'audace ! »

Les deux amants se retrouvaient subitement plongés dans une nouvelle excitation.

« Parfait ! Si mon audacieuse chérie, lança-t-il d'un ton emphatique, veut bien se placer comme il se doit sur le coussin, la punition pourra aussitôt commencer.

— Soit ! les dés sont jetés ! mon ami, soupira Christina tout en se glissant sur le ventre jusqu'au coussin avant de poursuivre en riant : Bourreau, fait ton office.

— Ho ! chérie, là, tu vas un peu loin ! Ne l'oublie pas, je suis follement épris de toi. Je n'ai, par conséquent, aucune envie de te faire souffrir. Fais-moi confiance et tu verras comme une fessée peut te faire découvrir d'étranges sensations.

— Si j'ai bien compris, tu vas procéder comme tu me l'as expliqué tout à l'heure ?

— Non, pas cette fois. Je viens d'avoir une meilleure idée. Tu vas apprécier, j'en suis sûr, du moins, je l'espère.

— Ah ! voilà qui est nouveau ! soupira-t-elle. Mais ne l'oublie pas, je refuse toute surprise. Aussi, dis-moi quelle est cette nouvelle idée de génie qui vient de traverser ton esprit de redoutable prédateur. »

Il lui laissa le temps d'échafauder toutes sortes d'hypothèses avant de lui répondre. Confrontée à son silence, Christina se laissa de nouveau glisser dans l'inquiétude. Elle lui jeta un regard sévère, tandis qu'il restait calme et parfaitement zen. Mais que cachait en vérité le sourire énigmatique qu'il arborait en cet instant ? Elle se demanda si, en acceptant de se soumettre à son fantasme, elle ne s'était pas trop engagée. Elle analysa rapidement quelle décision elle devait prendre. Finalement, elle choisit de jouer le jeu et de lui faire confiance.

« Alors, Martin ? Ne me fais pas languir et dis-moi ce que tu me réserves.

— Ok ! ma chérie. Premièrement, tu te places comme prévu sur le coussin, puis je commence à te donner des petits coups sur les fesses.

— Et je conserve encore mon slip ?

— Parfaitement ! Bravo ! je vois que tu as bien suivi mes explications de tout à l'heure !

— Ho ! minute papillon ! s'exclama-t-elle en se redressant sur ses avant-bras. Tu as oublié quelque chose.

— À oui ? quoi donc ?

— Après tes petites claques, comme tu dis, il y a certainement une suite. Cela m'étonnerait beaucoup que tu en restes là.

— En effet, chérie, tu as parfaitement raison. Je reprends la suite de mes explications. Quand, après quelques instants de flagellation douce, tu estimes que tu te trouves bien immergée dans ce jeu audacieux, tu me demandes de te déculotter. Ce que je fais rapidement. Ensuite, je reprends la fessée, mais pour pimenter notre jeu, je vais me référer au Tarot de Marseille.

— Pas croyable ! lança-t-elle éberluée par une pareille suggestion. Mais où diable vas-tu chercher des idées pareilles, mon chéri ? »

Il éclata d'un rire joyeux, car il prenait un malin plaisir à susciter sa crainte. Quand il reprit ses esprits, il se lança dans la confidence qu'elle attendait avec impatience.

« Si, dans le Tarot, je sélectionne les arcanes majeurs, je te rappelle qu'elle se compose de vingt-deux lames et que chacune représente une valeur particulière.

— Vingt-deux lames ! Tu ne vas pas me dire que tu envisages de me flageller les fesses vingt-deux fois ?

— Mais oui, ma chérie. Cependant, je te rassure, ce n'est vraiment pas si terrible. N'oublie pas que les coups seront administrés selon leur valeur. Si certains seront sévères, les autres seront doux et parfois seulement appuyés. »

Elle s'était placée à genoux, assise sur les talons. Elle le regarda et secoua négativement la tête en faisant la grimace.

« Je regrette, Martin, mais là, je refuse. Je suis une femme d'affaires et ai pour habitude de ne jamais accepter un marché sans me livrer au préalable à une opiniâtre négociation.

— Alors là, ma chérie, je te reconnais bien ! Rassure-toi, pour moi, cela fait incontestablement partie de ton charme. Alors, lançons-nous sans plus attendre dans le business. Quelle est votre offre, chère madame ?

— Dix, voire au maximum douze, soupira-t-elle.

— Ce n'est déjà pas mal, madame la directrice. Pour ma part, je proposerai le chiffre treize, ou même le dix-sept, qui me semblent nettement plus appropriés pour ce genre d'affaires. »

Christina s'accorda un instant de réflexion.

« Treize, n'est-ce pas la carte de la mort ? glissa-t-elle soudain avec dégoût.

— Certes, ma chérie, mais je te ferai remarquer que c'est aussi l'arcane de la renaissance. »

Elle réfléchissait tout en restant songeuse.

« La dix-sept, alors, proposa-t-il. C'est l'étoile, une très bonne carte. Elle représenterait un bon choix pour notre tractation. Qu'en penses-tu ?

— Tu m'en vois désolée, mais cela est encore excessif. Si par hasard il m'arrivait de tirer plusieurs cartes puissantes, je serais bonne pour recevoir une punition des plus sévères.

— Bien, alors je vais te proposer un choix, la onze. C'est la carte de la force. Elle représente aussi la force par l'association. Ou encore la douze, qui est celle du pendu. Elle représente l'oubli de soi. Son sens général est le suivant : l'idéal désintéressé sera le moteur de toute action. »

En entendant la définition que lui donnait Martin de la douzième carte, Christina voulut aussitôt l'interrompre, mais d'un geste de la main, il l'invita à le laisser poursuivre. Mais à peine avait-il fini sa phrase qu'elle s'exclama :

« Très peu pour moi ! Ton pendu se trouve à mille lieues de ma personnalité. Aussi, je porte résolument mon choix sur ta onzième carte, qui me correspond mieux, d'autant plus que la force par l'association nous unit tous deux, ce qui me semble parfaitement résumer notre amitié.

— Un instant, ma chérie. C'est décidément trop peu. Tu

n'aurais même pas le temps de rentrer dans le jeu qu'il serait déjà terminé. Aussi, pardonne-moi d'insister, mais je désire encore te proposer la quatorze, donc, deux fois la sept. C'est la carte de la tempérance. Si la septième carte, celle du chariot, représente le nombre du triomphe, la tempérance symbolise une seconde victoire remportée sur le monde matériel. Elle me plaît beaucoup. Aussi, au nom de notre amour, je te prie de m'accorder cette faveur.

— Non, non et non !

— Si j'ai bien compris, ta décision est irrévocable. On reste à la onzième lame, soupira-t-il, visiblement déçu par l'intransigeance de son amie.

— Pleure pas, mon chéri, dit-elle après une courte hésitation. Je vais te faire une fleur, puisque tu sembles subitement attacher tant d'importance à ta quatorzième lame. Je te l'accorde donc. Marché conclu, cher tortionnaire. »

Martin se leva pour venir s'asseoir près d'elle et la prit dans ses bras. Il lui déposa un baiser dans le cou avant de lui retirer sa robe de chambre.

« Tu me sembles oublier qu'il ne s'agit que d'un jeu d'amour, ma chérie, lui glissa-t-il à l'oreille. Juste une petite fessée d'amour. »

La décision de son amie le combla de plaisir. Son cœur se mit à battre la chamade.

« Voilà, Christina chérie, pour cette fois, je voudrais que tu t'installes de nouveau sur le coussin, ici, bien en vue, mais avant de passer à l'action, tu dois encore tirer quatorze cartes, ne l'oublie pas. »

Comme elle restait toujours assise sur les talons, il lui tendit le jeu de Tarot.

« J'espère que la chance te sourit et, que dans tes cartes, il n'y aura pas que des arcanes puissants, murmura-t-il d'un ton innocent.

— Au fait, sur quel critère te bases-tu pour apprécier la valeur punitive de chaque lame ?

— Ho ! c'est fort simple ! Par exemple, la carte "La Maison Dieu" représente la catastrophe. C'est donc logiquement un arcane sévère. Un autre exemple, "L'étoile". Elle représente l'espérance. C'est donc une carte douce. Une carte qui m'inciterait à te donner un coup appuyé pourrait être celle de la justice, qui représente l'équilibre. Mes explications sont-elles suffisantes pour répondre à ta question, ma chérie ?

— Ok ! lança-t-elle joyeusement – *elle avait soudainement retrouvé toute sa spontanéité.* Assez bavardé maintenant, il est temps de passer aux choses sérieuses. »

Elle brassa les cartes, en retira quatorze et, sans les regarder, les déposa à l'envers sur le canapé. Avec des gestes rapides, elle releva ses cheveux et les ramena sur la tête où elle les fixa à l'aide d'épingles à cheveux. Puis, avec un rire cristallin, elle se laissa tomber sur le coussin, à plat ventre et les jambes un peu écartées.

« Je suis prête, Martin. Je n'ai pas vu les cartes. Tu vois, je te fais entièrement confiance. Je ferme les yeux, mais je te prie de me prévenir, je déteste les surprises. »

La vue de la femme nue étendue sur le tapis, avec comme tout vêtement un petit slip de soie noir, lui embrasa aussitôt les sens. Martin était aux anges. Un moment, il avait craint qu'elle ne refusât sa proposition. Il devait reconnaître que sa Christina savait se montrer audacieuse. Cette image exaltante l'étourdissait. Il fit quelques grandes respirations pour ralentir les battements de son cœur qui prenaient l'ascenseur.

« J'ai ouvert ton jeu, chérie, et étalé les cartes, dit-il avec un calme apparent. Veux-tu que je te les commente ?

— Non ! lança-t-elle résolument, juste ce que t'inspire leur valeur.

— Comme tu voudras. Alors, je te préviens, dans tes cartes, il y en a cinq que je peux qualifier de douces et également cinq qu'il me semble approprié de gratifier d'appuyées. Et, pour terminer en beauté, encore quatre incontestablement sévères. Voici donc le menu. Qu'en dis-tu, ma chérie ?

— Ouille, ouille, ouille ! En vérité, ça va vachement se corser, ta fessée. »

Il éclata de rire.

« Soit confiante, ma chère PDG, dit-il pour la rassurer.

Encore une fois, ce n'est qu'une petite flagellation amoureuse. Tu verras, tu vas même y trouver du plaisir. »

Il s'agenouilla à un demi-mètre de ses hanches, s'assit sur ses talons et prit résolument le martinet dans sa main droite.

Christina fit le vide dans son esprit, car, dans son for intérieur, malgré son amour pour Martin, elle éprouvait encore beaucoup de peine à accepter de se soumettre à chacun de ses fantasmes.

Un peu troublée, elle restait immobile mais attentive. Elle sentit premièrement le poids de son regard sur son dos alors que les cordelettes du martinet commençaient à lui parcourir doucement les cuisses avant de glisser lentement sur la croupe où elles s'attardèrent en effectuant de grands cercles sur les fesses, puis de remonter le long du dos.

« Tu vois, ma chérie, avant de passer aux choses un peu plus sérieuses, mon martinet va prendre timidement contact avec ton giron. »

Martin lui accorda quelques minutes d'agréables caresses effectuées en silence et, quand il estima que le moment de changer de jeu était venu, se releva et s'éloigna. Dans un premier temps, Christina fut désagréablement surprise. Elle se demanda à quelle nouvelle fantaisie son ami allait la soumettre. Mais, un instant plus tard, elle se sentit rassurée. Le son d'une musique joyeuse et entraînante glissait dans ses oreilles.

« Maintenant, je vais te flageller doucement les fesses. Toi, tu n'oublies pas ce que je t'ai dit tout à l'heure. Quand tu te sens prête à subir la fessée, tu me demandes de te déculotter. D'accord ?

— Oui, prononça-t-elle du bout des lèvres.

— Alors, on y va », lança Martin qui se laissait emporter par son enthousiasme.

Il leva le martinet et, sans appuyer, se contenta de laisser retomber les cordelettes mollement sur les fesses.

Christina gardait le silence. En vérité, elle n'accordait que peu d'importance à cet intermède. Son esprit restait rivé sur l'instant où il lui infligerait la véritable fessée. Elle n'était pas dupe et savait pertinemment que si son Martin avait par diplomatie prévu cette approche progressive, en cet instant, il devait se trouver dévorer par l'impatience de passer à l'apothéose de sa mise en scène.

Ce jeu rythmé par la musique se prolongea doucement. Peu à peu, les cordelettes qui tombaient en pluie douce sur ces fesses faisaient monter dans son ventre un désir ascendant, qu'elle ne contra pas. Par une attitude résolument conciliante, elle se laissa plutôt glisser dans une jouissance toujours plus exacerbée. Finalement, le désir se fit plus pressant.

« Déculotte-moi ! » s'écria-t-elle soudainement d'une voix rauque.

Martin déposa son martinet sur le tapis. Il se plaça à califourchon sur les cuisses de son amante et, en se penchant au-dessus d'elle, saisit les bords du slip et le fit rapidement glisser le long des jambes.

Un instant plus tard, Christina se retrouvait entièrement nue. Il lui prit encore délicatement les chevilles et les écarta généreusement.

« Parfait ! murmura-t-il. Maintenant, nous allons passer à la fessée proprement dite. »

Il reprit sa position assise sur les talons et un peu éloignée des hanches féminines.

« Nous allons commencer par les coups légers. »

Il souleva son martinet et l'abattit sur les fesses en appuyant un peu sur son geste. Toujours accompagnés de la musique, les cinq coups se succédèrent selon un tempo moderato.

Elle subit ces premières frappes en restant immobile et muette.

« Seconde étape, ma chérie, prononça-t-il d'une voix qui trahissait une excitation grandissante, sentant monter en lui un plaisir étrange qui enflammait rapidement ses sens. Encore cinq, mais cette fois bien appuyées. »

Sa voix était douce et caressante.

Elle frissonna. Sans en prendre conscience, au lieu de se rebeller, son corps s'éveillait à de nouvelles sensations. Mais déjà les cordelettes venaient s'abattre sur ses fesses.

Elle garda la bouche entrouverte et accompagna chaque

frappe de gémissements qui allaient crescendo.

« Dernière ligne droite », entendit-elle prononcer une voix devenue un peu lointaine.

Ses fesses brûlaient. Elle voulait lui crier d'arrêter, mais aucun son ne sortit de sa bouche. Elle n'eut pas le temps de reprendre ses esprits que déjà les cordelettes, par quatre fois, avaient frappé ses fesses. Cette fois, elle resta muette et serra les dents.

« Salaud ! » hurla-t-elle finalement furibonde en se retournant brusquement sur le côté pour échapper aux fantasmes de son ami.

Malheureusement, elle s'y était prise trop tard, car l'épreuve venait de s'achever.

« Mais chérie, c'est fini, dit-il d'une voix qu'il voulut rassurante. Maintenant, je dois encore te soumettre à l'épilogue de notre jeu.

— Quel épilogue ? lança-t-elle nerveusement. Je ne veux rien entendre ! Martin, tu es un sauvage ! »

Usant de sa force, il l'avait replacée sur le ventre et, avant qu'elle ne pût s'opposer à son désir, lui glissa sa verge entre les fesses et la lui enfonça rapidement dans le derrière.

« Et pour finir en beauté, ma chérie, je vais te faire jouir avec une bonne intromission anale », lui glissa-t-il à l'oreille.

Avant qu'elle n'eût le temps de se rebeller, elle se trouva aussitôt emportée dans un maelstrom de mouvements qui l'étourdissaient. Son corps ployait sous les coups de boutoir. Elle était incapable de construire des pensées cohérentes. Entièrement soumise au jeu puissant de son amant, elle n'était plus qu'une poupée désarticulée consacrée aux fantaisies sexuelles de l'homme. Les dents de nouveau serrées, elle attendait la fin de l'épreuve. Soudain, la tourmente prit fin. Il relâcha l'étreinte de ses mains sur ses hanches et se retira doucement. La respiration haletante, le cœur battant la chamade, Christina reprenait vie lentement.

Un peu plus tard, les amants avaient abandonné toutes leurs tensions et restaient allongés face à face.

Alors qu'il lui souriait avec un air innocent, elle lui jeta un regard de feu.

92

« Toi ! lança-t-elle acerbe, je t'avertis, tu vas me le payer cher, espèce de sauvage ! »

Martin s'approcha et la caressa doucement.

« Ma chérie, osa-t-il timidement, ce n'était qu'un jeu d'amour. Je suis prêt à tout faire pour que tu me pardonnes mon audace. »

Christina s'était radoucie. Elle esquissa même un sourire.

« Si c'est comme cela ta façon de faire l'amour, alors excuse-moi, mais je crains de ne pas survivre longtemps à tes fantaisies, même après avoir suivi un entraînement digne d'une athlète.

— Pourtant, notre jeu n'était pas si violent, mon amour, murmura-t-il entre deux baisers déposés sur ses hanches.

— Je pense bien, fit-elle faussement sévère. Pourtant, je crois que tu disposes d'une possibilité de te faire pardonner.

— Ah oui ? Quelle chance ! Et quel est ce moyen, ma Tina chérie ?

— Premièrement, je vais prendre une douche, puis, tu vas me gratifier d'un massage particulièrement soigné, après quoi je jugerai si je peux effacer ton ardoise de tes mauvaises actions.

— Alors là, ma chérie, je te remercie de me donner une chance. Je te promets de mettre tout mon savoir-faire à ta disposition. Cependant, il y a juste un petit problème. Ici, je ne dispose pas d'une table de massage aussi confortable que celle de mon institut. Je…

— Ça, c'est ton problème, pas le mien ! l'interrompit-elle aussitôt. Débrouille-toi pour me satisfaire. Ce n'est pas un désir, c'est un ordre, compris ? »

Elle se leva, leurs regards se croisèrent. Martin lui sourit, alors qu'elle lui lançait un regard incendiaire, avant de s'éloigner en direction de la salle de bains.

Il resta un instant immobile et perplexe. Malgré une apparence farouche, Christina ne semblait pas vraiment fâchée. Il se sentit un peu rassuré. Pour l'instant, l'important était de la satisfaire. Pour lui, cela ne devrait pas se révéler trop difficile. Il lui réservait un de ses fabuleux massages dont il détenait le secret. Après un rapide coup d'œil circulaire autour de lui, il lui vint une idée. Il étendit une couverture épaisse sur la table à manger, la recouvrit d'un drap blanc et disposa un petit coussin à l'une de ses extrémités.

Déjà, Christina s'approchait de la table. Sans lui faire le moindre commentaire et en évitant de croiser son regard, elle retira son peignoir et s'installa nue sur sa préparation.

Bien qu'il s'y attendît un peu, Martin était tout de même désagréablement surpris. Elle ne lui avait pas adressé la parole et feignait même l'indifférence.

Elle s'était disposée sur le ventre. Il la recouvrit partiellement d'une serviette-éponge et, en reprenant courage, lui déposa délicatement ses mains sur les épaules et commença à parcourir les courbes féminines.

Cinquante minutes plus tard, Christina se trouvait allongée sur le dos. Toute la séance s'était passée dans le silence. Elle n'avait pas engagé la parole, et Martin avait pris garde à respecter son mutisme, car il craignait de l'entendre prononcer des reproches. Il la recouvrit d'une grande serviette-éponge, rangea ses flacons de produits et revint auprès d'elle.

« C'est tout ? dit-elle en ouvrant les yeux et en le cherchant du regard.

— Oui, ma chérie, c'est fini, dit-il de sa voix la plus douce tout en déposant une main sur son ventre. Comment te sens-tu maintenant ? »

Comme elle ne répondait pas, il s'enhardit :

« Alors, votre honneur, quel est le verdict du jury ?

— Martin, commença-t-elle d'un ton qu'elle voulut faire paraître des plus sérieux, tu as de la chance et peux t'estimer heureux, car, après délibération, les jurés ont décidé à l'unanimité de t'accorder une chance de te rattraper si… »

Comme elle ne finissait pas sa phrase, il resta perplexe en se demandant ce qu'elle allait dire.

« Oui, reprit-elle d'une voix chantante, comme je viens de te dire, tu es pardonné, à la condition toutefois que tu ne renouvelles pas ces exploits trop souvent. »

Il se pencha au-dessus de son visage pour l'embrasser. Elle répondit aussitôt à son baiser.

« Dans ta réponse, dit-il après l'avoir libérée, il n'y avait franchement pas de véritable opposition à mes jeux… Du moins, il me semble… Me tromperais-je ? »

Elle le regardait avec une moue enfantine.

« En vérité, pour l'instant, je ne sais pas quoi dire, c'était si inattendu… Non, je ne sais pas. À l'avenir peut-être, si l'atmosphère s'y prête. Mais, pour l'instant, je te demanderai de me laisser dormir. Je crois qu'après nos aventures, j'ai vraiment besoin de repos.

— Déjà ? Moi qui désirais jouer encore un peu avec toi. »

Elle fronça les sourcils et lui jeta un regard sévère.

« Martin ! lança-t-elle, n'as-tu pas honte de dire cela ? »

Elle s'était relevée et revêtait son peignoir. Il s'approcha et la prit dans ses bras.

« Oui, tu as raison, ma chérie, pardonne-moi. Il me semble que cela s'est passé si vite. »

Elle éclata de rire. Réveillé en sursaut, Pacha releva la tête et essaya de comprendre ce qui se passait.

« Si vite ? lança-t-elle. Comme tu y vas, mon chéri. En une soirée, en plus d'une ou deux étreintes classiques, si je peux les qualifier ainsi, j'ai subi la sodomie, le jeu des phrases obscènes, puis, pour terminer en beauté, la fessée, suivie aussitôt d'une nouvelle sodomie. Avoue que ce n'est tout de même pas mal pour une initiation… Cette fois, je crois qu'il ne me reste plus grand-chose à apprendre du domaine d'Éros. »

En remplissant deux verres de Coca, Martin lui jetait un sourire énigmatique. Elle le regarda en fronçant les sourcils.

« Tu ne vas pas projeter de me soumettre encore à d'autres choses, j'espère ?

— Pas vraiment.

— Cela veut dire quoi, pas vraiment ?

— Ce que je t'ai appris ce soir peut être perfectionné.

— Comment cela ? Tu m'inquiètes !

— Je te jure qu'il n'y a pas de quoi, tu verras. »

Christina sirotait son verre en le regardant de coin. Martin se pencha sur elle et lui caressa le visage.

« En vérité, à quels jeux voudrais-tu encore me soumettre ? Vas-y, je t'écoute.

— Je pensais, commença-t-il doucement en évitant de croiser son regard, ou plutôt laisse ton imagination suivre mes paroles. Tu es allongée sur le lit, jambes écartées, les bras tendus au-dessus de ta tête. Je t'immobilise les poignets avec des menottes et les chevilles à l'aide de pedottes.

— Des pedottes, répéta-t-elle en appuyant sur les mots. Allons donc ! Mon Dieu ! tu débordes d'imagination, mon ami ! Et je suppose que tes entraves sont fixées aux quatre coins du lit ?

— Exactement ! Ensuite, je te banderai les yeux et me livrerai sans que tu puisses t'y opposer d'une quelconque façon à des fantaisies, qui seront pour toi une surprise, je te le garantis.

— Oui, je l'avoue humblement, c'est vrai, j'aime bien t'entendre parler de tes fantasmes. Cependant, pour ce qui est de passer aux actes, il y a un pas que je refuse de franchir. Du moins actuellement. Mais, crois-moi, un fantasme doit rester qu'un fantasme. Passer à l'acte peut se révéler dangereux pour moi, mais aussi pour toi.

— Je te comprends, ma chérie. Pour se livrer à toutes ces fantaisies, il est impératif que les circonstances le permettent… Alors, c'est promis, pour l'instant, je vais m'en tenir désormais à ce que je t'ai fait connaître.

— Promis ?

— Promis, ma chérie, sois sans crainte. »

Ils se dirigèrent à la salle de bains où ils passèrent ensemble sous la douche avant de se glisser dans les draps.

Une ancienne horloge en bois richement sculpté sonna huit heures. Christina se réveilla. Le jour se levait péniblement et une faible lumière filtrait à travers les carreaux aux rideaux de vichy rouge et blanc. Elle se leva et faillit trébucher sur le gros coussin qu'ils avaient abandonné au sol. À l'instant où Christina se baissa pour le ramasser, ses yeux rencontrèrent le martinet. Elle lui jeta un regard sévère et murmura en pensant à Martin : « Tu m'as foutu une bonne fessée, petit salaud, va ! » Elle se doucha, revêtit son ensemble d'intérieur et se glissa à la cuisine pour préparer le petit-déjeuner ; pain toast, marmelade d'oranges et beurre. Elle trouva assez facilement ce qu'elle voulait. Elle chauffa de l'eau et plaça deux couverts sur un plateau.

Martin, à l'odeur des pains grillés, ouvrit un œil.

« Chérie, que fais-tu ? demanda-t-il d'une voix encore pâteuse.

— Je prépare à manger. Reste au lit, je viens. »

Martin se redressa sur les coudes et jeta un regard dans sa direction.

« Tu m'as avoué ne rien connaître en cuisine ! lança-t-il.

— C'est exact, mais cela ne signifie pas que je suis gourde au point de ne pas savoir rassembler les simples éléments d'un petit-déjeuner. »

Elle apporta le plateau sur le lit et lui tendit un gros bol de chocolat chaud.

« Tu vois, mon ami, fit-elle en souriant, c'est suffisant et il n'y a là rien de bien sorcier.

— Merci, chérie, dit-il en s'installant. Tu ferais une excellente et mignonne femme d'intérieur.

— Ah là ! lança-t-elle en se redressant aussitôt, je regrette de te décevoir, mais ce n'est pas du tout ma vocation ! »

Pacha s'approcha du lit en grognant doucement et en remuant la queue.

« Il veut sortir. Ouvre-lui, ma chérie. »

Christina avait à peine entrouvert la porte que, déjà, Pacha, heureux de retrouver l'air libre, se précipitait à l'extérieur.

« Brrr ! fit Christina en revenant près de Martin, il fait froid et il a encore neigé cette nuit !

— Sois gentille, ma chérie, demanda-t-il après avoir déjeuné en silence, voudrais-tu débarrasser le lit de notre plateau et venir auprès de moi ? J'ai à te parler, c'est très important. »

Christina prit le plateau pour le déposer sur la table de la cuisine et, aiguillonnée par l'impatience de savoir ce qu'il voulait lui dire, revint s'asseoir rapidement sur le bord du lit.

« Je t'écoute ! »

Avant de lui répondre, il la prit par un bras et l'attira contre lui.

« Je te veux ! lança-t-il en riant.

— Quoi ? Maintenant ? fit-elle à demi surprise.

— Oui ! tout de suite ! »

Il l'enlaça et lui prit un long baiser. Quand enfin il la libéra, il lui glissa doucement à l'oreille :

« Toi, je vais te… »

Il n'eut pas le temps de finir sa phrase, elle se retira d'un mouvement vif.

« Tu ne vas rien du tout ! Ce matin, c'est à mon tour de choisir le thème de nos ébats.

— Je le veux bien. Alors, quel est ton programme, mon amour ?

— Je ne devrais pas déjà te le révéler, mais puisque tu le désires… C'est comme pour les recettes de ta cuisine érotique, je dévoile juste ce qui est important pour toi de connaître, cela te permettra de saliver d'avance.

— Alors, quel est le menu, Tina chérie ?

— D'abord, comme entrée en matière, je fais l'amazone, ou la paire de pincettes, si tu préfères. »

Ils rirent aux éclats.

« En y incorporant quelques gémissements bien suggestifs, j'espère ?

— Avec des plaintes plus vraies que nature, tu verras. Ensuite, nous passerons au plat principal. Je me coucherai sur le dos et tu me prendras comme tu l'as fait le premier soir au manoir. »

Martin, émoustillé par la perspective d'un nouveau jeu d'amour, se saisit d'elle, la déshabilla et l'attira sur lui.

Christina, en riant de l'enthousiasme de son ami, s'apprêtait à se placer sur le membre érigé quand Martin lui posa les mains contre les épaules et la repoussa vers le bas de son corps. Elle comprit son désir et prononça doucement.

« Tu veux que je te prenne dans la bouche ?

— Oui, ma chérie, en guise d'apéritif avant de nous plonger plus avant dans le délicieux festin de nos sens que tu as promis de nous offrir.

— Bien, mon chéri. Mais après, je poursuis mon programme comme prévu.

— J'y compte bien. »

Leurs jeux passionnés les emportèrent dans un long enchantement de leurs sens.

6. La vengeance d'Alexandre

Plus tard, Christina était assise à la petite table et regardait son ami. Il préparait un poulet au curry et du riz à l'indienne. Les épices qu'il employait semblaient l'intéresser particulièrement. Elle lui demanda, pour chacun des ingrédients qu'il incorporait à sa préparation, sa valeur gustative et ses éventuels effets sur la libido.

Ils laissèrent le plat mijoter doucement et savourèrent un verre de Porto qui devait leur ouvrir l'appétit. Face à face, les yeux dans les yeux, Martin lui demanda doucement :

« Dis-moi, ma chérie, ce matin, as-tu apprécié notre façon simple de faire l'amour ? »

Sans quitter son regard, elle lui répondit en appuyant sur ce qu'elle voulait lui faire comprendre sans le froisser :

« Oui, tu vois, je n'ai pas besoin de tous tes fantasmes. À mon avis, c'est cela l'amour ; des caresses, de la tendresse, quelques mots simples et doux comme de la soie. Il ne m'en faut pas plus pour jouir pleinement.

— En somme, tu n'aimes guère ce que je te demande ?

— Ce n'est pas cela. Simplement, je te le dis, pour moi, le plus grand des aphrodisiaques est l'amour que l'on éprouve l'un pour l'autre, l'amitié qui en résulte mêlée d'une certaine complicité. Alors, aucun de ces stimulants ne m'est nécessaire pour éprouver le plus grand des bonheurs.

— Alors, que penses-tu de moi et de tous mes désirs ?

— Je ne te juge pas, dit-elle en le prenant dans ses bras. C'est peut-être ta façon d'aimer, c'est tout.

— Pour conclure, tu ne m'interdis pas de recourir à mes fantasmes comme tu les nommes ?

— Non, si tu sais toujours rester dans les limites du tolérable.

— Promis, mon amour. »

Après le déjeuner, Christina décida d'effectuer une promenade dans les bois. Chaudement vêtus, ils arpentèrent les petits sentiers forestiers. La neige formait un tapis uniforme et les empêchait de distinguer le chemin des sous-bois. Parfois de gros paquets de poudreuse se détachaient des sapins et venaient s'écraser autour d'eux. Courant au gré de sa fantaisie, Pacha s'ébattait en les suivant. Quand ils rentrèrent de leur excursion, c'est avec un plaisir renouvelé qu'ils retrouvèrent la clairière du refuge.

« Martin, dit Christina un peu triste, il est bientôt seize heures, il est temps pour moi de rentrer. Il se peut que la route soit mauvaise, je préfère partir assez tôt. »

Il la prit contre lui.

« Ma chérie, quand pourrai-je te revoir ?

— Viens, rentrons, je vais consulter mon agenda. »

Martin rangeait les affaires de son amie dans la petite valise alors qu'assise à table, elle parcourait son livre de rendez-vous.

« Écoute, mon ami, vendredi qui vient, donc le 30, je viendrai à l'institut pour un massage. Je pense pouvoir te dire à cette occasion quand je serai en mesure de te recevoir au manoir.

— Ça va être long.

— Nous ne sommes plus des enfants, Martin. Une semaine, c'est vite passé.

— Pas pour un amoureux. »

Elle referma son sac à main et le rejoignit près du lit où il la saisit pour l'embrasser. Quand il la libéra de son étreinte, il dit sur un ton de regret :

« Je vais préparer ta voiture. »

Les vitres de la Ferrari dégagées de la neige qui s'y était accumulée, Martin revint auprès d'elle.

« Votre carrosse est prêt princesse », annonça-t-il en appuyant sur ses mots.

Elle le regarda en souriant.

« Je vous remercie, dit-elle avec emphase. Si monsieur veut bien m'apporter mon bagage, je suis prête. »

Il voulait lui dire encore bien des choses, mais déjà Christina sortait. Il la suivit, lui ouvrit galamment la portière et elle s'installa.

« À bientôt, ma chérie !

— À bientôt, Martin, et ne l'oublie pas, je t'aime.

— Moi aussi, ma chérie. Sois prudente au volant, la route peut se révéler mauvaise. »

Christina lui adressa un sourire, fit un dernier signe amical de la main, et le véhicule, les phares allumés, s'éloigna lentement. Quand il eut disparu, Martin rentra. Il ne devait commencer son travail que l'après-midi du jour suivant. Aussi, il avait décidé de passer la nuit dans son refuge.

La petite maison lui parut bien vide sans son amie. Il fit de l'ordre et prépara son dîner.

Quand Christina arriva au manoir, elle se sentit rassurée en constatant que son mari n'était toujours pas rentré. Elle se changea et, à vingt heures, dîna en compagnie de Greta. Après quoi, elle monta dans ses appartements où elle passa la soirée à lire un roman policier. Elle se coucha assez tôt et, dans son lit, les yeux fermés, imaginait la réaction d'Alexandre quand elle lui annoncerait son intention de se séparer. Elle avait une idée précise concernant son avenir. Parallèlement à son laboratoire de cosmétique, elle désirait ouvrir une chaîne de salons de soins fondés sur ses produits et les conseils thérapeutiques de son ami Martin. Sa vie allait connaître une nouvelle dimension où la place affective aurait un rôle à jouer prépondérant. Rêveuse et heureuse, elle s'endormit en pensant déjà à son futur. Quant à l'appétit sexuel de son amant, qu'elle trouvait un peu trop exubérant à son goût, elle était persuadée qu'en usant d'un peu de psychologie et de diplomatie elle arriverait facilement à le ramener à une dimension plus raisonnable, plus proche de sa propre sensibilité.

Lundi matin, après son petit-déjeuner, Martin ferma la porte de son pavillon. Il monta dans sa voiture et sourit en jetant un dernier regard à ce lieu idyllique où il avait séduit Christina et réussi à l'entraîner dans des jeux particulièrement osés. Sur la route du retour, il pensait constamment à son amante. Il conduisait comme un automate et restait songeur. Malgré son tempérament de battante, aussi paradoxal que cela puisse paraître, Christina s'était montrée assez facilement complaisante face à ses désirs amoureux et, pour l'avenir, tout portait à croire qu'elle continuerait à se comporter d'une manière si docile. Contrairement à ce qu'il lui avait affirmé, il s'était bel et bien mis en tête de la soumettre à d'autres projets plus ambitieux encore, qui devaient à ses yeux emporter indubitablement son amie vers des sommets de jouissance fabuleuse. Il s'imaginait déjà en train de la ligoter de différentes façons, ou bien aussi de l'entraver, en lui attachant les poignets et les chevilles aux quatre coins du lit. Ces projets délicieusement indécents obnubilaient constamment son esprit, et c'est presque surpris qu'il se retrouvât devant l'entrée de sa maison.

Le lendemain matin, Christina s'était levée tôt. Avant de prendre le train pour Paris, elle désirait passer au laboratoire afin de donner des directives à ses responsables. Elle se rendit dans la grande cuisine où, en toute simplicité, elle partagea son petit-déjeuner avec Greta. La Danoise, d'habitude très calme, paraissait aujourd'hui nerveuse. Christina le remarqua, mais n'y prêta guère attention, son esprit étant encore préoccupé par la décision importante qu'elle avait prise concernant sa vie privée.

Elle revêtit son manteau et s'apprêta à partir. C'est alors qu'elle s'aperçut que les clefs de sa voiture avaient disparu. Elle réfléchissait. Où diable avait-elle bien pu les abandonner, elle d'habitude si ordonnée ? Finalement, elle dut se rendre à l'évidence ; ses clefs n'étaient plus à leur place habituelle. Contrariée, elle appela Greta.

La Danoise se sentait de plus en plus mal à l'aise. Elle lui apprit la vérité. Monsieur avait décidé de les lui confisquer, pour la bonne raison qu'il voulait la voir avant son départ.

Christina, en apprenant cette nouvelle, se fâcha devant ce procédé qu'elle jugea pour le moins déplacé.

« Dites à monsieur que je l'attends au salon ! »

Soucieuse, Greta s'éloigna prudemment alors que Christina attendait son mari en tournant nerveusement en rond dans la pièce. Elle retira son manteau et le déposa sur le dossier d'un fauteuil.

Enfin, son mari daigna lui accorder une audience et entra dans le salon.

« J'attends vos explications ! » s'exclama-t-elle aussitôt, sans autre préambule.

Alexandre s'avança presque à la toucher en lui jetant un regard sévère.

« Rassurez-vous, madame, dit-il d'un ton curieusement calme qui détonait avec son attitude austère, je n'en aurai pas pour longtemps. Premièrement, vous souvenez-vous de ce que je vous ai dit avant de vous quitter l'autre jour ?

Un instant, Christina se demanda s'il était vraiment possible que son mari eût été informé de son escapade dans le Jura. Personne n'avait pu la voir, et à part son amant, elle était bien la seule à savoir comment elle avait occupé ces deux jours. Elle décida de jouer l'innocence.

« Ho oui ! très bien ! dit-elle calmement. Par contre, je ne vois pas la raison de me le rappeler ce matin. Alors, je veux bien vous écouter, mais je vous en prie, soyez bref, je suis pressée. »

Il approcha encore plus près. Elle ressentit une crainte, mais se maîtrisa pour ne rien laisser paraître.

« Oui, ma chère, je vais me montrer bref comme vous le désirez. Je vous avais bien avertie de respecter notre contrat. Pourtant, vous n'en avez pas tenu compte, malgré votre intelligence et votre sens moral qui devaient vous dicter une conduite raisonnable. Faisant fi de toute vertu, vous avez préféré céder à votre instinct de femelle en chaleur et, dans cette lutte à laquelle se livrent l'esprit et le corps, avez bêtement cédé à une troisième force plus diabolique et viscérale. »

Face à ces explications grossières, Christina sentit la colère grandir dans tout son être.

« Vous n'êtes qu'un vulgaire personnage ! s'insurgea-t-elle. Vos allusions sont parfaitement déplacées ! Quant à votre troisième force à laquelle j'aurai prétendument cédé, je ne vois pas à quoi vous pouvez bien faire référence. Je sais une chose par contre, je refuse de vous l'entendre dire !

— Ho oui ! madame, que cela vous plaise ou non, je vais vous le dire, vous avez cédé à l'appel du cul comme une vulgaire salope ! Et maintenant, vous allez subir un châtiment mérité ! »

Avant qu'elle ne pût les éviter, l'homme lui administra deux gifles cinglantes.

Christina resta stupéfiée par cette brutalité. Elle s'effondra sur le canapé.

Par réflexe, elle se tourna et enfouit sa tête dans un coussin pour protéger son visage. Soudainement confrontée à la fureur déchaînée de son mari, elle émettait des plaintes étouffées par le coussin qu'elle maintenait contre elle et se tortillait de douleur sous la pluie de coups qui s'abattait sur son corps. Livrée sans défense à la folie vengeresse de son mari, elle attendait que ce dernier reprît ses esprits et cessât de la frapper.

Impuissante, Greta assistait au drame.

« Cela n'est pas terminé, espèce de perverse ! Je vais t'administrer encore quelques bons coups de lanière de cuir. Ah ! tu aimes te faire baiser, ma salope ! Eh bien, attends ! Compte sur moi pour te faire jouir ! »

Quand elle le vit retirer sa ceinture, la Danoise finit par prendre courage. Elle cria en s'agrippant à l'homme :

« C'est fini, oui ? Vous arrêtez battre madame ! »

Alexandre retenait son pantalon décroché. Il se retourna vivement.

« Toi ! mêle-toi de tes affaires et reste tranquille ! C'est ma femme et j'ai parfaitement le droit et même le devoir de la corriger ! »

Christina profita de la diversion créée par Greta pour se relever et s'enfuir dans le corridor avec l'intention de se réfugier dans ses appartements.

Alexandre se débarrassa brutalement de la Danoise qui le retenait toujours et se lança à la poursuite de sa femme. Il faillit la rattraper dans l'escalier.

« Attends, ma perverse ! hurlait-il, je n'en ai pas fini avec toi ! Tu veux te faire baiser ? Très bien ! Compte sur moi pour te satisfaire, salope ! »

La peur lui donnait des ailes. Malgré ses membres douloureux, Christina parvenait à maintenir la distance. À l'angle du couloir, elle faillit glisser en prenant le virage. Elle réussit à se rattraper in extremis. Quelques instants plus tard, elle entra dans ses appartements et verrouilla aussitôt la porte derrière elle. Haletante, le cœur battant la chamade, elle resta appuyée au mur près de l'entrée et reprenait difficilement son souffle.

Frustré, Alexandre se mit à frapper rageusement contre la porte. Heureusement pour elle, son manoir était solidement construit et résista facilement à la fureur de l'homme.

Quand Christina comprit qu'elle ne risquait plus de subir la folie de son mari, elle se dirigea vers sa chambre à coucher où elle se laissa tomber sur le lit et éclata en sanglots.

Jusqu'à ce jour, personne n'avait levé la main sur elle et cet acte brutal la surprenait d'une façon particulièrement odieuse.

Elle resta un long moment immobile, puis se releva et s'assit sur le bord du lit. Son corps meurtri la faisait souffrir. Elle se leva péniblement. Devant la difficulté qu'elle éprouvait à se déplacer, elle en vint à se demander comment elle avait réussi à rejoindre sa chambre. Elle désirait appeler Yves Verrier, un avocat et ami de sa famille, pour solliciter son aide, mais dans sa précipitation, elle avait dû abandonner son sac à main avec son portable dans le salon. Cependant, il lui restait le téléphone fixe de son appartement. Il lui vint une idée. Elle décrocha le combiné, mais, avant même de composer le numéro, elle avait compris la vérité. Alexandre avait pris soin de débrancher la ligne. En titubant, elle gagna son salon et s'installa sur le canapé. Elle retira doucement ses vêtements dans l'intention d'examiner son corps.

Des coups légers frappés contre la porte et la voix de Greta qui l'appelait l'intriguèrent.

Christina s'approcha prudemment.

« Oui, que voulez-vous, Greta ? demanda-t-elle.

— Il y a deux hommes qui veulent vous voir, madame. Ils m'ont dit que ce sont des amis à vous.

— Qui sont-ils ? questionna-t-elle soupçonneuse.

— Nous venons de la part du professeur Trabeaut, répondit une voix d'homme, il veut vous venir en aide.

— Est-ce la vérité ?

— Je vous le jure, madame Beauvallon, je dis la vérité. Vous ne pouvez pas rester enfermée comme cela. Croyez-moi, pour vous, c'est une chance de sortir sans subir la colère de votre mari ! »

Elle connaissait bien Trabeaut. Le professeur était depuis longtemps un ami de sa famille. Elle se risqua à ouvrir doucement.

Deux hommes en blouse blanche pénétrèrent aussitôt dans la pièce. Soudain, Christina prit peur. Elle se retourna et se sauva dans sa chambre, mais cette fois, elle ne fut pas assez rapide et les hommes la saisirent et voulurent l'entraîner avec eux. Elle se débattait comme un diable en cage et, dans ses mouvements désordonnés, finit par tomber sur le lit où les hommes la placèrent à plat ventre pour mieux la maîtriser. Malgré leur force, les infirmiers éprouvaient toutes les difficultés à l'immobiliser.

« Nous allons vous conduire à la clinique. Ne vous inquiétez pas, vous n'avez rien à craindre, lui répétait l'un des infirmiers pour la rassurer.

— Non ! je ne veux pas aller en clinique ! hurlait-elle. Non ! je vous en prie, je ne suis pas malade !

— Laissez-moi lui foutre une bonne raclée à cette perverse ! tonna Alexandre qui les avait rejoints. Vous verrez comme ça va la calmer ! »

Alexandre s'approcha assez près pour abattre sa main ouverte sur le dos de Christina. Avant qu'un homme pût s'interposer, un second coup venait de la frapper. Cette fois, d'un geste brusque, l'infirmier le repoussa.

« Cela suffit, maintenant ! lança l'infirmier d'un ton sévère. Laissez-nous, monsieur, nous connaissons notre travail ! »

Finalement, Christina se calma. Aidée, puis soutenue par les hommes, elle se releva et gagna lentement la porte d'entrée. Greta remplit précipitamment une petite valise d'un choix de vêtements qu'elle apporta à l'ambulance attendant devant le porche. Le véhicule partit aussitôt pour la clinique.

Alexandre regardait Greta qui, de loin, avait assisté à la dernière scène. Il s'approcha et lui dit d'une voix qui se voulait rassurante :

« Ne craignez rien, c'est fini, tout est rentré dans l'ordre.

— Que vont-ils faire à madame ? demanda timidement la Danoise.

— Ils vont calmer ses appétits sexuels soudainement exacerbés d'une façon maladive et totalement indécente. »

Elle lui jeta un regard incrédule.

« Mais, monsieur, madame n'est pas malade ! remarqua-t-elle sévère.

— Si ! insista-t-il aussitôt, elle est malade ! Pas comme vous l'entendez, car c'est dans sa tête que rien ne va plus.

— Je ne vous crois pas.

— Elle souffre de nymphomanie. Cela relève de la psychiatrie. Dans la clinique de Trabeaut, elle pourra se faire soigner. »

La Danoise lui jeta un regard sévère.

« Madame n'a pas la maladie que vous dites, monsieur. Vous êtes jaloux, voilà la vérité !

— Vous êtes bien une Nordique, Greta. Vous avez la tête aussi dure que le climat de votre pays. Ce que je vous dis est vrai. Si vous ne me comprenez pas, je vais vous expliquer cela d'une façon plus crue, plus à votre portée mentale. Madame a, comme dirait vulgairement le petit peuple, attrapé soudain le feu au cul. Le professeur Trabeaut va calmer ses esprits. Cela lui fera le plus grand bien. »

Ils rentrèrent dans la maison où Alexandre demanda encore à la jeune femme avant de la quitter :

« Allez-vous rester pendant l'absence de madame ?

— Seulement si elle n'est pas loin longtemps. Aujourd'hui, j'ai un cours et je vais m'y rendre.

— Alors, c'est parfait, car je peux vous assurer que madame ne restera pas longtemps en clinique. Dès qu'elle aura reconnu sa faute, son cas sera réglé, ce qui ne pourrait tarder. À présent, je vous laisse. Bonne journée, mademoiselle. »

Les quatre premiers jours de la semaine, Martin avait beau faire tout son possible pour occuper autrement son esprit, ses pensées s'envolaient inéluctablement vers son amie. Dès leur première rencontre, c'était la beauté de Christina qui avait fasciné et aiguillonné son désir de la séduire. C'était même par simple jeu qu'il avait tout fait pour s'attirer son amitié. Aujourd'hui, il sentait au plus profond de son être s'affirmer un sentiment plus noble et plus durable. Était-ce de l'amour ? En tout cas, cela en avait toute l'apparence. Lui, Martin le séducteur, sans attache, libre de son cœur et de sa personne, s'était épris d'une femme qui l'avait rapidement piégé à son propre jeu.

Le vendredi, il attendait avec une impatience grandissante le moment où sa cliente préférée viendrait confier à ses soins son corps stressé par sa course perpétuelle. Il devait être seize heures quand une jeune femme se présenta à la réception et demanda à voir monsieur Desroches. Natacha appela le masseur. Martin venait à l'instant même de prendre congé d'un client.

En reconnaissant la fille au pair de Christina, il comprit aussitôt que sa chérie ne viendrait pas. Il dissimula sa déception et l'accueillit avec le sourire.

« Bonjour, Greta. Que me vaut l'honneur de votre visite ? »

La jeune femme semblait mal à l'aise et regardait constamment autour d'elle, comme si elle craignait d'être aperçue.

« Bonjour, monsieur. Je voudrais vous parler en privé. »

Il l'entraîna dans sa cabine de soins, referma la porte et l'invita à s'asseoir. La Danoise était d'une nervosité surprenante. Elle refusa et préféra tourner en rond dans la pièce. Appuyé à sa table de massage, Martin la regardait impatient de connaître le motif de cette agitation. Après quelques minutes de silence, elle retrouva son calme et lui expliqua rapidement ce qu'il s'était passé au manoir. La correction infligée à Christina par son mari suivie de l'intervention des infirmiers du professeur Trabeaut et, finalement, le départ de madame pour la clinique.

Martin était loin de s'attendre à un comportement aussi rustre de la part d'un homme de la classe d'Alexandre.

Christina ne lui en avait pas beaucoup parlé, pourtant, il avait cru comprendre que, dans le milieu où évoluaient leurs familles, on cultivait les bonnes manières et les différends importants se réglaient plutôt par le truchement de grands avocats. Le comportement de son mari était inadmissible et parfaitement indigne de son rang. L'homme avait dû céder à un accès de folie, c'était la seule explication plausible.

Martin rassura la jeune femme, la remercia de l'avoir prévenu et lui demanda l'adresse de la clinique où avait été emmenée Christina.

« Je crois qu'elle se trouve près de Chalon-sur-Saône, dit-elle à la limite des larmes.

— Comment avez-vous fait pour venir me voir à l'insu de votre patron ?

— Aujourd'hui, c'est mon jour de libre. J'en ai profité pour venir en ville. Madame devait venir vous trouver cette après-midi, je le savais. Aussi, j'ai pensé qu'il serait bien de vous prévenir.

— C'est en effet très gentil de votre part. Vous allez suivre votre programme comme si rien ne s'était passé et surtout ne parler à personne de notre rencontre.

— Vous allez la sortir de là ? demanda-t-elle inquiète.

— Oui, du moins, je vais voir ce que je peux faire. »

Martin raccompagna Greta à la sortie.

Avant de partir, la jeune fille se retourna et dit encore :

« Je suis au manoir pour madame. Si elle ne revient pas, je ne veux pas rester.

— N'ayez aucune crainte, mademoiselle, dit-il pour la rassurer, la propriété appartient à Christina, je vous promets qu'elle rentrera bientôt. »

Martin la quitta, lui adressa un dernier signe amical de la main, puis revint à l'intérieur. Quand il traversa la réception, il jeta un regard à Natacha qui le suivait d'un œil inquisiteur.

« Qu'est-ce que cette greluche te voulait ? remarqua d'un ton amer la secrétaire. Ce n'est pas une cliente et, comme je te connais, tu n'as pas eu le temps de lui faire un massage. Alors quoi ? »

Martin franchit la porte basse du comptoir de la réception et vint s'installer à un bureau libre en face de la secrétaire. Il posa ses coudes sur le plateau et la fixa pour s'amuser de ses réactions.

« Tu voudrais bien savoir qui était ma visiteuse ? »

Elle poursuivit son travail et soupira avant de répondre :

« À vrai dire, je m'en fous totalement. C'est sans doute une de tes conquêtes. Mais alors, que vient-elle foutre ici pendant tes heures de travail ?

— Là, tu fantasmes, ma poulette ! Ce n'est pas l'une de mes nombreuses admiratrices. Cette jeune personne est une fille au pair chez madame Beauvallon.

— Ah bon ? Elle t'envoie ses larbins, maintenant ?

— Cesse de te montrer grossière ! Greta, c'est son nom, est venue simplement m'avertir que madame ne peut pas venir à son rendez-vous.

— Et il lui faut un quart d'heure pour dire cela ?

— Je lui ai demandé aussi de ses nouvelles.

— C'était beaucoup trop simple pour ta duchesse de téléphoner, je suppose ?

— Il faut le croire. À présent, je te laisse à tes élucubrations. »

Martin se rendit au bar où il attendit son prochain client. Il se sentait impatient de se précipiter au secours de Christina et de la libérer des mains de ce psychiatre avant que celui-ci ne la rendît définitivement dingo. Il serait en congé lundi. C'est ce jour-là qu'il se rendrait à la clinique et demanderait à voir son amie.

7. La clinique du professeur

Le lundi matin, après une nuit particulièrement agitée, Martin, au volant de sa voiture, roulait sur l'autoroute en direction de Chalon-sur-Saône. Il ne lui fallut pas bien longtemps pour parcourir la distance séparant les deux villes. Arrivé au centre de la cité, un policier lui indiqua la route à suivre pour se rendre à la clinique.

Martin décida de s'offrir un petit-déjeuner dans un restaurant du centre où il mit au point la stratégie qu'il allait employer pour libérer son amie.

Il était huit heures et demie quand il se présenta devant l'entrée de la propriété.

La clinique était une ancienne grande maison de maître bourguignonne au milieu d'un grand parc clôturé, que son propriétaire avait transformée en établissement médical.

Martin longea une petite allée bordée d'arbres avant de parquer sa voiture devant l'entrée.

Dans le hall meublé à l'ancienne, un coin de mur était aménagé en bureau de réception. À l'arrivée du visiteur, une femme, coiffée d'un gros chignon sel et poivre, abandonna son bureau et s'approcha du comptoir.

« Bonjour, monsieur. Vous désirez ? demanda-t-elle d'une voix affable.

— Bonjour, madame. Je désire voir le professeur Trabeaut.

— Avez-vous un rendez-vous ?

— Non, mais dites-lui que je voudrais lui parler au sujet de madame Christina Beauvallon.

— Je veux bien, répondit la femme, mais, si vous n'êtes pas attendu, je serais assez surprise que le professeur accepte de vous recevoir.

— Dites-lui ce que je vous ai dit, insista Martin, je suis sûr qu'il me recevra. »

Elle hésita un instant, puis décrocha le combiné.

« C'est de la part de qui ? demanda-t-elle encore.

— De l'ami de Christina.

— C'est un peu vague !

— Faites-moi confiance, vous verrez bien. »

Après un instant de conversation, la femme reposa l'appareil.

« Vous avez de la chance, monsieur, dit-elle en esquissant un sourire crispé, le professeur accepte de vous rencontrer. Si vous voulez bien me suivre, je vais vous conduire à son bureau. »

Guidé par la secrétaire, Martin gravit un étage et parcourut quelques mètres d'un long corridor avant de s'arrêter devant une porte capitonnée. La femme appuya sur un bouton de sonnette et, presque aussitôt, un voyant lumineux vert s'alluma sur le cadre à hauteur des yeux. L'hôtesse ouvrit et invita Martin à entrer.

« Votre visiteur, professeur », annonça-t-elle avant de se retirer.

Assis derrière un lourd bureau de chêne massif, l'homme se leva et s'approcha en souriant. Trabeaut devait mesurer près de deux mètres et possédait une carrure plutôt impressionnante. À le voir, on aurait cru se trouver en présence d'un joueur de football américain. Ses cheveux châtains ondulés et coiffés en arrière, ainsi que son collier de barbe soigneusement taillé ne comportaient aucune trace de gris, pourtant l'homme n'était à l'évidence plus tout jeune. Il tendit sa grosse main à Martin :

« Je suis assez satisfait de faire votre connaissance, monsieur Desroches. C'est bien cela, n'est-ce pas ?

— Oui. Comment connaissez-vous mon nom ? s'étonna Martin.

— Christina m'a souvent parlé de vous.

— Comment va-t-elle ? » s'empressa-t-il de demander.

L'homme se dirigea vers la fenêtre et lui fit signe de la tête d'approcher.

Au travers des carreaux, Martin aperçut Christina. Elle avait revêtu son manteau de fourrure et se promenait seule dans les

112

allées du parc. Sa démarche lente et les mouvements doux de son corps ne correspondaient pas à son tempérament habituel plutôt vif.

« Elle paraît bien calme, ce n'est guère son genre.

— En effet, jeune homme, votre amie est encore sous l'influence d'un sédatif. »

Martin le regarda en fronçant les sourcils. Avant de lui répondre, le médecin illumina son visage d'un large sourire. Sans doute voulait-il se montrer rassurant.

« C'est sans danger pour sa santé, bien au contraire ! Croyez-moi, je suis un ami de la famille Beauvallon. J'ai bien connu son père. Christina, je l'ai vue grandir et devenir la femme positive et entreprenante qu'elle est aujourd'hui. Je peux vous l'assurer, tant qu'elle se trouvera chez moi, elle sera en sécurité. »

Le professeur plongea une main dans une poche de sa grande blouse blanche et en ressortit une pipe. Il s'installa à son bureau et désigna un siège à son visiteur.

« Je vous en prie, asseyez-vous, nous allons bavarder un instant. »

Le médecin lui présenta sa pipe.

« Cela ne vous dérange pas, j'espère ?

— Non, pas du tout, répondit Martin en se calant dans le fauteuil, avant de poursuivre : Docteur, comment des gens de la classe du mari de Christina peuvent-ils se conduire d'une façon aussi rustre ?

— Dans ma profession, jeune homme, répondit lentement Trabeaut, je me trouve constamment confronté aux problèmes psychiques des humains. Je peux vous assurer une chose, la violence physique est loin d'être l'apanage des petites gens. J'ai, au cours de ma carrière, connu des avocats, des médecins et même des professeurs d'université qui se livraient en privé à des actes de violence et de cruauté incroyables.

— Comment expliquez-vous un tel comportement de la part de personnes somme toute cultivées ?

— Ce sont des êtres humains tout simplement, et quel que soit leur niveau intellectuel, ils n'en restent pas moins soumis à leur instinct. Pour en revenir à notre amie, je soupçonne trois facteurs d'être à l'origine de la violente colère d'Alexandre, et c'est l'accumulation de ces mobiles qui l'ont finalement poussé à cette déplorable extrémité.

— Et selon vous, professeur, quelles seraient ces raisons ?

— J'y arrive. Alexandre est un homme possessif, non pas au sens de l'amour, mais plutôt en qualité d'objet. Il a acquis Christina comme on acquiert une œuvre d'art. Son plaisir suprême est de la présenter comme on le fait pour un tableau de maître, avec le dessein de faire naître l'envie dans l'esprit de ses amis. Pour Alexandre, vous êtes en train de lui voler son bien, ni plus ni moins. Et, face à votre désir de la séduire, par son comportement trop complaisant, Christina devient votre complice.

— Comment Christina a-t-elle pu se contenter d'un rôle d'objet de valeur pendant autant d'années ?

— En se rabattant sur les affaires. En consacrant entièrement son existence à son laboratoire, elle en oubliait complètement sa vie affective. Ce n'est qu'à votre contact qu'elle s'est soudain rendu compte qu'elle oubliait de vivre.

— Je le pense aussi. Quant à la seconde raison ?

— Alexandre connaît bien sa femme. C'est une personne entière et franche dans ses idées. Christina ne s'accommodera plus d'une vie matériellement riche mais médiocre par son côté affectif si elle a la possibilité de trouver mieux. Avec vous, elle a pris conscience qu'elle pourrait vivre une existence exaltante à tout point de vue.

— Et la troisième et dernière de ces raisons ?

— Patience, jeune homme, j'y arrive. C'est peut-être malgré toute la plus importante. En toute confidence, je sais par des amis communs que les affaires de son mari ne sont pas aussi brillantes que celles de sa femme, et le manoir ainsi que les laboratoires de cosmétiques appartiennent à Christina.

— Ah ! voilà enfin la vérité ! Il a peur qu'elle ne lui file entre les pattes.

— Exactement.

— Alors, en vous la confiant, je ne comprends pas très bien ce qu'il espère de vous.

— Je suis censé utiliser tous les moyens mis à ma disposition par la médecine moderne pour la convaincre de rester avec lui et de vous oublier.

— Quelles sont vos intentions ? Vous n'allez pas le faire, tout de même ?

— Non, à vrai dire, je ne peux pas annihiler les sentiments qu'elle a pour vous. Christina vous adore. Vous lui avez ouvert une nouvelle porte sur la vie et, maintenant, elle refuse d'y renoncer.

— Que comptez-vous faire exactement ? »

Trabeaut posa son regard sur son interlocuteur et resta un moment pensif.

« Je vais la garder quelque temps et lui permettre de prendre contact avec ses avocats, répondit-il finalement.

— Vis-à-vis de la direction de son entreprise et des autres membres de sa famille, quel prétexte Alexandre a-t-il employé pour justifier son internement ? »

Le visage du thérapeute se plissa sous l'effet d'une grimace qui démontrait l'invraisemblance des raisons avancées par le mari.

« Lundi passé, Alexandre a trouvé sa femme en pleine crise de dépression. Absorbée par son travail, Christina avait subi un stress trop important et avait fini par craquer. Confronté à l'aggravation de son état, il a préféré la confier à un établissement spécialisé avant qu'elle n'attente à ses jours.

— C'est complètement stupide ! s'insurgea Martin. Ce n'est pas le genre de Christina. C'est une battante, pas une pleureuse !

— Calmez-vous, jeune homme, prononça tranquillement Trabeaut. Et vous, en venant me trouver, quelle était votre intention ?

— Vous demandez de libérer Christina et, en cas de refus de votre part, l'enlever. »

Trabeaut se redressa sur sa chaise et éclata de rire.

« J'admire votre détermination, monsieur Desroches. Et maintenant que nous avons fait connaissance, êtes-vous plus nuancé ?

— Oui, je la confie à vos bons soins… Combien de temps pensez-vous la garder ?

— Je pense qu'elle va rester ici jusqu'à la fin de l'année.

— Bien ! Puis-je vous demander une faveur ?

— Dites toujours, je vous écoute.

— Confiez-la-moi pour les fêtes de Noël. »

Trabeaut resta un instant pensif et répondit en souriant :

« À une condition.

— Laquelle ?

— Je vous laisse me l'enlever pour les journées du 24 et 25 décembre. Par contre, vous l'encouragez à accepter de participer à une croisière en mer au début de janvier.

— Pourquoi avez-vous besoin de ma complicité ?

— Je lui en ai touché un mot et, à première vue, elle ne semble pas très chaude.

— Et vous voudriez que j'use de mon influence pour la convaincre ?

— Vous m'avez parfaitement compris.

— Si je peux me joindre à vous, j'accepte.

— Marché conclu, jeune homme. Maintenant, allons rendre visite à votre bien-aimée. À cette heure, elle doit être rentrée de sa promenade. »

Quand Martin entra dans la pièce, il trouva Christina, assise sur un canapé du salon, lisant une revue.

« Martin ! mon chéri ! » s'exclama-t-elle en le voyant.

La jeune femme se leva et se précipita dans les bras de son amant. Elle se sentait si heureuse de le retrouver que, malgré la présence du professeur, elle l'entraîna dans un long baiser passionné.

« Ma chérie ! ma chérie ! » dit Martin en la serrant contre lui.

Face à leurs effusions amoureuses, Trabeaut caressa sa barbe.

« Oui, bon, dit-il doucement comme pour lui-même, je crois qu'il est préférable de vous laisser en tête à tête. »

Avant de les quitter, il se retourna.

« Ne l'oubliez pas, monsieur Desroches, lança-t-il joyeusement, parlez à votre amie de notre accord. »

Christina le repoussa doucement et le regarda dans les yeux en fronçant les sourcils :

« De quel accord parlez-vous, mon ami ?

— Asseyons-nous, ma chérie, et dis-moi comment tu t'accommodes de cette séquestration et quelles sont tes intentions. »

Christina se redressa et retrouva toute sa vigueur.

« Mes intentions sont simples. Premièrement divorcer, puis, quand ce point capital sera réglé, mettre en œuvre mon projet où tu auras ta place, mon ami. Si tu le veux bien, naturellement. »

Martin la regarda surpris.

« Incroyable ! s'exclama-t-il. Je te croyais déjà abattue, découragée et tu m'apprends que tu organises ta défense et établis même des projets d'avenir ! C'est franchement stupéfiant ! »

Elle rit et l'entraîna vers le canapé pour s'y installer.

« Tu ne me connais pas encore assez, mon ami, dit-elle en arborant un sourire radieux, il faut plus que cela pour m'abattre. »

Au cours de leur conversation, Martin lui apprit ce qu'il avait convenu avec Trabeaut. Les deux jours où il pourrait l'enlever, le temps de passer Noël ensemble dans son refuge, contre la promesse de participer à la croisière du professeur.

« C'était donc cela ! fit-elle avant d'éclater de rire et de souscrire à leur demande. Bien, puisque vous insistez et que tu feras également partie du voyage, je baisse pavillon et me soumets volontiers à votre désir.

— Je te remercie, ma chérie… Et, pour l'instant, que comptes-tu faire ?

— Pierre-Alain, ou Trabeaut si tu préfères, est, en plus d'un homme correct, un vieil ami en qui j'ai toute confiance. Je vais profiter de son hospitalité pour me reposer, faire le point et élaborer une nouvelle stratégie commerciale. Je vais également acquérir un ordinateur dernier cri pour pouvoir ainsi rester en liaison constante avec mon entreprise. »

Les yeux de Martin s'agrandirent.

« Génial ! » s'exclama-t-il emporté par son enthousiasme.

Christina rit de son étonnement.

« Je veux aussi étudier toutes les possibilités actuelles de l'utiliser à des fins commerciales. Cependant, avant de m'engager plus sérieusement dans cette direction, je tiens à évaluer à quel point ce n'est pas simplement un engouement passager des humains pour une nouvelle technique, avec alors des perspectives somme toute assez limitées à long terme. En réalité, je suis persuadée qu'il s'agit du moyen de communication de l'avenir.

— Je pourrai t'appeler tous les jours.

— J'y compte bien, mon chéri. »

Il la prit dans ses bras.

« Ma chérie, murmura-t-il à son oreille, tu as parlé de divorce. Oserais-je penser que tu comptes vivre avec moi, ou du moins m'inviter plus souvent ? »

Elle le regarda dans les yeux avant de répondre lentement :

« J'ai bien réfléchi. Tu sais, mon mariage n'avait vraiment aucun sens. J'avais tout à y perdre et Alexandre tout à y gagner. Ce n'est pas correct. Je suis en droit d'exiger un partage plus équitable. Une fois libre, je ferai ce que je veux de ma vie, sans devoir rendre des comptes à qui que ce soit. Je ne pense pas vouloir me remarier.

— Vivre de temps en temps près de toi, sans crainte de te mettre en faute et en danger, me suffit amplement. »

Des coups frappés à la porte interrompirent leur conversation.

« Oui ! entrez ! » dit Christina.

L'imposante carrure de Trabeaut apparut dans l'embrasure de la porte.

« Veuillez bien m'excuser de vous déranger, les tourtereaux, dit-il, je tenais simplement à vous préciser une chose. Vous êtes ici en privé et pouvez rester aussi longtemps qu'il vous plaira, monsieur Desroches. Je vous invite tous deux à dîner ce soir vers vingt heures. Pour l'instant, je vous quitte, j'ai à faire en ville. Je vous retrouve tout à l'heure. »

Les amis le remercièrent. Trabeaut referma la porte derrière lui, et Christina entraîna son ami chez elle.

« Viens, mon chéri. Tu verras, je dispose d'une véritable suite avec chambre à coucher, salle de bains et salon.

— Presque un appartement, remarqua Martin.

— Oui, tu vois, lui dit-elle en ouvrant la porte, je suis ici comme chez moi.

— Bravo ! ma chérie, tu as eu de la chance de tomber sur un type comme Trabeaut !

— C'est le privilège des relations, mon ami. »

Dans le salon privé garni de meubles de style, Christina s'était étendue sur le canapé. Martin, assis près d'elle, lui caressait le corps et, parfois, déposait des baisers sur les épaules, le cou, ou encore les lèvres.

À midi, Christina demanda que deux couverts soient servis dans son salon. Après le repas, ils firent le tour du parc et rentrèrent pour s'accorder une petite sieste. Sur le canapé, Martin voulut se montrer plus entreprenant, mais elle le retint gentiment :

« Non, pas ici, mon chéri, on pourrait nous surprendre. Je t'en prie, encore un peu de patience et nous pourrons jouer autant qu'il te plaira. »

Martin reconnut qu'elle avait raison et ils échangèrent des idées tout en restant sages.

L'après-midi s'écoula rapidement en conversation et moments de silence où Martin se contentait de lire une revue en jetant parfois un regard sur sa belle endormie. « D'un côté, un séjour dans cette clinique ne peut pas lui faire de mal, elle d'habitude si stressée », se dit-il en la voyant si calme.

Le soir venu, ils furent les hôtes de Trabeaut. Au cours du dîner, leur conversation touchait tous les sujets, à l'exception du domaine médical qu'ils exclurent à la demande du professeur.

En fin de soirée, Martin prit congé de Trabeaut. Il raccompagna son amie à ses appartements et quitta l'établissement.

Sur la route du retour, il se sentit rassuré. Lui, qui avait imaginé le matin même un scénario digne d'un film d'action, avec enlèvement, poursuite au travers de la ville, etc., se retrouvait avec une solution bien plus simple.

Martin avait repris son travail. Le 3 décembre, comme convenu, il attendit l'appel de Christina. Il se réjouissait de lui parler et de connaître le déroulement de la procédure de son divorce.

Le jeudi matin, celle-ci l'appela pour lui annoncer que le matériel attendu avait été livré et installé. Elle se sentait en bonne santé, son moral était au plus haut et, grâce à son appareil, elle pouvait rester en liaison avec ses avocats.

Les dix-huit jours suivants, matin et soir, Martin appelait son amie pour avoir de ses nouvelles. Christina, de son petit bureau improvisé, supervisait sa société. Ses collaborateurs se montraient des gens très compétents et elle était satisfaite de leur travail.

Elle avait réussi à obtenir de Trabeaut la permission de quitter la clinique le 23 dans la soirée après le dîner. Martin la félicita et se sentit déjà impatient de la revoir.

Le matin du 23 décembre, par un temps maussade, Martin, accompagné de son fidèle Pacha, prit la route du Jura pour rejoindre son pavillon de chasse. Il arriva à sa destination au milieu de la matinée. L'endroit était désert. Pas un bruit ne venait perturber cette cachette romantique. Il parqua sa voiture sous l'abri et rentra. « J'ai du travail, se dit-il. Premièrement, allumer le feu, puis décharger mes bagages, et enfin donner une atmosphère de fête à ma tanière. »

Pacha semblait apprécier cette animation et suivait son maître, curieux et joyeux, même s'il ne comprenait pas bien le sens de toutes ces démarches. Il devait penser que les humains, avec leur passion pour le nettoyage, resteraient toujours pour lui une source d'énigme. « Ils prennent constamment balai et brosse pour chasser la poussière, se disait-il, alors qu'aussitôt cette besogne astreignante terminée, avec la même ardeur, ils ramènent à l'intérieur autant de détritus qu'ils en ont sorti. Par exemple, aujourd'hui même, Martin a passé deux heures à briquer son parquet. Il est sorti, a choisi un sapin dans la forêt, l'a secoué pour le débarrasser de la neige qui s'y était accumulée, puis l'a coupé pour l'installer encore tout mouillé près de la cheminée. »

Quand Martin eut fini de déployer les guirlandes et garnit l'arbre de bougies et de pendentifs, il sortit d'un sac un petit paquet enrubanné qu'il dissimula près du tronc sous les branches basses. Pacha, curieux, s'approcha pour y glisser sa truffe.

« Non ! laisse cela ! le sermonna aussitôt son maître, ce n'est pas pour toi ! Regarde et admire plutôt mes décorations. J'en suis assez fier. Sans vouloir me vanter, j'ai réalisé là un véritable chef-d'œuvre. En tout cas, moi, ça me plaît. Qu'en dis-tu ? »

Pacha abandonna ce qu'il avait pris pour un jeu et s'installa sur le tapis d'entrée où il resta allongé.

À midi, Martin se contenta d'un sandwich et se réserva l'appétit pour les repas qu'il prendrait en tête-à-tête avec sa chérie. Plus tard, en compagnie de Pacha, il déblaya la neige devant le pavillon. Les nuages de la nuit passée avaient déserté le ciel et laissé la place aux rayons du soleil. Pourtant, malgré le beau temps, il faisait froid.

En fin d'après-midi, après avoir expédié le dîner, Martin reprit la route, mais, cette fois, en direction de Chalon-sur-Saône.

En arrivant devant la clinique, il sentit son cœur battre d'impatience. Il en sourit et se hâta vers l'entrée. La porte était fermée. Il sonna plusieurs fois avant qu'un gardien daignât enfin lui ouvrir.

« La clinique est fermée à cette heure, lui dit l'homme en maintenant la porte entrouverte.

— Je suis monsieur Desroches, je viens chercher madame Beauvallon.

— Je n'ai pas d'ordre à ce sujet. Allez, filez ! »

Des lumières s'allumèrent dans le corridor et Martin aperçut la silhouette d'un infirmier. Celui-ci, en entendant du bruit, s'était approché.

« Jérôme ? Que se passe-t-il ? demanda l'infirmier.

— Il y a un type qui dit qu'il vient chercher la dame Beauvallon, bredouilla le garde tout en maintenant un regard méfiant sur le visiteur.

— Ah ! oui, c'est prévu ! Laisse-le entrer, Jérôme… Je suis Jean-Pierre Poncey, c'est moi qui suis de garde cette nuit.

Venez, monsieur, et veuillez bien excuser notre gardien, il n'était pas informé de votre visite. Je vais vous conduire auprès de madame. »

Avant de suivre l'infirmier, Martin jeta encore un regard sévère au gardien qui haussa les épaules en marmonnant :

« On m'a pas dit, pouvais pas savoir. »

Christina avait préparé une petite valise. Elle attendait patiemment son ami au salon. En le voyant, son visage s'illumina.

« Bonsoir, Martin ! dit-elle avec enthousiasme. Je suis heureuse de te revoir ! Si tu savais ce que tu m'as manqué !

— Bonsoir, ma chérie. Viens, je t'emmène dans mon palais d'hiver. »

Sur la place de parc, Martin déposa le bagage de Christina sur le siège arrière de sa voiture et, galamment, lui ouvrit la portière.

« Si Votre Altesse veut bien me faire l'honneur de prendre place dans mon humble carrosse », prononça-t-il d'une voix emphatique.

Christina s'installa en riant.

Au cours du trajet, les amis bavardaient et les phrases échangées révélaient le plaisir qu'ils avaient de se retrouver. Ainsi, le temps du voyage ne leur parut pas bien long.

Pour rendre son refuge plus accueillant, Martin avait installé deux lampes appliques en forme de bougie de chaque côté de l'entrée. Il parqua sa voiture, prit la valise et ils entrèrent dans la maison où Pacha, resté en surveillance, leur fit fête. Il régnait à l'intérieur une atmosphère chaude et agréable. Des senteurs de sapin se mêlaient à l'odeur du bois qui finissait de se consumer dans la cheminée.

Tandis qu'elle se déshabillait pour échanger son vêtement contre un ensemble d'intérieur, Christina félicita son ami :

« Franchement, mon chéri, ton arrangement est magnifique ! J'ai l'impression de me retrouver dans un conte de fées. »

En approchant doucement par-derrière, il la surprit et la prit dans ses bras.

« Tu es la fée de ce logis, mon amour. Je vais te garder trois nuits toutes entières, c'est plus que je ne pouvais en rêver. »

Elle ne répondit pas à cette remarque. En revanche, elle renchérit sur le travail qu'il avait réalisé pour faire de cette rencontre une vraie fête.

« Je suis sincère, Martin, tes décorations sont ravissantes et me donnent l'impression de redevenir une petite fille.

— Je te remercie pour tous ces compliments… Veux-tu boire quelque chose ?

— Oui, volontiers, donne-moi un café. »

Deux minutes plus tard, elle était installée sur le canapé. Martin lui apporta sa tasse. Elle la prit en souriant et lui désigna le sapin :

« Tu dois me trouver bien sentimentale pour apprécier une décoration, aussi réussie soit-elle.

— Pas du tout. Je crois qu'un adulte incapable de s'émerveiller devant un spectacle, qu'il soit naturel ou l'œuvre d'un artiste, a perdu beaucoup de ses qualités d'être humain. Il résonne presque comme une machine sans âme et sans espoir d'en avoir une un jour. »

Christina l'écoutait avec attention. Elle approuva sa déduction tout en essayant de trouver une excuse à ceux qui deviennent par la force des choses trop matérialistes.

« Je comprends ton raisonnement, Martin, et y souscris. Cependant, en analysant plus profondément les causes de cet état d'esprit qui te rebute, je me demande si ce n'est pas notre forme de société qui nous force à ne pas nous émouvoir trop facilement. Nous sommes en compétition constante avec nos semblables et, dans ces luttes sans merci qui nous opposent, tout ce qui touche de loin ou de près au sentiment peut être interprété par nos rivaux comme une faiblesse à partir de laquelle ils peuvent nous atteindre. »

Martin s'assit près d'elle et la prit dans ses bras.

« Malgré ton tempérament de battante, tu as su préserver cette faculté de t'émerveiller, et c'est cela qui me ravit, ma chérie. »

Christina se sentait heureuse. Elle s'étendit sur le dos, plaça ses bras sous sa nuque, et ses yeux parcoururent le plafond.

Martin se pencha sur elle et lui prit les lèvres. Elle répondit aussitôt à son baiser passionné. Alors, d'une main fébrile, il dégrafa le corsage de la robe en velours bleu qui laissa apparaître deux seins blancs pareils à des lotus aux agréables rondeurs. Sous son long vêtement, Christina ne portait aucun sous-vêtement. Aussi, Martin interpréta cette absence comme une provocation. Il se glissa entre les longues jambes au galbe parfait et ses lèvres se précipitèrent dans une minutieuse exploration des surfaces où vallons et dunes se succédaient harmonieusement. C'est ainsi que, peu après leurs retrouvailles, les mains accrochées aux hanches, la bouche plaquée sur le satin des lèvres qui conduisaient à l'intimité de son amie, Martin, dans une frénésie de désirs gourmands, la fouillait profondément de sa langue. Christina jouissait doucement. Elle croisa ses jambes sur le dos de son amant et, de ses deux mains glissées dans ses cheveux, l'encourageait dans sa quête. Finalement, quand son premier désir fut assouvi, Martin abandonna l'étroite ouverture carmin pour se glisser sur le corps agréablement chaud de son Aphrodite. Christina manifesta à peine quand le membre viril vint buter au plus profond d'elle-même. Elle s'abandonna au désir passionné de son amant, puis, rapidement subjuguée, bascula dans un univers de sensations douces et merveilleuses où la féerie de ses sens sublimés l'amenait plus sûrement qu'aucune autre chose aux confins des plaisirs humains.

Quand leur corps et leur esprit se sentirent rassasiés de caresses, les deux amants se laissèrent glisser sur le côté et, face à face, leurs yeux se sourirent. Nulle parole ne venait les sortir de leurs rêves. À demi-inconscients, ils savouraient encore le charme de leur jeu. L'usage des sens retrouvés, Martin se leva. Sa main, dans un geste d'affection, effleura une épaule dénudée.

« Et si nous allions nous coucher, mon amour ? » dit-il.

Ils se changèrent et se glissèrent dans le lit où ils s'endormirent rapidement.

8. Le pavillon de chasse

Le matin du 24, les amoureux se réveillèrent presque au même instant. Martin prépara le petit-déjeuner, et Christina en profita pour passer sous la douche.

La journée passa rapidement, en promenades dans les bois enneigés, en conversations amicales près du feu, où l'amour occupait une place prépondérante, puis Martin concocta un déjeuner assez simple. L'après-midi, les amis suivirent, à peu de chose près, le même programme.

Le soir venu, ils étaient étendus sur la peau d'ours devant l'âtre allumé. Martin se releva et se dirigea vers la cuisine.

« Je vais préparer le dîner, ma chérie. Tu viens ?

Christina s'étira, se leva et répondit d'une voix paresseuse :

« Oui, mon chéri, je viens, mais je te préviens, ce n'est que pour te regarder travailler.

— Très bien, nous en profiterons pour boire un apéritif. »

Cette fois, après avoir revêtu une robe, Christina choisit dans sa valise un ensemble de sous-vêtements raffiné mais correct. Martin, tout en cuisinant, la suivait d'un œil. Il s'en amusa :

« Pour moi, tu peux rester nue sous ta robe. Elle est délicieusement transparente et c'est diablement agréable à mes yeux ! »

Elle secoua négativement la tête.

« Non ! mon ami. Ce soir, c'est la veille de Noël. Je tiens à respecter cette fête, même si nous sommes en intimité.

— Tu oublies Pacha, fit-il remarquer sur un ton de reproche amical. »

Christina tourna la tête vers le chien qui somnolait allongé sur le tapis de l'entrée et rit en disant :

« C'est vrai ! Pacha est si discret que j'en viens à en oublier sa présence. »

Elle s'installa à la table à manger et le regarda peler un piment rouge.

« Dis-moi, chéri, dit-elle d'une voix enfantine, quelle est la spécialité de ce soir de fête ?

— Pour ce Noël, j'ai prévu un repas pour une fois différent de nos habitudes.

— Et concrètement, cela se traduit par quoi ?

— Voici le menu, ma chère : comme entrée, des asperges sauce rémoulade, puis salade de roquette aux œufs durs. Plat principal : gambas à la diable et choix de petits légumes chinois cuit à l'étouffée. Comme dessert : mousse à la noix de coco et nous terminerons par une salade de fruits exotiques au rhum.

— Et comme vin pour accompagner tes gambas ?

— Un rosé de Tavel. Cela te convient-il ?

— Oui. Le nom de tes plats m'aiguise déjà l'appétit. Je me réjouis d'en découvrir leur véritable saveur. »

Christina regardait son ami travailler. Il lui souriait en clignant parfois d'un œil pour éveiller sa curiosité. Devant cette attitude, elle le soupçonna d'avoir des intentions pas très sages.

« Asperges, fruits de mer, oignons, piments rouges et jaunes, vin fin, prononça-t-elle en appuyant chaque fois sur le nom de chaque ingrédient. Cette composition m'a tout l'air d'être calculée pour exciter les sens, non ?

— Assez en tout cas pour rendre encore plus passionnés deux amoureux.

— Serais-je à ton goût un peu fade en amour ? »

Martin posa son couteau sur la table et s'assit en face d'elle pour finir son verre d'apéritif. Il lui répondit en pesant sur ses mots :

« Je vais te dire la vérité. Pour moi, tu es merveilleuse en amour, sans tabou ou préjugé négatif, et tu sais te montrer délicieusement perverse pour satisfaire les rêves les plus intimes de l'homme.

— Perverse ? reprit-elle d'un ton outré. Eh bien, merci ! C'est gentil ! »

Face à la réaction de son amie, Martin, pour se faire pardonner, usa de diplomatie et se lança dans l'explication de ce qu'il voulait dire :

126

« Ne te vexe pas, ma chérie. Quand j'emploie ce mot, je lui donne un sens particulier qui n'a rien de péjoratif, crois-moi. La femme, en général, trouve son plaisir dans des caresses qui comblent l'ensemble de son corps. Toute la surface de sa peau y est sensible, ce qui n'est pas souvent le cas de l'homme. Les paroles et l'intonation de la voix ont un effet considérable sur la libido féminine.

— Je l'admets, mais cela ne me dit toujours pas pourquoi perverse.

— J'y arrive, ma chérie. Du fait de leur différence de percevoir les choses, il existe une difficulté pour les membres des deux sexes d'imaginer les gestes et les mots qu'il serait judicieux d'employer à un moment donné pour satisfaire leur partenaire. Toi, tu fais partie de ces rares femmes au sens de déduction si subtil qu'elles savent d'emblée piéger un homme et en faire ce qu'elles désirent. Et c'est en cela que tu parais perverse, car, même le plus malin, sans s'en apercevoir, tomberait sous ton charme.

— Je comprends ce que tu veux dire, mais je n'aime pas ce mot. Pourquoi pas enjôleuse ?

— Non, pour moi, une enjôleuse use et abuse de poses suggestives qu'elle accompagne de paroles excitantes. Son jeu se fait en direct et, si elle cherche à le séduire, l'homme le perçoit facilement. Pour son propre plaisir, il entre dans le jeu, mais à aucun moment n'est dupe. »

Christina rit en tendant son verre pour qu'il le remplît de nouveau.

« Ainsi, ce terme ne devrait pas me fâcher, mais plutôt résonner à mes oreilles comme un délicat compliment ?

— Exactement.

— Alors, n'oublie pas tes gambas, autrement, je te gratifierai d'autres compliments », lui dit-elle en lui montrant les crustacés sur le feu.

La table mise avec nappe et bougies, Christina monta sur un escabeau pour allumer le sapin.

Martin la suivait d'un œil tout en donnant la dernière touche à son repas de fête.

« Tu as l'air de prendre plaisir à cette soirée, demanda-t-il d'un ton anodin. Puis-je te demander si tu es croyante ? »

En poursuivant d'illuminer l'arbre, elle répondit lentement en pesant ses mots :

« Au sens chrétien du terme, non, certainement pas. Cependant, j'aime à croire qu'un esprit universel en retrait régit notre monde.

— Autrement dit, ta façon de penser rejoindrait les philosophies orientales ?

— Non, je verrai assez bien un monde organisé comme le présentait Pythagore.

— Mais, chérie – *surpris par cette idée, il s'était exclamé aussitôt* –, Pythagore était mathématicien, pas philosophe ! Du moins, au sens religieux de ce mot.

— Détrompe-toi, mon chéri ! Cet éminent savant est à la base d'une conception harmonieuse de l'univers. Selon sa pensée, tout est un tout dans lequel nous faisons intimement partie.

— Et le rapport entre les hommes, où a-t-il sa place dans cette conception du monde ?

— Selon les Pythagoriciens, les hommes forment dans ce monde sphérique un tout. Donc, nous sommes tous frères. Fondamentalement non violents, ils enseignaient même ceci : le mal que tu fais à l'un de tes semblables, tu l'infliges en somme à toi-même, et si tu tues un homme, une partie de toi meurt avec lui.

— Je ne connaissais pas cette philosophie. »

Martin venait de poser les plats sur la table. Il invita Christina :

« Maintenant, je te propose de partager avec moi une autre philosophie, celle qui ravira nos papilles. »

Ils étaient installés face à face. Martin remplit les verres qu'ils levèrent à leurs retrouvailles.

Plus tard dans la soirée, assis en tailleur au pied du sapin, les deux amants chantaient en accompagnant des chants de Noël diffusés par un antique Gramophone.

Pacha aboyait bruyamment pour manifester son désaccord.

Martin lui fit remarquer le manque évident de courtoisie devant leur duo et, pour se faire pardonner par son amie, récupéra le paquet sous le sapin et le remit à Christina.

Elle sourit en défaisant le nœud du ruban qui entourait le présent. L'emballage ouvert, elle sortit un petit flacon.

« Magie d'Orient ! s'exclama-t-elle, mon parfum du soir préféré !

— Oui, celui que tu portais le premier soir au manoir.

— C'est exact. Malheureusement, c'étaient les dernières gouttes. Mon flacon terminé, je ne l'ai pas encore racheté. Sais-tu qu'il commence à se faire rare ? »

Elle bondit dans ses bras. Surpris, Martin tomba sur le dos et la reçut sur lui. Profitant de sa position dominante, elle l'embrassa d'une façon presque sauvage.

« Je t'adore, Martin, d'une manière totalement indécente.

— Pourquoi indécente ? C'est à mon tour de me sentir vexé. »

Elle glissa son visage vers son oreille et lui dit doucement :

« Pour la bonne raison, mon ami, que, lors de nos premières rencontres, mon amour passait par la satisfaction de mes sens, et qu'ensuite seulement j'en suis venue à t'aimer pour toi-même, non pas uniquement par rapport au plaisir procuré par ta présence et tes affectueuses attentions. »

Il passa ses bras autour d'elle et la serra contre lui.

« En vérité, murmura-t-il, je n'en suis nullement offusqué. Moi aussi j'ai été attiré par la beauté de ton corps avant d'être séduit par ta personnalité.

— Alors nous sommes quittes », dit-elle avant de plaquer ses lèvres sur les siennes.

Lorsqu'ils se séparèrent, Christina, à son tour, lui désigna un petit paquet qu'elle avait réussi à dissimuler discrètement sous le sapin :

« C'est pour toi, mon chéri. »

Martin se pencha et récupéra une boîte enveloppée de papier coloré de vifs symboles de Noël. En l'ouvrant, il découvrit un agenda en cuir rouge foncé portant son nom inscrit en lettres d'or.

« C'est pour y noter nos rendez-vous ? dit-il en appréciant ce cadeau inattendu.

— Oui, mon ami. Et si tu le feuillettes, tu verras, nous sommes destinés à nous revoir bientôt.

— Je l'espère bien ! » s'exclama-t-il aussitôt.

Martin parcourut le livre. Dans les premières pages de janvier, il remarqua une date portant une inscription.

Première semaine de janvier, croisière en mer avec Christina.

« C'est merveilleux, ma chérie ! Je te remercie vivement. Cela mérite plus qu'un simple baiser. »

Il l'entraîna près du divan et la renversa sur le couvre-lit pour aussitôt la déshabiller. Christina, en protestant pour la forme, le laissa poursuivre son jeu.

Les dernières bougies s'étaient consumées. Leur petit halo avait disparu un à un pour laisser à la cheminée le soin d'illuminer la pièce.

Insatiables, les amants poursuivaient leurs ébats. Après une position plutôt passive où Christina se contentait de gémir en gigotant de plaisir, alors que Martin installé entre ses cuisses écartées la travaillait inlassablement, ils échangèrent leurs rôles.

Martin s'étendit sur le dos. Il l'attira au-dessus de lui, puis, en la guidant habilement, l'amena à approcher sa tête de son membre dressé par le désir demeuré encore inassouvi. Martin enfonça plus profondément ses doigts dans l'épaisse chevelure blonde et tenta de lui introduire sa verge entre les lèvres, mais elle ne se sentait pas prête pour ce genre de partage. Elle évita le contact et s'avança sur lui pour déposer sur son ventre un baiser prolongé. Martin renouvela patiemment sa tentative et, à force de caresses et de mots doux, la ramena près de son sexe. Cette fois, attisé par l'impatience, il lui immobilisa la tête et appuya son gland sur la bouche. Christina abandonna sa réticence. Elle desserra les lèvres et l'accepta timidement, puis, peu à peu, se livra à un jeu passionné. Elle suçait, mordillait doucement tout en gigotant.

Martin était ravi. Il sentit ses sens échapper à son contrôle, et bientôt sa semence s'écoulait en saccade dans la gorge chaude de Christina. Par son revirement et son ardeur, elle surprit Martin, car, contrairement à son attente, elle ne se retira pas et savoura sa rosée. Quand, enfin satisfaite et comblée, Christina abandonna le fruit d'Éros, elle s'allongea près du corps musculeux de son ami.

Dans la cheminée, les dernières bûches achevaient de se consumer et la lumière diffusée par l'âtre ne laissait apparaître que de brèves lueurs orangées. Les amants heureux se sentaient plus qu'ils ne se voyaient et restèrent longuement enlacés.

Le 25 décembre, Martin se réveilla vers huit heures. Il passa sous la douche et prépara le petit-déjeuner. Cette fois, c'est Christina qui s'attarda au lit.

Martin lui apporta le plateau et ils déjeunèrent assis en tailleur sur le couvre-lit. Avant de se retrouver entraînée dans un nouveau jeu amoureux, Christina se leva et se glissa sous la douche. Quelques instants plus tard, elle sortait de la salle de bains. Elle évita de s'approcher du lit où Martin l'attendait et s'habilla pour sortir. À contrecœur, mais en se gardant de le laisser paraître, il la suivit dans son projet.

« Tu veux aller faire un petit tour dehors, si j'ai bien compris ?

— Oui, répondit-elle en lui désignant la fenêtre d'un mouvement de la tête. Il neige et j'aime beaucoup cela ! Pas toi ? »

Martin se leva, la prit dans ses bras et lui glissa doucement à l'oreille :

« Moi aussi j'aime la neige quand elle est poudreuse, comme aujourd'hui. Viens, je t'emmène dans les bois. »

Accompagnés de Pacha qui en profita pour jouer, ils parcoururent la forêt des alentours.

À leur retour, il était l'heure de préparer le repas de midi. Encore une fois, Martin, en connaisseur avisé, cuisina sous les yeux amusés de sa compagne.

Cette fois, il insista pour soigner ce déjeuner de fête, et Christina eut droit à une entrée, à deux plats principaux et à un délicieux dessert.

Après le festin, ils prirent le café sur le canapé devant la cheminée.

Vers le milieu de l'après-midi, Martin profita d'une plaisanterie de son amie pour s'emparer d'elle. En riant, il la souleva dans ses bras et la déposa sur le lit. Malgré ses protestations, il lui retira sa robe et l'entraîna dans un tourbillon de plaisirs. Martin savait qu'elle allait bientôt devoir le quitter. Aussi tenait-il à la savourer de tous ses sens. Pas un endroit de sa peau douce n'échappa à sa bouche. Il la dévorait. Elle en était heureuse à un point tel, que pour elle, le temps semblait s'être arrêté. Enfin rassasié de plaisirs et d'amour, Martin la libéra de sa douce folie possessive. Christina resta inerte. Les yeux fermés, son esprit baignait dans une douce euphorie.

Martin se retira doucement du lit et la recouvrit d'une couverture.

Dans son bar, il choisit une bouteille de Coca, en remplit un verre et y ajouta deux glaçons. Tout son être baignait dans une agréable euphorie. Il s'installa confortablement dans un fauteuil et sirota lentement son verre.

Un peu plus tard, Christina sortit de son rêve. Elle chercha du regard son ami et le découvrit. Il était affairé dans sa cuisine.

« Je ne sais pas comment tu t'y prends, Martin, soupira-t-elle en le rejoignant, mais je dois l'avouer, tes jeux sont franchement délicieux. »

Il se retourna et ses yeux parcoururent le visage de la jeune femme. Il pouvait y lire tout le bonheur qu'elle ressentait. Il lui tendit un verre de jus d'orange.

« Ça ! ma chérie, c'est mon secret ! dit-il doucement.

— Me diras-tu un jour comment tu as appris toutes les ficelles de cet art bien particulier ?

— Oui, je te le révélerai. Cependant, en partie seulement, car si tu connaissais tout, tu risquerais de ne plus y retrouver le même plaisir. »

Elle se fit encore plus cajoleuse.

« C'est possible… Ho ! je disais cela par simple curiosité ! Mais si tu penses qu'il vaut mieux l'ignorer, je suis prête à l'accepter. Ce serait tellement bête de perdre cet enchantement. »

Il comprit le sens de ce subit élan de tendresse. Il était destiné à lui en soutirer un peu plus. Il évita le piège et se retint.

« Et maintenant, ma chérie, nous allons…

— Faire une nouvelle promenade ! dit-elle aussitôt en lui coupant la parole. Pacha n'attend plus que notre compagnie.

— Bien, dit-il résigné. Je cède à tes désirs et suis prêt à te suivre, mon amour. »

Christina se leva, enfila une doudoune et suivit Martin et Pacha.

La neige tombait en gros flocons. Ils décidèrent de suivre le bord de la route. Le jour s'estompait doucement et cédait la place au voile sombre de la nuit. Pourtant, la neige qui recouvrait le paysage semblait s'opposer à l'obscurité. Une heure de marche avait rafraîchi agréablement le couple et, sur le chemin du retour, pour parcourir les cent derniers mètres qui les séparaient du refuge, Christina se lança dans une course effrénée, entraînant derrière elle Martin et Pacha, heureux de cette soudaine animation.

Un instant plus tard, ils se retrouvaient à l'intérieur où, encore haletante et radieuse, la jeune femme retira ses vêtements pour passer sous la douche.

Martin prépara le repas. Pour la circonstance, ils avaient décidé de s'offrir quelque chose de simple. Ce qui n'empêcha pas Christina de revêtir une robe de soie souple et délicieusement moulante. Elle s'était allongée près du feu et rajoutait de temps en temps des petites bûches de pin qui s'enflammaient rapidement en pétillant et en dégageant une agréable chaleur. Sans abandonner son jeu, elle demanda d'un ton joyeux :

« Mon chéri, avec quels artifices culinaires espères-tu me combler ce soir ?

— Soupe de poulet à l'indienne, répondit-il fièrement, et, pour le plat de consistance, Pilow de riz aux moules.

— Waouh !... oui, je vois, nous allons encore passer une belle nuit à nous ennuyer », répondit-elle en soupirant.

Martin arrêta ses gestes et tourna la tête dans sa direction.

« Exact, ma chérie ! Alors, cela te convient-il ?

— Bof ! lança-t-elle en riant. J'ai fini par prendre goût à tes jeux, mon chéri, et me contenter de dormir me semblerait une perspective bien ennuyeuse.

— Je partage entièrement ton avis. D'autant que ce soir, pour pimenter nos jeux, j'ai décidé de t'administrer une petite fessée d'amour en me servant d'un nouveau martinet.

— Ah ! non ! s'exclama aussitôt Christina. Là, pardonne-moi, mais je ne suis plus d'accord !

— Même si ce martinet est garni de petites lanières en fin chevreau, et, pour parachever ce doux raffinement, rose ?

— Oh ! si tu dis qu'il est rose, alors là, je ne peux plus dire non ! Je devrais même me sentir aux anges.

— Je plaisantais, ma chérie, et constate que tu l'as deviné.

— Petit salaud, va ! » lança-t-elle en riant.

Leur discussion s'acheva par un nouveau baiser, puis ils passèrent à table.

Malgré leur vœu de simplicité, ils s'offrirent apéro, dîner aux chandelles et vin fin.

Devant le sapin une nouvelle fois allumé, les deux amis savourèrent leur café.

« C'est calme, ici, dit-elle en croisant les bras derrière la nuque.

— À part mon vieux Gramophone – *il lui désignait de la main un appareil déjà ancien* –, je possède également un magnétophone avec des bandes magnétiques.

— Avec de la musique ? demanda-t-elle curieuse.

— Oui, sans paroles. Simplement des enregistrements de tambours et des percussions glanés au cours de mes voyages chez des peuplades primitives.

— Cela doit être excitant, non ? remarqua-t-elle en souriant et en lui jetant un regard amusé.

— Veux-tu danser pour moi ? » osa-t-il timidement.

Elle ouvrit de grands yeux.

« Ici ? Ce soir ?

— Oui, pourquoi pas ? »

Elle resta un moment pensive, puis, finalement, décida de se lancer dans l'aventure.

« Accordé, mon chéri, dit-elle résolue. Il n'y a pas beaucoup de place, pourtant, je m'en accommoderai à une condition. »

Il souleva les sourcils en attendant sa requête.

« Tu jettes de temps en temps des essences odorantes dans le feu.

— Bien entendu, ma chérie ! Et comme éclairage d'ambiance, je te propose de laisser les bougies du sapin et le feu de cheminée.

— Merveilleux ! Oui, tout simplement merveilleux ! »

Martin se leva, choisit quelques brindilles et les jeta dans l'âtre.

Christina s'intéressa aussitôt à la nature des herbes sèches qui se consumaient rapidement.

« De quelles plantes s'agit-il ? demanda-t-elle en restant perplexe.

— Coriandre et jasmin. »

Elle le soupçonnait d'user de quelques artifices capables d'atténuer sa raison, avec l'intention de l'entraîner dans des jeux toujours plus audacieux.

« Et en vérité, ces herbes, quel véritable pouvoir exerce-t-elles sur l'être humain ? prononça-t-elle d'une voix qu'elle voulut faire paraître autoritaire.

— Eh bien, c'est simple, ma chérie ! répondit-il d'un ton naturel, comme si son désir relevait de son goût très raffiné des choses de l'amour. La coriandre augmente la sensualité qu'elle dérive sur l'érotisme, quant au jasmin, il agit sur la sensualité cérébrale. »

Cette réponse la rassura. Elle esquissa un sourire et lui démontra qu'elle était satisfaite.

« Cela me semble parfait ! lança-t-elle joyeusement. Sincèrement, je te l'avoue, j'admire ta connaissance des essences. »

Il la prit dans ses bras et lui déposa un baiser furtif sur les lèvres.

« Et maintenant, tu danses, ma chérie ?

— Oui, je vais le faire, cela me rappellera ma jeunesse. »

Elle retira ses sandalettes et, pieds nus, vêtue de sa robe fine, s'agenouilla près de l'appareil.

« Comment fonctionne ce bidule ? lança-t-elle enjouée.

— Ho ! tout simplement ! Tu tournes le grand bouton rouge. »

Martin s'était confortablement installé sur la fourrure. Fasciné par le spectacle, il la regardait évoluer et virevolter sur le plancher. Elle le faisait avec beaucoup de grâce. Martin se releva, roula la peau d'ours pour dégager la place devant la cheminée, puis changea de position. Il alla s'asseoir de l'autre côté de la pièce près de l'entrée où Pacha, toujours indifférent, se reposait. De ce nouveau point d'observation, Martin jouissait de la vue de Christina qui, en évoluant devant le foyer, lui apparaissait à contre-jour. La lumière orangée, produite par les flammes aux éclats irréguliers, filtrait au travers du fin voilage et révélait les formes féminines. La magie de la danse, enrichie de sensualité, produisit rapidement son effet. Martin sentit ses sens s'embraser.

Le son des tambours s'estompa jusqu'à disparaître. Martin se releva, s'approcha de son amie et l'emporta dans ses bras pour la déposer sur le lit. Elle se laissa faire en émettant des petits cris.

« Sais-tu à quel programme diabolique j'ai prévu de te soumettre pour cette soirée ?

— Non, et je ne tiens pas à le savoir à l'avance. Je te fais confiance. Mais je te préviens, cette nuit, je la veux féerique et inoubliable.

— Alors, c'est toi qui l'auras voulu ! s'écria-t-il en se saisissant d'elle d'une manière encore plus possessive. Je vais commencer par te déshabiller. »

Avec en tête une seule pensée, celle de jouir du corps de son amante d'une façon infinie et complète, Martin, usant de son art raffiné de l'amour, emporta son Aphrodite dans un délire de passions merveilleuses. Christina, sans aucune retenue, se laissa submerger par la houle bienfaisante de l'amour. Sans cesse, d'une vague à l'autre, son corps se sentait ballotté et plongé dans des saveurs exquises.

Quand, finalement, son amant se retira et cessa progressivement ses caresses, Christina eut l'impression de quitter les flots béatifiants de l'amour pour se retrouver projetée sur le rivage. Elle se tourna sur le côté et resta silencieuse.

Il la prit dans ses bras, leurs regards se croisèrent et tous deux se mirent à rire de leurs exploits. Le calme enfin retrouvé et toutes les émotions passées, ils se relevèrent. Le temps de boire un rafraîchissement et d'enfiler une tenue de nuit, les amants fatigués et heureux s'endormirent.

9. Une croisière aux Seychelles

Le 26, Martin se leva le premier. Comme il était déjà tard, il prépara le petit-déjeuner et réveilla doucement son amie. Il avait promis au professeur Trabeaut de ramener Christina à la clinique et tenait à respecter sa parole. Ils devaient se hâter. Ils prirent rapidement le premier repas de la journée et s'apprêtaient à quitter le refuge.

La petite valise contenant les vêtements de Christina déposée sur le siège arrière, Pacha installé dans le fond du véhicule, les amants quittèrent à regret ce petit coin de paradis pour rejoindre le monde plus prosaïque des humains.

Quelques heures plus tard, Martin parquait sa voiture devant la clinique du professeur Trabeaut.

« Mes amis ! je suis heureux de vous revoir ! leur dit Trabeaut en venant à leur rencontre. Alors, ce Noël s'est bien passé, je suppose ? »

Christina, en quelques mots, lui fit comprendre l'intensité du plaisir qu'elle avait retiré de son escapade, en omettant toutefois de parler de ses aventures amoureuses. Trabeaut souriait en maintenant la porte d'entrée ouverte. Avant de parler de son projet, il estima qu'il était plus judicieux de leur accorder un moment d'intimité.

« Vous connaissez la maison, ma chère. Je vous laisse vous installer et, ensuite, vous prie de venir tous deux me rejoindre à mon bureau. J'ai à vous parler et c'est assez important.

— À tout à l'heure », répondit simplement Christina.

Accompagnée de Martin qui portait sa valise, elle se dirigea vers l'appartement mis à sa disposition par Trabeaut, où elle déposa ses affaires sur le canapé. Impatiente et titillée par la curiosité de savoir ce que mijotait le professeur, elle décida sans plus tarder de se rendre à son bureau.

Le professeur avait allumé sa pipe et, contrairement à son habitude, avait renoncé à son éternelle blouse blanche pour revêtir la veste d'un costume gris.

« Je vous en prie, prenez place, mes amis », dit-il d'un ton amical en désignant les fauteuils en face de lui.

Christina porta son choix sur le siège le plus proche du grand bureau. Elle s'assit et croisa les jambes avant de prononcer en souriant :

« Nous vous écoutons, professeur.

— Ma chère Christina, je vous connais depuis trop longtemps pour savoir que l'on ne vous impose pas une idée. Aussi, rassurez-vous, ce n'est pas mon intention. »

Trabeaut s'interrompit le temps de tirer sur sa bouffarde et reprit :

« Premièrement, je tiens à vous dire ce que j'ai appris. Votre action en divorce, chère amie, est en bonne voie de règlement. Vos avocats sont bien décidés à faire le maximum pour accélérer la procédure.

— Merveilleux ! » s'écria Martin qui laissa éclater sa joie.

Trabeaut, satisfait de l'effet de sa révélation, regarda tour à tour les amis.

« Je vous propose entre-temps de passer dix jours de vacances en mer, reprit-il calmement.

— J'ai déjà accepté, je ne pense pas revenir sur ma décision, remarqua aussitôt Christina.

— Si je comprends bien, vous nous proposez d'effectuer un voyage à bord d'un grand bateau de croisière ? demanda Martin.

— Non, mon cher, à bord du yacht privé d'un ami. Cependant, je dois vous faire part d'un changement survenu à l'improviste, qui concerne la date de ce voyage.

— Plus tard ? demanda-t-elle faisant la moue.

— Actuellement, je ne peux pas vous répondre, car un événement fâcheux vient de perturber notre programme. »

Christina allait l'interrompre, mais d'un signe de la main,

Trabeaut l'invita à le laisser poursuivre. Elle se cala dans son fauteuil et attendit la suite.

« Figurez-vous, chers amis, que les deux jeunes femmes qui m'avaient promis de participer à notre croisière et qui étaient disposées à participer à une expérience scientifique viennent de se désister. Du coup, me voici privé de leur indispensable collaboration.

— Ces deux femmes doivent-elles disposer de connaissances particulières ? demanda Christina d'une voix qui laissait supposer qu'elle détenait peut-être bien la solution du problème.

— Non, fit Trabeaut sans hésitation, juste un désir de faire un agréable voyage et de participer par la même occasion à une étude scientifique. »

Christina restait pensive. Après une minute de réflexion, elle consulta sa montre et se leva.

« Je vous prie de m'excuser un instant, je vais dans ma chambre. Il y a bien des chances pour que je revienne avec la solution à votre problème. »

En attendant le retour de Christina, les deux hommes échangèrent des pensées dans des domaines sans importance particulière tout en réfléchissant quelle idée avait bien pu germer dans la tête de la jeune femme.

Quelques minutes plus tard, celle-ci fit irruption dans la pièce. Elle était radieuse. Elle se laissa tomber dans un fauteuil où elle attendit de voir la réaction de Trabeaut devant son attitude triomphante, avant de dévoiler son idée.

« Alors, ma chère, lança Trabeaut, ne nous laissez pas languir plus longtemps, dites-nous ce qui vous rend si joyeuse. Auriez-vous dégoté nos futures partenaires ?

— Exactement, professeur. Je viens de parler à deux amies étrangères qui, par chance, se trouvent actuellement à Paris. Figurez-vous qu'elles avaient prévu de me rendre visite au manoir, mais vu les circonstances, elles avaient remis leur visite à plus tard. Je leur ai parlé de votre projet et elles ont accepté avec enthousiasme de se joindre à nous. Maintenant, elles attendent avec impatience de connaître les détails ainsi que la date de notre voyage. J'espère que ce sera bientôt, car mes amies ne se trouvent en Europe que pour quelques semaines encore. »

Trabeaut manifesta sa joie en se levant prestement de son siège pour prendre Christina dans ses bras, puis la remercia d'avoir sorti son projet d'une impasse.

« Ma chère, reprit-il calmement, j'avais programmé notre voyage pour la fin de décembre début janvier.

— Excellent ! s'exclama Christina. J'aime les affaires rapidement menées. Alors, maintenant, les questions qui nous intéressent sont celles-ci : quand et où ? Car je ne pense pas que ce soit en Méditerranée. À cette époque, il ne fait guère chaud.

— Vous avez encore une fois raison, ma chère. Nous allons partir de Dijon le vendredi 28 décembre. Quant au lieu de la croisière, il s'agit des Seychelles.

— C'est fabuleux ! lâcha Christina en se levant de son siège.

— Serons-nous nombreux ? demanda Martin.

— À bord du bateau, dix passagers exactement. Quant au vol organisé pour nous rendre à Victoria, la capitale des Seychelles, grâce à l'initiative de notre chère Christina, nous serons six. En effet, je vais proposer à vos deux amies de nous rejoindre à Dijon et c'est de cette ville que nous partirons. Pour rendre notre voyage plus agréable, j'ai décidé d'affréter un petit jet privé. »

Martin restait un peu perplexe devant l'offre et surtout l'insistance de Trabeaut. Il réfléchissait aux véritables intentions que dissimulait peut-être ce cadeau.

« Quel objectif poursuivez-vous en nous invitant à participer à cette croisière ? »

Trabeaut sourit et tira une nouvelle bouffée de sa pipe :

« Vous avez raison, jeune homme, dit-il d'une voix posée, il y a bel et bien une idée derrière cette invitation.

— Ah ! fit soudainement Christina désagréablement surprise. Évidemment, j'aurais dû m'en douter.

— Ne vous méprenez pas, chère amie ! lança-t-il aussitôt pour la rassurer. Mon intention est parfaitement honnête et même louable. »

Christina poursuivit en le fixant d'un air soupçonneux :

« Je veux bien le croire. Dites-moi simplement en quoi consiste votre idée. »

Trabeaut se cala encore plus profondément dans son fauteuil et prit une attitude décontractée. Il pensait ainsi que ses amis n'attribueraient pas trop d'importance à ses explications.

« Au cours de cette croisière, prononça-t-il calmement, avec la participation active de deux professeurs, je veux me livrer à une expérience concernant le comportement humain face à une situation donnée. Comprenez, mes confrères et moi-même sommes très intéressés par…

— Actuellement, l'interrompit d'une façon peu courtoise Christina, tenons-nous-en au concret. Pouvez-vous nous donner des précisions sur la façon dont vous comptez vous y prendre pour effectuer votre étude ?

— Malheureusement non, ma chère, je ne peux pas encore vous révéler les détails de notre projet. Par contre, je vous promets de tout vous dire avant l'expérience.

— Dans ces conditions, je me vois obligée de me réserver le droit de refuser de m'y soumettre.

— Certainement, ma chère, bien que je sois déjà persuadé de votre accord.

— Nous verrons. Qu'en penses-tu, Martin ?

— Si nous disposons d'une réelle possibilité de refus, pourquoi pas ? Cela peut aussi s'avérer être une expérience intéressante. »

Trabeaut était ravi. Il se leva et lui tendit la main.

« Bravo ! jeune homme, lança-t-il avec une mine réjouie, c'est bien raisonné ! Et vous, ma chère, qu'en pensez-vous ?

— Soit, je serai du voyage.

— À la bonne heure, chère amie ! Je vous en remercie sincèrement. Nous sommes le 26. Je vous donne rendez-vous à l'aéroport de Dijon le 28 à six heures du matin. Christina, je vous confie le soin de prendre contact avec vos amies et de vous arranger afin qu'elles soient présentes à l'aéroport le jour et à l'heure de notre départ. Encore une chose. En ce qui concerne vous et Martin, je vous demanderais de vous comporter comme de simples amis durant toute la durée du voyage. Veuillez bien m'en excuser, je sais, c'est beaucoup vous demander, mais j'insiste, il est impératif que personne ne réalise l'importance de votre véritable relation. »

Après s'être concertés du regard, les deux amis acceptèrent de se soumettre à cette nouvelle obligation. Leur accord définitivement conclu, Martin prit congé du docteur et raccompagna Christina à son appartement où elle se laissa tomber sur le canapé et resta figée dans une attitude de réflexion.

« Tu me sembles bien songeuse », ma chérie, remarqua Martin.

Christina se releva, échangea sa tenue de voyage contre un ensemble d'intérieur, puis, loin d'éprouver le moindre enthousiasme devant cette perspective, se montra très réservée.

« L'idée de cette expérience prévue lors de ce voyage ne me plaît guère, dit-elle en parlant à voix basse, de crainte d'être entendue. En vérité, je me demande si notre brave professeur ne nous dissimule pas le plus important.

— Pourtant, tu peux faire confiance à Trabeaut. Pour toi, c'est un excellent ami, n'est-ce pas ?

— Je l'espère, mon chéri… Quoi qu'il en soit, nous avons accepté et, maintenant, il ne nous reste plus qu'à assumer notre choix.

— Chérie, dit-il doucement en la prenant dans les bras, si tu n'avais pas donné ta parole, hésiterais-tu encore ? Je ne reconnais plus ma vaillante PDG. »

Elle lui sourit et lui désigna d'une main l'ordinateur.

« Mon chéri, dit-elle, nous partons déjà vendredi matin. Je te propose de me laisser, j'ai des affaires à régler. Et quant à toi, tu dois aussi te préparer.

— C'est vrai, ma chérie. Garde courage ! Après tout, ce n'est qu'une petite expérience. Et puis, je serai avec toi, ne l'oublie pas. Je te laisse et te donne rendez-vous dans deux jours, à Dijon. J'aurai ainsi l'occasion de faire la connaissance de tes amies. »

Elle lui jeta un regard sévère. Il la prit rapidement dans les bras, lui plaqua sa bouche sur les lèvres et ils échangèrent un long baiser. Puis, à contrecœur, Martin la laissa à ses occupations.

Sur l'autoroute qui le ramenait chez lui, Martin était radieux. Il songeait déjà aux joies promises par la future croisière offerte par Trabeaut. Il ne comprenait pas le peu d'enthousiasme de Christina. Elle avait semblé si heureuse, puis, soudain, à l'annonce de l'expérience prévue lors du voyage, il y avait eu ce revirement. Son visage s'était assombri comme si elle pressentait un danger.

Sans trop y accorder d'importance, il pensa à ses propres affaires. D'après le programme de Trabeaut, leur absence durerait dix jours. Il fallait qu'il arrangeât cela avec ses collègues.

Le reste de la journée, Martin le consacra à préparer sa valise, choisissant des vêtements chauds pour les jours en mer ou en cas de mauvais temps et des habits plus légers pour les journées ensoleillées passées dans une crique à l'abri du vent.

Le jour suivant, Martin rendit visite à ses amis et collègues de travail pour leur confier les quelques rendez-vous programmés dans son agenda les jours de son absence.

Un temps maussade et brumeux accueillit Martin à la sortie de son immeuble. Devant une journée si triste, la perspective d'un voyage de plusieurs milliers de kilomètres ne pouvait que le réjouir.

Martin avait quitté son appartement bien avant l'heure. Aussi, il arriva le premier à l'aéroport où il attendit ses amis en restant dans son véhicule.

Il était six heures moins le quart quand l'attention de Martin fut attirée par l'arrivée d'un Renault Espace qui lui rappela aussitôt l'un des monospaces de la clinique.

Il sortit à la rencontre des passagers. Il remarqua aussitôt les jeunes femmes qui accompagnaient Christina. Trabeaut fit les présentations :

« Monsieur Desroches, vous connaissez déjà madame Christina Beauvallon, et j'ai le plaisir de vous présenter ses deux amies. Cette ravissante jeune femme est citoyenne américaine et se nomme Trévia Denison. Alors que cette non moins ravissante personne qui nous vient de Montréal s'appelle Nila Williams. Mesdemoiselles, je vous présente un ami de Christina, monsieur Martin Desroches. Au cours de notre voyage, vous aurez l'occasion de faire plus ample connaissance. Pour l'instant, je vais me contenter de vous avoir présenté les uns aux autres. »

Trabeaut se tourna vers un homme imposant.

« Martin, j'ai également l'honneur de vous présenter un éminent confrère, le docteur Jean-Yves Dargaud. »

Un instant plus tard, les passagers se présentaient pour les formalités douanières, qui furent rapidement expédiées, et embarquèrent à bord du petit jet qui les attendait sur le tarmac.

Installés dans les confortables fauteuils de la cabine, ils firent encore la connaissance de leurs pilotes et d'une jeune hôtesse, puis le commandant de bord, Pascal Ferrier, leur présenta l'itinéraire prévu.

Par la route la plus directe, leur appareil ferait une escale technique au Caire où ils embarqueraient un dernier passager. Ensuite, ils se dirigeraient directement vers la capitale des Seychelles. D'après leur estimation, ils arriveraient à Victoria le lendemain dans l'après-midi.

Les bagages chargés, l'équipage ferma la porte et le voyage commença.

Le jour suivant, quand le petit jet arrêta ses réacteurs sur le tarmac de l'aéroport de Victoria, Martin avait eu le temps de faire plus ample connaissance avec les passagers.

À l'escale du Caire, un homme, à l'aspect plutôt étrange, était monté à bord.

Grand et maigre, ce personnage était affublé d'une tête en forme de triangle inversé. Des cheveux noirs coupés court laissaient un front fortement dégarni. Cependant, l'homme aurait pu paraître presque banal, si ce n'était ses yeux vraiment particuliers, profondément enfoncés dans leur orbite et d'un gris-vert, presque jaunes. De croiser ce regard étrange faisait naître un frisson chez ses interlocuteurs.

En apprenant que le docteur Petrov exerçait l'art de l'hypnose, Christina ressentit une sueur froide lui parcourir le dos. Elle décida de se tenir à l'écart de ce singulier personnage que Trabeaut leur avait présenté.

Un petit bus les emmena jusqu'à Victoria. Le grand yacht était amarré au port de la ville. Emmenés par Trabeaut, les passagers embarquèrent à bord où ils furent accueillis par le capitaine Georges Barlow qui leur présenta l'équipage.

Le bateau était prévu pour embarquer une douzaine de passagers répartis dans sept cabines. Martin, Christina, Nila et Trévia firent encore la connaissance des autres invités.

Trabeaut se tourna vers trois jeunes hommes à l'allure athlétique.

« Je vous présente Pierre Galion, Olivier Berger et notre ami norvégien, Éric Argutsson. Tous trois sont infirmiers dans l'établissement du professeur Dargaud. Grâce à la générosité de leur patron, ces jeunes gens sont aux Seychelles depuis une semaine. »

Leonardo, le steward du *Téthys*, attendait patiemment la fin des explications de Trabeaut pour inviter les passagers à le suivre. À la fin des présentations, ils quittèrent le salon principal et descendirent un escalier tournant avant de longer une coursive centrale. Situées à gauche et à droite, d'une façon presque régulière, une série de portes donnaient accès aux cabines. Nila partagea sa cabine avec Trévia ; quant à Christina et Martin, ils avaient le privilège de bénéficier d'une cabine privée.

Un matelot délivra les bagages et, un instant plus tard, Christina, à genoux sur la moquette de sa chambre, arrangeait ses vêtements dans les divers tiroirs et penderies. *Le Téthys* était un bateau moderne construit entièrement en matériaux composites. La décoration mêlait harmonieusement le blanc des structures et le bois exotique des panneaux. Tous les meubles comportaient des portes à jalousie et la salle de bains, bien que petite, était intelligemment conçue et complète. Douches et toilettes étaient fonctionnelles et pratiques, tout en ayant un aspect chaleureux et accueillant.

146

Ses affaires soigneusement disposées, Christina se changea avant de rejoindre ses amis. Pour cette chaude journée, qui contrastait d'une façon si éclatante avec la grisaille de l'Europe, son choix se porta sur un pantalon ample en tissu léger et une blouse à manches courtes. Des mocassins en cuir souple ajouré complétèrent son ensemble. Après avoir jeté un coup d'œil rapide dans le miroir, elle sortit dans la coursive. Comme elle ne trouvait personne dans le salon, elle se lança à la découverte du *Téthys*. Elle découvrit finalement les passagers sur le pont supérieur. Ils étaient rassemblés autour d'un bar où Leonardo leur distribuait des rafraîchissements. Christina s'assit au comptoir et commanda un jus d'orange. Leonardo s'empressa de la servir en prenant soin d'entourer le verre d'une serviette en papier pour en conserver la fraîcheur, puis, avec une révérence, lui souhaita une excellente journée. Tout en sirotant son verre, Christina le suivit discrètement du regard.

Le steward du bord était Argentin. Moyennement grand, plutôt mince avec un visage allongé et doté d'un grand nez aquilin. Il avait des yeux noirs toujours rieurs et tout en lui révélait son origine sud-américaine. Soucieux de son apparence, il était sans cesse préoccupé par sa tenue qu'il voulait irréprochable et passait souvent un rapide coup de peigne dans ses cheveux noirs coupés court et naturellement crêpés. Revêtu de son uniforme de marine qu'il portait avec élégance, il se déplaçait avec une souplesse exagérée comme s'il effectuait des pas de danse. « Ce bel hidalgo se voit déjà au bras d'une ravissante femme et l'entraîner dans un tango irrésistible, après quoi il ne lui restera plus qu'à emmener sa conquête dans sa cabine et à la balancer sur le lit », murmura Christina pour elle-même. Elle sirotait son verre en réfléchissant à l'attitude qu'elle devait adopter face au regard plein de malice que lui adressait l'Argentin à chaque occasion qui se présentait. Elle venait de décider de jouer l'indifférence quand Martin la retrouva et s'assit près d'elle. Quelques instants plus tard, Trabeaut les rejoignit. Il les salua et se lança aussitôt dans une longue explication :

« Mes amis, dit-il en parlant doucement, avec la complicité de mon confrère le professeur Dargaud, je vous ai réunis dans l'intention de vous faire effectuer une agréable croisière dans les eaux enchanteresses de cet archipel. Vous le savez tous plus ou moins, notre objectif est de nous livrer à une expérience où vous jouerez chacun à votre façon un rôle important. Je tiens pourtant à vous rassurer encore une fois, cette étude est sans danger pour vous. Nous sommes le 29 décembre et notre expérience est prévue, si la météo le permet, pour le 2 janvier. D'ici là, voici comment nous avons prévu d'utiliser notre temps. Ce soir, vous êtes libres. Je vous conseille de visiter Victoria, c'est une charmante petite ville et vous allez vite l'apprécier. Demain matin, nous lèverons l'ancre à cinq heures pour nous rendre sur une île séduisante et inhabitée. Nous mouillerons dans une anse à l'abri des vagues, puis débarquerons sur une petite plage de sable fin où vous pourrez vous adonner aux sports de votre choix, voire même la plongée sous-marine, si cela vous dit. »

— Bravo ! remarqua Martin ravi par cette perspective.

— Ce soir, si vous choisissez de rester à bord, le repas sera servi dans la salle à manger à vingt heures. Maintenant, je vous laisse, bonne soirée. »

Martin proposa à Christina de se rendre dans le centre de la vieille ville et, sur l'initiative de son amie, ils emmenèrent Nila et Trévia.

Il était près de minuit quand Christina décida de rentrer. Le voyage avait été long et elle se sentait fatiguée. Les amis regagnèrent le bateau.

Le lendemain matin, aux mouvements du *Téthys*, Martin réalisa qu'ils avaient quitté Victoria et devaient se trouver en mer. Il se leva, se rasa, puis revêtit un pantalon et un pull léger. Il sortit dans la coursive et gagna le pont supérieur.

Les passagers se trouvaient réunis autour de la grande table. Martin chercha Christina. Elle était assise entre deux jeunes hommes et bavardait joyeusement. Il se servit à manger au buffet avant de venir s'installer en face de son amie.

« Ah ! vous voici, cher ami ! dit Christina. Comme vous le voyez, je me suis levée tôt et ai fait plus ample connaissance avec nos compagnons de voyage. »

Elle présenta les deux jeunes gens :

« Vous connaissez Pierre Galion et Olivier Berger. Nous avons eu le privilège d'être présentés hier après-midi.

— Oui, je m'en souviens. Bonjour, tout le monde ! »

La présence de ces hommes, qui rivalisaient de jeux d'esprit pour séduire son amie, lui fit bouillir le sang dans les veines. Martin se maîtrisa et s'efforça de dissimuler sa jalousie. Heureusement pour lui, l'arrivée du capitaine fit diversion. Il en profita pour lui demander :

« Quand arriverons-nous aux abords de cette île, capitaine ?

— À onze heures, d'après mes calculs.

— Bien. J'espère qu'elle est accueillante et agréable.

— Rassurez-vous, monsieur, je connais cet îlot, un vrai petit paradis. Jusqu'à ce jour, la seule raison qui a préservé ce lieu de l'invasion des hommes est son manque d'eau potable. Autrement, il y a bien longtemps qu'il aurait été colonisé. »

Les passagers échangeaient leurs impressions et le temps passa très vite. Bientôt, le capitaine put convier tous les participants à monter sur le pont où, rassemblés, ils assistèrent à l'approche de l'atoll.

L'île se présentait comme une bande de terre recouverte de palmiers et d'arbustes. Trabeaut, par une courte explication, leur apprit les caractéristiques de cette petite merveille.

« Toute l'île est formée de roches volcaniques qui dominent la mer de deux ou trois mètres. Une seule passe praticable donne accès à un petit lagon où une plage de sable fin disposée en arc de cercle forme un endroit idyllique pour la baignade. C'est dans cette enceinte presque parfaite que nous allons mouiller l'ancre. »

À vitesse fortement réduite, le bateau glissa doucement sur les vagues et passa entre deux roches qui formaient l'entrée naturelle de leur abri. Quelques minutes plus tard, les ancres immobilisaient le grand yacht.

Les passagers, impatients, se pressaient contre le bastingage. Deux marins manœuvrèrent un bossoir et, un instant plus tard, un grand Zodiac prenait contact avec l'eau.

Les invités empruntèrent l'échelle de coupée et s'installèrent dans le pneumatique. Un peu plus tard, ils se retrouvèrent réunis sur la plage.

« Mes amis ! lança le professeur Trabeaut pour attirer leur attention, écoutez-moi, s'il vous plaît ! »

Le groupe se disposa en demi-cercle devant le professeur.

« Je vous laisse libres d'effectuer une courte visite à terre. Cependant, je vous ferai remarquer qu'il est déjà onze heures trente. Alors, ne vous éloignez pas trop. Le repas sera servi à treize heures et, si vous désirez trouver encore quelque chose à manger, je vous conseille de ne pas l'oublier. »

D'une façon presque naturelle, des petits groupes se formèrent. Accompagnée de Martin, Nila et Trévia, Christina s'éloigna vers l'intérieur des terres. Les jeunes femmes avaient revêtu des shorts et, pour se protéger du soleil, des blouses à manches amples et des chapeaux.

L'intérieur de l'île ne comportait rien de particulier. Beaucoup de roches nues, ici et là quelques taches éparses de verdure égayaient le paysage. Une importante colonie de cocotiers était l'une des rares espèces végétales à s'être approprié cette terre plutôt aride.

Soudain, le son de la corne du *Téthys* avertit les aventuriers qu'il était temps de rentrer pour le déjeuner. Les groupes épars revinrent sur leurs pas. Au passage, ils surprirent des oiseaux de mer qui, à peine effarouchés par ces intrus, les regardèrent passer.

Bientôt, tous les participants à la croisière se répartirent autour des tables, dressées à l'ombre d'une toile tendue par les membres de l'équipage pour les abriter du soleil.

Trabeaut s'était installé à la table qu'occupaient Christina, ses deux amies et Martin. Le repas était constitué de fruits de mer cuits sur un gril et de salades diverses. Vin fin ou bière accompagnaient à volonté ce petit festin, présenté d'une façon fort agréable. Avec l'aide d'un membre de l'équipage, Leonardo servait les passagers. Le Sud-américain ne manquait pas une occasion de prendre particulièrement soin de Christina. Le regard de merlan frit qu'il lui lançait chaque fois qu'il l'approchait finit par agacer la jeune femme. Elle prit la décision de l'ignorer et de faire attention à ne plus croiser son regard.

150

L'astre du jour se trouvait proche du zénith. Il faisait chaud. Après le déjeuner, la plupart des jeunes gens préférèrent se reposer dans le bateau jusqu'à trois ou quatre heures. À ce moment, la température, devenue plus agréable, leur permettrait de se livrer au plaisir de la plage sans risquer de subir un méchant coup de soleil.

Dans l'après-midi, Christina et ses amis plongèrent dans l'eau turquoise du lagon. En nageant juste sous la surface des flots, ils pouvaient admirer des myriades de poissons qui, en rivalisant de beauté, exploraient les coraux à la recherche de nourriture.

À la nuit tombante, ils regagnèrent le bord pour se changer.

Plus tard, la petite équipe était rassemblée sur la plage où, à la lueur de grosses lampes à pétrole, ils consommèrent des apéritifs en attendant l'heure du dîner.

Toute la soirée et jusqu'à tard dans la nuit, les trois femmes furent l'objet d'une lutte acharnée. Chacun voulait avoir sa chance de danser avec l'une d'elles, et Martin, à contrecœur, dut, pour la satisfaction de tous, céder la plupart du temps sa belle.

Il devait être plus de deux heures du matin quand les derniers participants rejoignirent le bord.

10. Une coupable méprise

Le dernier jour de l'année se levait sur ce petit bout de terre privilégié. Les passagers, par petits groupes, faisaient leur apparition sur le pont principal et, à dix heures trente, les derniers retardataires prenaient encore leur petit-déjeuner.

Martin et ses amis se baignaient à l'ombre du bateau, jusqu'au moment où la corne en retentissant annonça l'heure du déjeuner. Ils remontèrent à bord pour se changer, vêtus de shorts et de blouses pour les femmes et d'une chemise polo pour Martin. Ils se mêlèrent aux autres participants.

L'après-midi s'écoula simplement. Les amis firent une sieste et, quand la chaleur se fit plus clémente, plongèrent dans le lagon où, à l'aide d'un simple tuba, ils explorèrent les fonds marins.

Le soleil venait de basculer derrière l'horizon, et la nuit commença à assombrir rapidement ce paysage enchanteur. Martin et ses amies remontèrent à bord du *Téthys* pour se changer et revenir un instant plus tard sur le rivage où leurs compagnons s'étaient déjà rassemblés pour l'apéritif.

Trabeaut profita de la présence de tous pour prendre la parole :

« Mes amis ! lança-t-il en maître incontesté, c'est le dernier soir de l'année ! Demain, notre vieille terre commencera un nouveau cycle. Nous entamerons avec elle une nouvelle année. J'espère pour vous tous qu'elle se montrera faste et semée d'événements heureux. Un succulent repas marquera cet événement. Ensuite, nous poursuivrons la soirée en musique et danserons. Malheureusement, nous devons le déplorer, en ce qui concerne nos éléments féminins, nous disposons seulement de trois ravissantes jeunes femmes, et dois-je, vous le rappelez, nous sommes sept hommes. Par conséquent, nous sommes obligés de nous en accommoder. Je vous demanderai donc de faire preuve de fair-play. Nos amies danseront avec vous tour à tour et, ne l'oubliez pas, elles ont également droit à des moments de repos. Alors, je vous en prie, soyez compréhensifs. »

Son discours terminé, Trabeaut reprit sa place à table.

Après le dîner, les convives choisirent des chaises pliantes et les disposèrent autour d'un grand feu de bois qu'ils avaient allumé sur la plage.

Les musiciens commencèrent par jouer des airs simples puis de plus en plus entraînants.

Les trois jeunes femmes accordèrent leur première danse au trio des professeurs. Au second tour, Martin s'attendait à avoir la préséance sur les trois jeunes hommes. Il n'en fut rien. Christina s'approcha délibérément d'Éric qui, depuis un moment, lui souriait en la dévisageant. Ce comportement surprit Martin et le vexa. Il se tourna vers Nila et l'invita. La Québécoise avait remarqué l'attitude surprenante de Christina. Comme elle désirait éviter un esclandre, elle accepta.

Les professeurs, par la voix de Trabeaut, avertirent le groupe qu'ils renonçaient à leur tour suivant au profit des membres de l'équipage qui, sur l'invitation de tous, s'étaient joints aux fêtards. Le capitaine effectua un tour de valse au bras de Trévia, avant de se retirer.

Tout en prenant bien garde à décliner les invitations réitérées de Leonardo, Christina avait accordé plusieurs danses à Éric. Finalement, le visage illuminé d'un large sourire, elle vint inviter son ami. Martin était vexé. Il faillit lui refuser. Mais son désir de la prendre dans ses bras fut plus fort que sa jalousie. Il fit la moue, se leva et l'entraîna doucement.

« Je t'aime et tu le sais. Malgré mes sentiments, tu m'as abandonné pour te laisser courtiser par cet imbécile. J'en suis très fâché. »

Elle le regarda en fronçant les sourcils.

« Il était convenu entre nous de proscrire le tutoiement pendant toute la durée de la croisière », murmura-t-elle d'une voix enjouée.

Martin lui fit des yeux faussement sévères.

« C'est ta faute ! Tu as délibérément choisi de te conduire en papillon volage. Aussi, je me permets cette familiarité pour te ramener à moi. »

Christina sourit et les flammes qui s'élevaient du feu jetaient des éclats lumineux dans le vert clair de ses yeux.

« Je le sais, mon ami. Je l'avoue humblement, j'ai trouvé un malin plaisir à vous sentir jaloux.

— C'est malsain ce jeu-là, ma chérie.

— Mea culpa mon amour, mea maxima culpa. Je suis prête à effacer cet affront fait à vos sentiments. Que désirez-vous me faire subir pour me punir d'un comportement si coupable, Martin chéri ? Peut-être la fessée avec le martinet rose ?

— Non ! J'avoue que cela me ferait bien plaisir, mais, malheureusement, ce n'est pas le moment. Aussi, pour l'instant, je me contenterai de te condamner à subir l'épreuve d'un baiser maintenant.

— Ici, devant tout le monde réuni ? fit-elle un peu surprise.

— Exactement. »

Elle hésita.

« Refuses-tu ?

— Non, je songe seulement aux recommandations de Trabeaut.

— Je me souviens, nous avons promis de rester discrets sur nos sentiments mutuels. Cependant, c'est le prix à payer si tu veux être pardonnée !

— Un baiser prolongé ?

— Peut-être ! Cela va dépendre beaucoup du plaisir que je vais éprouver à te reprendre. »

Elle approcha ses lèvres de sa bouche. Il les prit passion-nément et les garda longuement. Emportés par l'enthousiasme de la fête, les autres ne firent pas attention à leur jeu. Christina s'en rendit compte et l'apprécia particulièrement.

À minuit, le bruit des bouchons de champagne, mêlé au son de la corne du *Téthys*, annonça la fin de l'année et le début de l'An nouveau. Ils cessèrent momentanément leur danse et tous se congratulèrent en se souhaitant une bonne et heureuse année.

La fête se poursuivit, puis, à deux heures du matin, les jeunes femmes, fatiguées par les danses, regagnèrent leur cabine.

Pour fêter cette première nuit de l'An nouveau, Martin avait insisté auprès de Christina pour qu'elle passât la nuit avec lui dans sa cabine. Son amie ne se fit pas prier longtemps avant d'accepter, mais, avant de le suivre, elle proposa à Trévia d'occuper pour la nuit sa luxueuse cabine. Celle-ci accepta sa proposition. Quelques minutes plus tard, après avoir pris une petite douche, elle s'apprêta à revêtir une nuisette. Elle hésita un instant, puis, finalement, renonça. Trévia n'appréciait pas la clim. Elle l'arrêta et préféra s'étendre nue sur le confortable King-size bed.

Après leur longue soirée, la jeune femme dormait profondément. Soudain, elle se réveilla en sursaut avec l'impression qu'un bruit suspect avait interrompu son sommeil. Intriguée, l'esprit en alerte, elle retint son souffle et resta immobile. Seule une pâle lumière provenant de la lune filtrait du petit hublot placé haut sur le bord de la paroi. Confrontée à cette obscurité presque complète, Trévia désirait tendre le bras pour atteindre l'interrupteur et allumer, mais, curieusement, elle demeurait paralysée, comme si elle craignait qu'en bougeant elle ne provoquât son éventuel visiteur. Inquiète, le cœur battant la chamade, elle attendit de voir si un nouveau bruit viendrait confirmer ses craintes. Les minutes s'écoulaient et rien ne venait troubler le silence. Elle se sentit rassurée et se roula sur le côté, cala sa tête dans le coussin, puis se laissa glisser doucement dans le sommeil.

Soudain, deux mains agrippèrent ses hanches. Trévia reprit aussitôt ses esprits. Mais avant qu'elle n'eût le temps de se retourner pour faire face à son visiteur, elle se retrouva allongée sur le ventre. Usant de sa force, son agresseur l'obligea à garder cette position. Trévia était désemparée. Finalement, elle s'abandonna aux désirs de l'homme sans opposer de résistance. Son visiteur nocturne desserra lentement son étreinte. Deux mains se posèrent sur ses épaules, descendirent le long de son dos avant de finir par caresser ses hanches et ses fesses. Petit à petit, Trévia reprenait courage et, bientôt, se sentit prête à reprendre la lutte. Mais déjà des doigts fébriles s'immisçaient entre ses cuisses. Trévia se sentit rougir. Paralysée par la peur, elle se laissa caresser sans bouger. Ces attouchements de plus en plus audacieux se poursuivirent durant d'interminables minutes. Cette épreuve l'étourdissait. Elle voulait serrer les fesses pour lui interdire l'accès à son intimité, mais, en vérité, elle ne faisait rien et restait immobile. Quand elle retrouva un tant soit peu ses esprits, elle resta rivée sur la volonté d'identifier son visiteur. Pourtant, elle avait beau triturer ses méninges, l'énigme demeurait complète. Finalement, elle revint sur l'instant présent. Comme son mystérieux satyre poursuivait ses caresses, sans parvenir à en déterminer la raison, elle avait l'impression que l'inconnu semblait hésiter à poursuivre son désir. Si l'intention de son visiteur était d'abuser d'elle, pourquoi attendait-il si longtemps avant de passer à l'acte ? Peut-être, se disait-elle, que sa position bien allongée sur le ventre l'obligeait à modifier son projet.

Comme les intentions de son visiteur semblaient se préciser, elle abandonna ses réflexions et se laissa submerger par l'appréhension de ce qu'il allait entreprendre. Soudain, des doigts s'immiscèrent entre ses fesses puis s'enfoncèrent profondément dans son derrière. Trévia serra les dents et resta immobile. Il la fourragea quelques minutes, mais pour elle, ces minutes durèrent une éternité. Finalement, quand les doigts se retirèrent, elle se sentit soulagée. Mais son épreuve n'était pas terminée, car déjà l'homme enjambait ses cuisses. Et avant qu'elle ne pût faire la moindre tentative pour s'y opposer, il lui enfonça son phallus turgescent dans l'abdomen. Aussitôt le Satyre savoura sa victoire. Sa conquête avait finalement lâché prise et acceptait de lui appartenir. Il jouissait en laissant échapper de discrets soupirs de satisfaction. Il s'enhardit et, en s'appuyant sur ses mains, se pencha au-dessus d'elle. Dans son exploration insensée, son membre viril avait finalement atteint la limite de ses possibilités. Alors, il s'étendit sur le corps féminin qu'il sentit aussitôt vibrer de toutes les fibres de son être.

Trévia faillit basculer dans l'inconscience. En attendant la fin de son aventure, elle rassembla ses esprits et se mit de nouveau à réfléchir. Qui était l'homme qui, en cet instant, jouait avec son corps ? Christina l'avait invitée à occuper sa chambre. Il y avait bien des chances pour que cet intrus s'imaginât se trouver en compagnie de Christina et non pas d'elle. En même temps qu'elle soulevait dans son esprit des questions sur la relation secrète que son amie entretenait peut-être avec cet homme, cette idée la séduisait. Elle se sentit curieusement apaisée et, tout en restant immobile et muette pour ne pas éveiller les soupçons de son amant inconnu, le laissa calmement assouvir son désir. Alors que son corps subissait les assauts répétés de son mystérieux Satyre qui l'étreignait dans ses bras, elle sentait son souffle chaud près de son oreille.

Encore quelques puissants coups de boutoir, puis les derniers spasmes de l'homme accompagnèrent la fin de l'épreuve. Dans un soupir de satisfaction assouvie, l'homme se retira doucement.

« Pardonnez-moi, belle Christina, mais je n'ai pas pu résister. »

Cette phrase prononcée d'une voix encore haletante stupéfia Trévia. Bien que depuis un moment déjà elle soupçonnât qu'elle était l'objet d'une méprise, ce qu'il venait de dire en était la preuve flagrante. Elle resta abasourdie. Le temps de recouvrer ses esprits et l'homme avait disparu.

Restée seule, Trévia remit de l'ordre dans ses pensées. Après ce qui s'était passé, elle n'avait plus envie de finir la nuit dans cette cabine. Elle se releva sur un coude, alluma la lampe de chevet, et quelque chose glissa de son dos et tomba sur le lit. Elle se retourna et fut aussitôt surprise en découvrant une boîte de chocolats entourée d'un ruban de velours rouge. Elle l'empoigna et, en négligeant de revêtir une robe de chambre ou une nuisette, se précipita toute nue vers la cabine de Nila.

Réveillée en sursaut par des tambourinements contre la porte de sa cabine, Nila se leva rapidement. Elle ouvrit la porte et, en voyant Trévia nue et dans un état d'extrême excitation, avant de lui demander ce qui se passait, la prit par la main et l'entraîna rapidement dans sa cabine.

« Calme-toi, ma chérie, calme-toi ! répéta plusieurs fois Nila. Dis-moi, que se passe-t-il ? »

Assise sur le bord du lit, Nila l'invita à venir à ses côtés. En secouant négativement la tête, Trévia s'obstinait à rester debout et à arpenter nerveusement la pièce.

Finalement, après plusieurs minutes de nervosité et les paroles apaisantes de Nila, elle abandonna son agitation et lança nerveusement la boîte de chocolats sur le lit.

« Sais-tu ce que cela signifie ? » lança-t-elle d'une voix fiévreuse.

Nila avait bien remarqué qu'elle tenait dans ses mains un petit paquet-cadeau. Cependant, elle n'avait aucune idée de ce qu'il pouvait représenter.

« Une boîte, je dirais de chocolats. Mais pourquoi me la présentes-tu ? ça, je l'ignore. Je suppose que tu ne vas pas tarder à me le dire. »

Nila croisa son regard. Les grands yeux pervenche de Trévia l'évitèrent aussitôt. Alors que cette dernière lui empruntait sa robe de chambre, tout en restant silencieuse, Nila regardait discrètement son amie. La coiffure défaite, les cheveux ébouriffés, visiblement Trévia venait de vivre quelque chose d'inattendu. Bien qu'elle bouillonnât de connaître la raison de cette agitation, elle attendit patiemment le moment ou la jeune femme se sentirait prête à lui révéler ce qui s'était passé.

« Tu ne vas peut-être pas me croire, dit-elle après bien des hésitations – *elle était encore furibonde* –, si je te dis que je viens de me faire violer.

— Qu'est-ce que tu racontes ! s'exclama Nila. Mais ce n'est pas possible !

— Ho si ! Et je vais tout te dire, car j'ai vraiment besoin de ton aide.

— Alors, viens te coucher près de moi et parle-moi calmement. Que t'est-il arrivé, ma chérie ? »

Trévia secoua négativement la tête et se mit à tourner en rond dans la pièce. Finalement, elle se lança lentement dans la confidence et conta son aventure. Elle ne négligea aucun détail, et c'est ainsi que Nila apprit comment son amie avait été finalement la victime d'une méprise.

Nila écouta ses explications sans l'interrompre, puis usa de son sens de la diplomatie pour lui faire comprendre que comme son visiteur avait cru être en présence de Christina, cela atténuait beaucoup l'importance qu'elle devait attribuer à son aventure. Son mystérieux visiteur nocturne l'avait quittée sans se rendre compte de son erreur. En conséquence, pour lui, rien ne s'était passé entre eux. Malgré la phrase qu'il avait prononcée, elle-même n'arrivait pas à l'identifier et ignorait son identité. Dans ces conditions, elle lui conseilla d'appréhender désormais cet épisode avec un certain recul, sans lui attribuer de connotations avilissantes. Trévia finit par accepter cette idée.

« Je crois que tu as raison, dit-elle après avoir retrouvé son calme. Désormais, quand je penserai à cette nuit, je ne lui donnerai que la valeur d'une simple mésaventure, du moins vais-je m'y efforcer. Maintenant, en ce qui concerne Christina, crois-tu qu'il serait correct de lui révéler ce qui m'est arrivé ? Car, en fin de compte, c'est elle qui devrait se considérer comme concernée, ne crois-tu pas ?

— Non, dit calmement Nila en faisant la moue, je crois préférable de garder ce secret pour nous seules. Autrement, nous allons jeter le trouble parmi nos compagnons de voyage. Christina n'a jamais invité cet homme à venir lui rendre visite en pleine nuit pour lui faire un jeu sexuel. Alors, en dévoilant ton aventure nocturne, nous avons toutes les chances de provoquer un véritable scandale.

— Oui, approuva Trévia, et nous aurions aussi toutes les chances de compromettre sérieusement l'expérience de nos savants.

— Avant de conclure, j'ai oublié de te demander comment ton visiteur a pu rentrer dans ta cabine. Avais-tu oublié de fermer ta porte à clef ?

— Pas du tout ! répondit sans hésitation Trévia en secouant négativement la tête. J'en suis absolument certaine, ma porte était verrouillée.

— Cela signifie que ce sagouin avait réussi à se procurer un passe, remarqua Nila. C'est flagrant. Et si c'était tout simplement un membre de l'équipage ? »

Trévia s'était étendue sur le lit à côté de Nila. Quand elle entendit cette hypothèse insolite, elle se releva subitement sur un bras.

« Tu ne penses pas à Leonardo, tout de même ? lança-t-elle nerveusement – *cette simple hypothèse la révoltait*. Ce mec n'est pas mon genre. Alors imagine, ce serait vraiment le comble… Arrête de me présenter des sujétions si aberrantes ou tu vas finir par me rendre dingue ! De plus, au cas où tu ne l'aurais pas remarqué, ton beau steward se parfume. Ce détail ne m'aurait pas échappé. »

Nila ne parvint pas à se retenir de rire. Sous le regard furibond de son amie, elle dissimula son visage sous son oreiller.

« Ça te fait rire ? s'exclama Trévia outrée. Pourtant, je te jure qu'il n'y a pas de quoi. C'est dramatique ! Et toi, tu te marres ! c'est pitoyable ! »

Une nouvelle fois, Nila dut faire appel à son sens de la diplomatie pour radoucir son amie. Finalement, Trévia retrouva son calme. Elle se leva et, en se penchant au-dessus du lit, récupéra la boîte de chocolats.

« Et Éric, y as-tu pensé ? Il n'arrêtait pas de reluquer Christina.

— Arrête ! ça suffit ! Tu le vois bien, tes sujétions me font frémir ! Quant à toi, lança-t-elle à l'adresse du cadeau laissé par son visiteur, je vais sans tarder me faire un plaisir de te balancer à la mer ! »

Elle se releva et allait quitter la cabine, mais déjà Nila l'avait rejointe. En la prenant par un bras, elle la ramena vers le lit.

« Du calme, ma chérie ! Regarde ta boîte. Nous allons l'ouvrir, et après seulement je te laisserai, libre de t'en débarrasser. Ok ?

— Marché conclu. Mais ne te fais pas d'illusion, ma décision est prise, je vais la foutre à la mer. »

Sans prêter beaucoup d'attention aux paroles vengeresses de Trévia, Nila défit lentement le nœud du ruban qui entourait le cadeau et ouvrit la boîte.

« Regarde ! lança-t-elle joyeusement, des pralinés à la liqueur ! Et tu peux me croire, je m'y connais, il s'agit des meilleurs du monde. Ce serait un crime impardonnable de les jeter bêtement à la mer sur un simple coup de colère. Si tu ne les veux pas, alors donne-les-moi, je raffole de ces friandises et t'invite même à y goûter. Après tout, ce serait la meilleure façon de clore ton aventure. Qu'en dis-tu ? »

Trévia jeta un regard plein de mépris aux petits chocolats soigneusement disposés dans la boîte.

« Tu n'en veux vraiment pas ? murmura Nila tout en portant une friandise à sa bouche.

— J'ai bien peur que ce chocolat ait pour moi un goût bien amer, lâcha Trévia encore réticente.

— Bien. Je ne te demande pas d'y goûter ce soir, ce n'est peut-être pas le moment, mais laisse ce cadeau tranquille pour cette nuit. Demain, à tête reposée, tu verras ce que tu veux en faire. D'accord ?

— Accordé, ma chère. Si tu aimes tant ce chocolat, garde-le, je te le donne. Toutefois, à la condition que tu ne m'en reparles plus. Ok ?

— Ok. »

Sur cet accord, elles décidèrent de consacrer ce qui restait de la nuit à dormir.

Le premier janvier, à partir de dix heures, les passagers firent de timides apparitions sur le pont. Vu l'heure tardive, tous se contentèrent d'un frugal petit-déjeuner.

En quittant sa cabine, Martin retrouva ses amies allongées sur des canapés du grand salon. Elles bavardaient doucement. Peu à peu, tous les autres participants à la croisière se mêlèrent à leur conversation. Sur l'initiative du capitaine, le steward servit le déjeuner dans la salle à manger où tous furent conviés à partager un véritable repas de fête.

Tout en mangeant lentement le contenu de son assiette, Trévia jetait parfois des regards plein de suspicion à Leonardo qui ne se départit jamais de son sourire habituel. Rien qu'à l'idée que cet homme pourrait faire partie des suspects, un frisson lui parcourut l'échine.

Elle chassa cette idée de son esprit pour parcourir du regard les jeunes hommes qui devaient participer à l'expérience. Des trois, il y avait bien Éric qu'elle aurait placé au premier plan des suspects. Certes, ce jeune Norvégien ne lui était pas indifférent. Cependant, si c'était lui son visiteur nocturne, sa façon primitive de se comporter envers les femmes refroidissait tout sentiment qu'elle pourrait éprouver pour un pareil Viking. Malgré toutes ses analyses, l'énigme restait complète. Finalement, elle refusa d'aller plus avant dans cette hypothèse. Elle renonça à élucider ce mystère en espérant qu'un événement particulier viendrait trahir son agresseur.

Après le café, Dargaud se leva pour s'adresser aux convives et se lancer dans l'explication que tous les passagers attendaient avec impatience, c'est-à-dire la révélation du sens exact de ce voyage.

« Chers amis, mes confrères et moi-même avons programmé notre grande soirée d'étude pour demain. Aussi, le temps est venu pour nous de vous en dévoiler davantage. Vous connaissez tous nos spécialités scientifiques. Mon confrère Trabeaut est un éminent psychiatre. Quant au professeur Petrov, il est médecin généraliste, mais également un grand spécialiste de l'hypnose. Et c'est en cette dernière qualité qu'il a été convié à se joindre à nous. Suite à de nombreuses années de pratique et de perfectionnement, le docteur Petrov a finalement acquis une maîtrise stupéfiante de son art.

— Venez-en aux faits, professeur ! s'exclama le jeune Olivier. Qu'attendez-vous de nous exactement ?

— Un peu de patience, monsieur Berger, j'y arrive. Puisque vous insistez pour connaître l'essentiel, c'est-à-dire ce qui va vous concerner directement, je vais vous le résumer rapidement. Vous connaissez tous le docteur Pavlov. Ses travaux lui ont permis de mettre au point sa célèbre théorie des réflexes conditionnés. L'expérience à laquelle nous allons nous livrer demain soir est en grande partie liée à ses fameuses mises en conditions. Nous vous avons choisis de façon à disposer de trois femmes et du même nombre d'hommes. Ainsi, vous allez nous servir de sujets tests. Nous désirons tout simplement vérifier notre théorie qui est la suivante. Par leurs interactions, les effets d'un ensemble de conditionnements agissent sur le

162

psychisme de chacun jusqu'à lui faire perdre sa propre personnalité. Nous allons, par l'aspect de votre corps et une persuasion mentale, vous transformer pour quelques heures en animaux.

— Pensez-vous réellement nous réduire à l'état de bête ? remarqua Christina en leur adressant un regard sévère.

— Non, rassurez-vous. Nous allons nous contenter de peindre vos corps et vos visages aux couleurs et caractéristiques de l'animal auquel vous devrez vous identifier. Ensuite, vous serez confiés aux soins de notre collègue le docteur Serge Petrov qui se chargera de vous conditionner mentalement.

— Une fois peints et conditionnés, intervint à son tour Éric, quelle action attendez-vous de vos cobayes ?

— Dans un instant, vous allez tirer des cartes au hasard. Chacune comporte le dessin d'un animal, et vous pourrez aujourd'hui déjà vous identifier à la nouvelle existence qui sera la vôtre le temps d'une soirée. Demain soir, à vingt heures, nos jeunes femmes seront débarquées dans l'île. Par le conditionnement qu'elles auront reçu, leur unique préoccupation sera de se dissimuler au mieux dans l'espoir d'échapper à leurs prédateurs respectifs. Quant aux hommes, ils seront libérés une heure plus tard, et leur intention sera de débusquer leur proie, de s'en saisir et de la ramener près d'un grand feu de bois allumé sur la plage. Cet endroit nous servira de point de départ et de lieu de ralliement. »

Un silence pesant suivit les explications de Dargaud. Chaque participant évaluait le sens de cette expérience et le risque qu'il encourait de se livrer aux fantasmes de ce trio de professeurs.

« Et maintenant, poursuivit Dargaud sans attendre de nouvelles questions, passons sans plus tarder au tirage au sort des proies et des prédateurs. Trabeaut, je vous passe la parole, cher confrère ! »

Trabeaut se leva, tira de sa poche trois cartes bleues, les déposa à l'envers sur la table, puis s'adressa aux convives :

« Mesdames, si vous acceptez ce jeu, je vous prie de vous lever et de venir tirer une carte au hasard. À vous l'honneur, chère amie », dit-il en s'adressant à Christina.

Christina se leva, puis, soudain, se ravisa et se tourna vers Dargaud.

« Nos corps seront peints, avez-vous dit. Je voudrais savoir quels vêtements nous porterons pour cette soirée particulière.

— Aucun, ma chère, répondit sans hésitation Dargaud.

— Aucun ? répéta Christina choquée par cette idée.

— Oui, vous comprenez, si vous êtes recouvertes de couleurs et de taches simulant l'animal choisi, un vêtement aussi petit soit-il jetterait le trouble dans vos esprits.

— Alors, je le regrette, mais, dans ces conditions, je me vois obligée de vous refuser ma participation.

— Nous partageons l'avis de Christina », dit Nila aussitôt approuvée par Trévia.

Dargaud tenta de justifier le choix des scientifiques.

« Je suis désolé, dit-il, vous comprenez, cet état d'esprit de vous sentir sans protection face à vos prédateurs respectifs me semble une condition trop essentielle pour être modifiée ou encore a fortiori supprimée. »

Jusqu'ici, Petrov était resté muet et se contentait d'assister aux démonstrations verbales de son confrère. Il sortit de son mutisme pour exposer son idée :

« J'ai une proposition à vous faire, une sorte de compromis qui a toutes les chances de rallier tous les suffrages, sans léser d'aucune façon le sens de nos études. Je propose à ces dames de porter un slip brun. Il s'intégrera parfaitement au grimage des corps et, tout en rassurant les jeunes femmes, ne nuira en rien à leur rôle de proie. Qu'en dites-vous, madame Beauvallon ?

— Dans ces conditions, j'accepte. Et vous, messieurs les médecins, qu'en pensez-vous ? »

Dargaud regarda son confrère qui lui fit une moue d'indifférence. Trabeaut interpréta cette grimace comme une acceptation.

« Nous ne voyons pas d'objection à cette légère modification du programme. Cependant, je le souligne, il ne s'agit que du slip et non du soutien-gorge. Sommes-nous bien d'accord, mesdames ?

— Entendu, répondit Christina. Et vous ? »

164

Elle s'adressait à ses amies qui acquiescèrent d'un simple mouvement de tête.

« Tout semble réglé maintenant », remarqua Petrov fier de son initiative.

Christina lui sourit pour le remercier de les avoir tirées de l'impasse et s'avança d'un pas résolu vers la table.

« Je tire une carte ! lança-t-elle joyeusement. Dois-je garder le secret de mon choix ?

— Oui, si vous le désirez.

— Je choisis celle-ci ! » dit-elle en haussant la voix.

Son petit carton retourné, elle étouffa un cri de surprise et se sentit satisfaite.

« Qu'avez-vous trouvé, ma chère ? questionna Trabeaut.

— Une chatte ! »

Des rires s'élevèrent du petit groupe.

« Cela vous convient-il ? demanda encore Dargaud.

— Oui, assez », dit-elle en souriant.

Trabeaut était aussi satisfait du choix de Christina. Une chatte. Cet animal est capable d'une certaine agressivité tout en restant, par sa taille, tout de même assez vulnérable. Il se tourna vers Nila.

« À vous, mademoiselle Williams », dit-il d'un ton qu'il voulait faire paraître des plus sérieux.

Nila se leva, choisit l'une des deux cartes restantes et la présenta à tous :

« Une biche ! lança-t-elle joyeusement.

— Êtes-vous satisfaite, chère demoiselle ? demanda le psychiatre.

— Oui, approuva-t-elle en brandissant à son tour la carte qu'elle avait choisie. C'est joli et j'aime cet animal. »

Le médecin lui sourit et appela la dernière participante.

« C'est à votre tour, Trévia, dit-il ravi de voir que les jeunes femmes se prêtaient avec beaucoup d'humour à leur expérience. Malheureusement, ma chère, je dois l'avouer, votre choix n'en est pas un, étant donné qu'il ne reste qu'une carte.

— Alors, je vais la prendre quand même, ne serait-ce que pour la forme. »

Trévia se leva prit la carte et la retourna.

« Un lièvre ! dit-elle en faisant la moue.

— Cela vous déplaît-il ?

— Non, professeur Dargaud. Seulement, je réalise l'unique comportement qu'il me sera possible d'adopter.

— Ah oui, lequel ?

— Celui de me terrer et, en cas de découverte, de fuir. Quoique, dans la nuit, il ne sera pas facile de me dénicher !

— En parlant de nuit, intervint Trabeaut, je dois vous signaler l'idée retenue par mes confrères et moi-même. Nous allumerons, comme nous l'avons déjà signalé, il y a quelques minutes, un grand feu sur la plage. Mais, en plus, d'autres foyers plus modestes seront disséminés sur l'ensemble de l'île. Trois ou quatre, répartis d'une façon régulière, ce qui créera des zones d'ombre et de lumière. En jouant avec elles, vous pourrez vous en servir. De plus, un facteur important va se mêler à nos préparations : la lune, la nuit prochaine, se trouvera à son premier quartier et se lèvera à vingt et une heures trente environ. L'apport de luminosité qu'elle fournira sera suffisant pour se repérer.

— Maintenant, remarqua à son tour Petrov, à nos jeunes hommes de choisir sous la peau de quel prédateur ils se mettront en chasse. »

Trabeaut lui adressa un large sourire avant de sortir trois nouvelles cartes et d'appeler le premier des jeunes hommes :

« Venez, Pierre. Vous avez de la chance, car vous allez bénéficier du plus grand choix. »

Pierre se leva pour saisir un carton, avant de s'écrier :

« Mes amis, demain soir, je serai dans la peau d'un renard ! »

Tous les participants rirent en applaudissant.

« À vous, Olivier. »

Berger était légèrement plus mince que son ami. Un peu timide, il choisit une carte, puis sauta de joie :

« Un tigre ! Eh bien, mes amis, si je m'attendais à cela !

— Et vous, Éric, quel sera votre rôle ? »

Le dernier des participants à retirer sa carte avait un caractère des plus agréables ; toujours joyeux et prêt à saisir le bon côté des choses. Le fait de ne plus avoir le choix ne

166

l'affectait en rien. En riant, il releva la dernière image et s'adressa aux femmes :

« Alors, je suis franchement désolé, mesdemoiselles, mais le jeu s'arrête là, car voyez-vous, je serai pour vous toutes un aigle, et vous n'aurez aucune chance de m'échapper.

— Un aigle ! répétèrent plusieurs voix.

— À moi seul, je vais ramener les trois proies !

— Ho ! tu n'es pas gonflé ! » s'exclama Pierre.

La voix de Trabeaut calma les esprits :

« Doucement, mes amis, doucement ! Vous ne chasserez pas comme vous semblez le croire. Il y a des règles dans ce jeu, et vous serez conditionnés pour les respecter. Chacun de vous, messieurs, recevra pour mission de ramener une seule proie, celle qui lui sera attribuée en temps utile, et celle-là exclusivement. Des membres de l'équipage, mis à disposition par le capitaine Barlow, seront disséminés dans l'île pour veiller au bon déroulement du programme.

— Quelle proie devrai-je ramener ? demanda Éric enthousiasmé à l'idée de ce jeu captivant.

— Vous l'apprendrez demain, au moment de vous mettre en chasse, précisa Trabeaut.

— Dommage, j'étais bien décidé à la séduire aujourd'hui déjà. »

Petrov leva le bras et pointa l'index dans la direction des jeunes hommes.

« Justement ! dit-il d'un ton autoritaire, nous avons pris cette décision pour éviter ce genre de débordement !... Maintenant, vous avez tous pris connaissance de l'essentiel. Demain, au cours de votre conditionnement, vous recevrez les dernières instructions. Jusque-là, vous êtes libres. »

Apparemment satisfaits de l'orientation prise par leur projet, les trois médecins quittèrent la table pour se rendre au salon fumoir. En passant près de Martin, Dargaud se pencha vers lui et prononça doucement :

« Avant de quitter *Le Téthys* pour une excursion à terre, nous aimerions vous parler. »

Christina suivait la scène du regard. Le projet des médecins était loin de susciter son enthousiasme. Aussi, quand elle vit

167

son ami se lever, elle le rejoignit. L'expression de son visage trahissait une certaine inquiétude.

« Je viens avec vous, dit-elle – *à l'expression de son visage, Martin comprit qu'elle n'accepterait aucune opposition. Il acquiesça d'un mouvement de tête* –, j'ai encore une question à poser à nos apprentis sorciers. »

Installés dans des fauteuils disposés en arc de cercle autour d'une table ronde, les trois professeurs savouraient un dernier verre. L'arrivée de Christina déclencha la surprise.

« Vous aussi, vous avez décidé de venir ? remarqua Trabeaut. Alors, je vous en prie, prenez place, ma chère. »

Martin et Christina choisirent un canapé et s'y installèrent.

Face aux visages embarrassés, la jeune femme sourit avant de répondre :

« Oui, figurez-vous qu'il manque un élément essentiel à vos discours de tout à l'heure.

— Ah oui ? Et lequel ? s'étonna Dargaud.

— Nous, les femmes, allons jouer les petits animaux apeurés et craintifs, alors qu'une fois encore les hommes héritent du beau rôle, celui de nous poursuivre, nous traquer et, finalement, nous ramener triomphalement au point de ralliement.

— C'est exact, Christina. Vous devez comprendre, ma chère, si nous avons délibérément choisi d'attribuer aux hommes le…

— Non, l'interrompit Christina, ce n'est pas cela qui m'intéresse. Dans les affaires, je côtoie quotidiennement des mâles et sais, par expérience, que vous allez trouver toutes sortes d'arguments pour tenter de me convaincre. Là n'est pas la question. Je voudrais savoir ce que vous espérez retirer de concret de cette expérience.

— Voulez-vous répondre à cette question, mon cher Petrov ? » demanda Dargaud en se tournant vers son confrère.

Petrov écrasa soigneusement son mégot de cigarette dans un cendrier de cristal, se cala dans son siège et prit une attitude d'homme supérieur, mais prêt à faire preuve de complaisance face aux communs des mortels :

« Voyez-vous, madame, quand nous parlons de réflexe conditionné, nous faisons par habitude toujours référence aux animaux. Pourtant, les humains eux aussi sont sensibles à une mise en condition. La seule grande question est de savoir jusqu'à quel point. Il serait intéressant de pousser l'expérience à ses limites extrêmes. Dans l'état actuel de nos connaissances, le côté analytique de l'homme, son discernement, par exemple, finit toujours à un moment donné par s'opposer à nos manipulations mentales. Pour vaincre définitivement cette barrière naturelle, nous avons mis au point des méthodes particulièrement pointues. Leur conjugaison devrait nous permettre de franchir cet obstacle. Demain, en suivant vos comportements, nous saurons quelles limites nous avons atteintes dans nos travaux.

— Croyez-vous vraiment pouvoir nous manipuler aussi facilement ?

— C'est justement l'objet de notre expérience.

— Docteur Petrov, je vous remercie d'avoir répondu à ma question. »

Elle se leva et s'apprêta à quitter la pièce.

« Maintenant, messieurs, je vous laisse, dit-elle d'une voix monocorde.

— Vous pouvez rester, ma chère, dit rapidement Trabeaut. Ce que nous avons à dire n'a rien de secret. »

Christina hésita, puis Martin l'encouragea :

« Oui, restez, je vous en prie. »

Elle reprit sa place à côté de Martin, et Trabeaut poursuivit la conversation :

« Lorsque je vous ai invité, monsieur Desroches, j'avais une idée en tête. Vous exercez la profession de masseur et de kinésithérapeute et, d'après l'appréciation de Christina, vous seriez particulièrement doué et efficace dans vos spécialités. Vous serait-il possible, par des massages appropriés, de prédisposer nos futurs sujets à se sensibiliser à l'hypnose ?

— Oui, j'en suis certain.

— Parfait ! Alors accepteriez-vous de préparer nos amis demain soir ?

— Avec plaisir, répondit Martin sans hésiter. Cependant, ne l'oubliez pas, il me faut consacrer au minimum trente minutes par personne. En tout, cela ne nécessitera pas moins de trois heures.

— Évidemment ! Après tout, ce n'est pas un problème. Il faut compter également trente minutes pour métamorphoser par la peinture et la suggestion chacun de nos sujets. »

La proposition de Trabeaut surprit agréablement Martin. Il se sentit soudainement aussi concerné par l'expérience.

« Quelle personne sera chargée d'appliquer les grimages ?

— Moi, répondit Petrov. C'est à cette occasion que je les conditionnerai. »

Trabeaut suivait du regard les jeunes gens et analysait leur réaction. Il s'arrêta sur Christina :

« Avez-vous une objection à formuler, ma chère ?

— Non, pour moi, tout est clair. Fasse le ciel que votre expérience se déroule bien et qu'elle n'échappe à aucun moment à votre contrôle ! »

Cette remarque mitigée déplut aux hommes. Dargaud le lui fit remarquer :

« Je ne comprends pas vos craintes, madame Beauvallon. Il ne peut rien vous arriver de fâcheux. »

Elle les regarda tour à tour en restant pensive, puis prononça doucement :

« Je veux bien vous croire, mais, sait-on jamais, jouer ainsi avec l'esprit des gens peut conduire à de mauvaises surprises.

— Vous nous sous-estimez, ma chère. Nous sommes des scientifiques, pas des apprentis sorciers. Dans nos études, il n'y a aucune place pour le hasard. Bien entendu, nous ignorons jusqu'où vont vos possibilités de vous identifier à un animal. Par contre, de là à voir l'aigle s'envoler avec sa proie, ou encore le tigre dévorer la sienne, il y a un pas que l'humain ne peut franchir.

— Je vous fais confiance, Dargaud. Autrement, vous pouvez en être certain, je ne me livrerais pas à votre jeu, cependant, pas sans crainte, je vous l'avoue. »

Trabeaut tenta à son tour de la rassurer :

« Je vous en prie, ma chère, abandonnez vos appréhensions.

170

Il ne s'agit en réalité que d'un jeu, vous l'avez vous-même remarqué. »

Christina se leva et invita Martin à la suivre :

« Si vous n'avez plus besoin de mon ami, je vous l'enlève, nous allons explorer le lagon.

— Vous pouvez nous le prendre, dit Trabeaut après avoir consulté ses amis du regard. Mais n'oubliez pas, monsieur Desroches, nous comptons sur votre collaboration demain soir. »

L'après-midi, Christina, en compagnie de Nila, Trévia et Martin, passa son temps à visiter les fonds marins dans l'eau agréable et peu profonde de la crique. Petit à petit, les passagers se joignirent à eux. Ils parcoururent la partie de la côte qui était plus escarpée et constituée de roches. Dans cet endroit, les plongeurs découvraient des lieux privilégiés où anémones et coraux formaient un jardin continu et servaient d'abris à des myriades de poissons multicolores.

Quand le ciel commença à s'assombrir, les explorateurs quittèrent un à un l'élément liquide pour regagner le bord et se changer.

Christina et ses amies passèrent rapidement sous la douche pour se débarrasser du sel et retrouvèrent Martin sur la grève. Il s'était joint aux jeunes gens et buvait un apéritif.

Le cuisinier du bord, assisté de Leonardo et d'un matelot, cuisait des poissons et des crustacés sur un gril. Des salades diverses accompagnaient les grillades, et la joie semblait s'être emparée de tout le groupe. Les plaisanteries fusaient de toutes parts. Elles avaient toutes un rapport direct avec l'expérience programmée pour le lendemain.

Le dîner accompagné d'une façon intermittente par les musiciens se prolongea fort tard. Peu à peu, les hommes invitèrent les trois femmes à danser. Cette fois, les garçons respectèrent leurs cavalières et firent preuve de courtoisie en leur accordant des moments de répit.

Au petit matin, sous un clair de lune et l'éclairage du feu devenu un tas de braises incandescentes, tout le monde regagna le bord.

11. L'expérience

Le 2 janvier, une excitation inhabituelle régnait à bord. Il était pratiquement impossible d'aborder l'un des trois professeurs tant l'événement qu'ils préparaient absorbait entièrement leurs pensées. Parfois, les passagers les voyaient se rendre d'un lieu à un autre d'un air entièrement obnubilé par leur projet.

Cependant, la journée se passa sans autre événement marquant. Les invités consacrèrent leur temps à de courtes excursions dans l'île entrecoupées de baignades. Aux alentours de treize heures, le soleil régnait en maître absolu dans un ciel sans nuage. Il se montrait particulièrement implacable et plongeait l'île dans une atmosphère lourde et étouffante. Leonardo leur servit le déjeuner dans la salle à manger où les passagers apprécièrent l'air conditionné.

À dix-sept heures trente, ils étaient tous réunis dans le grand salon. Les six sujets destinés à l'expérience occupaient deux canapés. Trabeaut, son ami Dargaud ainsi que l'énigmatique Petrov s'étaient installés de façon à voir la totalité des personnes présentes. Martin et le capitaine Barlow avaient choisi de se placer un peu en retrait et semblaient assister en simples observateurs. Chacun d'eux pourtant avait un rôle important à jouer.

Quand les participants cessèrent leurs bavardages, le professeur Trabeaut prit la parole :

« Mes amis, par chance, ce soir, toutes les conditions semblent réunies pour réaliser notre test pratique, et nous allons, si vous le voulez bien, aborder dès cet instant la phase préparatoire. Selon notre programme, à dix-huit heures précises, le premier de nos sujets à entrer dans le cycle sera mademoiselle Trévia Denison. Nous la confierons aux bons soins de monsieur Desroches. Grâce à un massage particulier, il sensibilisera son corps et, par projection, son esprit pour la suite de la mise en condition. À dix-huit heures trente, Trévia sera transférée dans le petit salon où, à son tour, le professeur Petrov se chargera de l'application de la peinture corporelle puis de la mise en suggestion. Au même instant, monsieur Desroches accueillera sa seconde cliente en la personne de mademoiselle Nila Williams. Dix-neuf heures, mademoiselle Trévia, massée, grimée et conditionnée, sera placée en repos en attente de vingt heures. C'est à ce moment que nos trois jeunes femmes seront débarquées dans l'île pour affronter l'épreuve de la chasse. Sans s'accorder de pause, monsieur Martin devra confier son dernier patient à vingt et une heures aux mains de notre confrère Petrov. À vingt et une heures trente, les jeunes hommes seront à leur tour libérés dans l'île, prêts à accomplir leur mission : apporter les proies à leur lieu de départ. Les membres de l'équipage du *Téthys* suivront les prédateurs pour enregistrer leurs réactions. Nous leur avons donné des instructions précises à ce sujet. Nous participerons aussi de près à l'observation des sujets.

— Une question, professeur, demanda Pierre, pourquoi avez-vous choisi la nuit ? Il me semble que le jour serait plus propice à vos observations.

— Votre remarque est pertinente, jeune homme. Si nous avons délibérément donné la préférence à ces heures obscures, c'est pour le côté mystère et crainte qu'engendre la nuit, avec ses ombres toujours menaçantes, son voile sombre dissimulant des pièges. De plus, c'est l'instant le plus propice à l'hypnose. Le corps diminuant son activité naturelle se prépare au repos. »

Trabeaut consulta sa montre :

« Il est dix-sept heures cinquante, monsieur Desroches ! lança-t-il. Si vous devez préparer votre cabine, je crois qu'il est temps d'y songer.

— Quel genre de vêtement pouvons-nous porter avant de nous rendre à terre ? demanda encore Trévia.

« — Une robe de chambre fera parfaitement l'affaire, répondit Trabeaut après un instant de réflexion. Oui ! portez une robe de chambre ! » répéta-t-il à l'adresse de tous en haussant la voix.

Avant de quitter le salon pour se rendre à sa cabine, Martin s'approcha de Christina.

« Que faites-vous, ma chère ? Voulez-vous venir attendre votre tour en ma compagnie ?

— Non, mon ami, répondit-elle en secouant négativement la tête. Vous avez deux personnes avant moi, il est plus correct de ma part de vous laisser seul avec elles. Je vous rejoindrai comme prévu à dix-neuf heures.

— Comme il vous plaira, ma chérie. Alors, à tout à l'heure ! »

Dans sa grande cabine, Martin prépara la table que Trabeaut avait fait monter à bord à son intention. Il sourit en pensant à ce diable de professeur qui, dès le début de leur rencontre, avait prévu de faire appel à ses services.

À dix-huit heures précises, des coups frappés à sa porte annoncèrent sa première cliente. Martin lui ouvrit et l'accueillit avec un grand sourire.

« Soyez la bienvenue dans mon salon improvisé, mademoiselle Denison. »

Trévia se contenta de lui rendre son sourire alors qu'il lui présentait la table déployée et recouverte d'un drap blanc.

« Si vous voulez vous installer, mademoiselle. »

Il l'aida à retirer sa sortie-de-bain et remarqua qu'elle portait un slip de couleur chair.

« J'ai déjà enfilé cela, dit-elle en lui désignant son sous-vêtement. Puis-je le garder ?

— Parfaitement ! Si vous vous sentez plus à l'aise en le conservant, il n'y a aucun problème.

— Comment dois-je me disposer ?

— Allongez-vous sur le ventre. Je vais vous masser d'abord le dos. Vous verrez, c'est excellent pour établir un climat de confiance. »

Trévia suivit son conseil, et Martin commença par effleurer

son corps.

« Dois-je penser à quelque chose de particulier pour me mettre en meilleure condition ? demanda-t-elle en s'exprimant d'une voix douce.

— Non, rien de particulier. Dites-moi, l'idée de participer à cette expérience en tant que cobaye vous fait-elle un peu peur ?

— Oui et non. Oui dans le sens où elle est censée se passer au niveau psychique. Je ne connais Trabeaut et Dargaud que depuis notre rencontre à la clinique, juste un jour avant de partir de Dijon. Christina nous les a présentés en nous assurant qu'ils étaient de véritables savants dans leur domaine. Aussi, j'ose espérer qu'ils savent ce qu'ils font. Je leur fais confiance et prends cela plutôt comme un jeu. »

En massant la jeune femme, Martin admira son corps aux formes particulièrement féminines.

« Votre plastique vous ouvrirait sans problème la porte d'un studio de cinéma, dit-il sur un ton de plaisante remarque.

— Ouvriraient peut-être bien, répondit-elle en soupirant ; quant à dire sans problème, c'est autre chose. Voyez-vous, posséder un physique comme le mien est le rêve de beaucoup de femmes. Mais pour celles qui en sont pourvues, c'est une vie qui peut s'avérer parfois difficile.

— Oui, je l'imagine facilement. Quand un homme vous approche, cette étiquette de délicieuse poupée apparaît rapidement dans son arrière-pensée au détriment de votre personnalité humaine.

— Vous semblez bien connaître les femmes, monsieur Desroches.

— Oui. Sans vouloir me vanter, j'ai appris à lire dans les corps, comme d'autres dans l'écriture, les postures ou encore les traits du visage.

— Si je me rends chez un graphologue, dit-elle d'une voix douce, il va me demander d'écrire quelques lignes et, lisant dans ma façon de gribouiller des mots, interprétera ces signes et en déduira les particularités de mon caractère. Êtes-vous de mon avis ?

— Oui, parfaitement.

— Je me permets de vous présenter encore un autre exemple, poursuivit-elle. Si je consulte un astrologue, il va me demander ma date de naissance et, en la comparant avec la position des astres le premier jour de ma vie, va pouvoir définir, lui aussi, mes aptitudes et mes problèmes. Êtes-vous toujours en accord avec moi ?

— En principe oui, même si, en réalité, je dois vous l'avouer, je reste très sceptique par rapport aux valeurs de ces prétendues sciences.

— Ah ! fit Trévia, vous n'y croyez pas ? Et pourquoi, je vous prie ?

— À mon avis, le milieu où il vit, l'influence de l'époque, l'éducation reçue, la façon même dont les parents ont su lui inculquer la force à affronter les difficultés, qui ne manqueront pas de se présenter tout au long de sa route, sont primordiaux. Finalement, tous ces facteurs sont plus importants pour un être humain que la position de Pluton dans l'immensité de l'Univers.

— Peut-être avez-vous raison. Cependant, si j'en reviens à ce que vous m'avez dit, monsieur Desroches, il suffirait de se déshabiller devant vous et de se laisser masser pour que vous puissiez lire sur le corps même des quantités d'informations ?

— Je ne le prétends pas, je l'affirme ! »

Elle rit une fois encore avant de lâcher d'un ton joyeux :

« Vous êtes un grand farceur, monsieur Desroches.

— Ah oui ? Eh bien, puisque vous le prenez ainsi, je vais vous révéler quelques secrets dévoilés par votre corps ! Pour commencer, voulez-vous, je vous prie, vous tourner sur le dos ? »

Trévia garda les yeux fermés et se plaça dans la position demandée. Avant de poursuivre son massage, Martin la recouvrit d'une serviette-éponge qu'il déplaça au fur et à mesure de sa progression.

Elle s'accorda un instant de réflexion avant de l'inviter à lui faire part de ses remarques.

« Je vous écoute, monsieur.

176

— Premièrement, l'approche physique : vous mesurez un mètre soixante-six ; quant à vos mensurations, je les vois bien avec quatre-vingt-dix, cinquante-sept, quatre-vingt-dix, et vous avez vingt-quatre ans. Est-ce exact, mademoiselle ?

— Parfaitement exact ! Je dois l'avouer, vous me surprenez.

— Je me permets de poursuivre par votre côté vie. Il y a environ deux ans, vous avez vécu une très désagréable aventure avec un homme. Cela, je le soupçonne plus que je ne peux l'affirmer. »

À ces paroles, il sentit la jeune femme se contracter.

« Je vous en prie, arrêtez ! dit-elle d'une voix qui trahissait un malaise naissant.

— Pourquoi ? Me tromperais-je ?

— Non, vos déductions sont exactes. C'est votre intrusion dans ma vie privée qui m'impressionne désagréablement. Aussi, je vous en prie, laissons cela. »

Après avoir observé un moment de silence, elle prononça doucement :

« Comment pouvez-vous sérieusement ressentir toute une vie passée au travers d'un corps ? Franchement, cela me dépasse. Sans faire d'autre allusion à ma personne, expliquez-moi comment vous procédez.

— C'est à la fois simple et compliqué. Je tiens premièrement à vous rassurer, il m'est impossible de lire toute votre vie comme vous semblez le craindre. Seuls les événements importants ayant jalonné votre existence me sont révélés. Suivez-moi. Quand pour une raison ou une autre vous subissez un choc physique ou émotionnel, à l'instant précis où vous êtes frappé, vous subissez une violente crispation à l'intérieur de votre corps, ce qui crée un nœud le long de votre réseau nerveux. Ce traumatisme ne vous empêchera pas de vivre normalement, et même peut-être de l'oublier. Malheureusement, sans en être conscient, vous gardez l'empreinte de cet acte violent. Quand je vous masse, mes doigts sur leur parcours rencontrent ces nœuds. C'est en analysant leur position sur votre corps et leur importance que je peux, avec l'aide aussi d'une bonne dose de psychologie, soupçonner l'origine de ces points.

— À l'instar des psychologues qui règlent ces problèmes en nous poussant à la confidence, pouvez-vous, par des massages appropriés, les faire disparaître comme par enchantement, ou du moins les atténuer ?

— Oui, sans aucun doute, répondit Martin d'un ton assurer, à la condition toutefois de poursuivre le traitement pendant plusieurs séances.

— Je verrai. Peut-être qu'une fois rentrée chez moi en Louisiane je vous inviterai, vous et Christina, à venir me rendre visite. Alors, vous aurez l'occasion de me livrer à vos massages miraculeux. Avec l'aide de votre savoir-faire, vous parviendrez certainement à me libérer de cet épisode douloureux du passé.

— Je vous remercie de votre invitation. Je serai ravi de vous rendre visite. »

Le temps passait rapidement. Ils s'accordèrent un moment de silence jusqu'à la fin du traitement.

« C'est fini, mademoiselle Denison.

— Déjà ? C'est un peu court, ne trouvez-vous pas ?

— Vous avez raison. Vous comprenez, vous êtes six à vous succéder sur ma table. Cela m'oblige à écourter mes séances pour respecter le programme… Et maintenant, comment vous sentez-vous ?

— Assez bien. J'imagine facilement les effets bénéfiques que doit produire un massage complet. Cela me conviendrait certainement. »

Il lui sourit pour la remercier de ce qu'il prenait pour un compliment. Alors qu'il l'aidait à revêtir sa sortie-de-bain, la seconde cliente frappait déjà à la porte.

Trévia s'éloigna dans la coursive. Martin invita Nila à entrer et à s'allonger sur la table. Celle-ci retira son habit et, nue, s'étendit sur le drap. Martin lui souriait tout en la suivant des yeux.

« Vous semblez avoir l'habitude de ce genre de soins, Nila.

— Oui. Chez moi, au Québec, nous avons une petite maison de bois au fond du jardin. Il y a un sauna et aussi une table comme la vôtre. Mes parents et moi l'utilisons souvent.

— C'est connu, au Canada, comme dans les pays du Nord,

beaucoup de gens sont de grands amateurs de nature. Habitez-vous en ville ?

— Non, au bord du Saint-Laurent, à quelques kilomètres de Montréal. Mon père possède une petite entreprise de construction navale.

— Quel genre de bateau construit-il ?

— Des petites embarcations de pêche.

— Et avez-vous réalisé vos ambitions ?

— Oui, je crois que, jusqu'ici, je me suis assez bien débrouillée.

— Vous avez vingt-quatre ans, c'est encore jeune. »

Comme Nila ne répondit pas à sa remarque, Martin dirigea son attention sur le corps harmonieux de sa patiente.

Nila était une jeune femme pas très grande et plutôt mince. Elle possédait une poitrine bien ferme et des hanches un peu étroites. Son corps respirait la santé et l'on pouvait facilement deviner que la pratique d'un sport, relativement simple et pourtant complet, l'avait musclée d'une façon particulièrement harmonieuse. Martin, avec un peu de psychologie, identifia l'activité à laquelle elle s'adonnait.

« Faites-vous beaucoup de danse ?

— Oui, depuis toute petite. J'aime la danse et la natation. Le voyez-vous sur moi ?

— Votre corps est façonné par ces sports.

— Je suis danseuse professionnelle. Je crois que cette activité maintient le corps au meilleur de sa forme.

— Je partage entièrement votre avis. Vous êtes agréablement musclée, mais sans excès et aussi sans faiblesse. Vous savez, la danse et la nage sont des sports qui développent le mieux un physique, à condition de ne pas prendre trop de ces produits qui augmentent la musculature.

— Ho non ! je ne veux pas devenir une bodybuilder ! »

Cette remarque déclencha leurs rires.

« Maintenant, Nila, nous avons assez bavardé. Vous allez vous détendre et ne plus penser à quoi que ce soit. Faites le vide dans votre tête.

— Je connais ce que vous voulez dire. Je vais me relaxer.

— Très bien, ce sera parfait. »

Tout en poursuivant son travail, Martin contrôlait le temps qu'il lui restait. Habitué à prodiguer des soins plus complets, le fait de se sentir limité à une demi-heure le contrariait un peu. À dix-neuf heures, il venait de terminer son massage, et déjà Christina se présentait à sa porte.

Martin prit congé de la Canadienne et accueillit son amie.

« Comment pratiquez-vous ce genre de thérapie censé nous rendre plus réceptifs aux suggestions de Petrov, mon ami ? dit sans préambule Christina.

— Oh ! vous savez, ma chérie, je ne dispose que d'une demi-heure ! Aussi, je n'ai pas le temps matériel pour effectuer des prouesses. Je me contente de vous aider à vous détendre et, selon moi, ce n'est déjà pas mal.

— Alors, pourquoi avez-vous proposé un temps si réduit, si vous le saviez un peu court ?

— Christina chérie, vous êtes six et devez tous passer entre mes mains. Je crois avoir simplement, à défaut d'idéal, choisi un compromis. »

Christina retira sa robe de chambre et s'étendit directement sur la table.

Martin sourit en remarquant qu'elle portait le même sous-vêtement que Trévia.

« Vous aussi avez enfilé un slip couleur chair ?

— Pourquoi, aussi ? Nos deux jeunes femmes en portaient-elles un ?

— Non, pas les deux. Trévia avait le même ; quant à Nila, elle était tout simplement nue.

— Ah ! fit-elle en riant doucement. En y réfléchissant, il me semble que cette forme seyante et cette couleur s'approchent le plus de l'idéal. D'ailleurs, à l'initiative de Petrov, c'est ce que nous avions toutes convenu de porter. Nila était nue, dites-vous ? Pourquoi pas ? Mais c'était seulement pour le massage, car pour l'expérience, je suis certaine qu'elle suivra notre idée.

— Oui, elle respectera sans doute votre accord.

— Maintenant, si l'on revenait à l'attitude que nous allons adopter face à cette épreuve ?

180

— Que voulez-vous dire, ma chérie ? »

Martin poursuivait son massage tout en l'écoutant.

« J'attends de vous une promesse, mon ami.

— Tout ce qui peut vous être agréable et dans les limites de mes possibilités, je vous promets de le faire.

— J'apprécie vraiment votre amitié, Martin. Voyez-vous, je n'augure rien de bien de cette soirée. Aussi, je vous demanderai de venir dans l'île et de veiller sur moi.

— Craignez-vous quelque chose ?

— Je ne sais pas exactement pour quelle raison cela m'inquiète, mais je ne me sens pas du tout rassurée.

— J'avais déjà l'intention de vous rejoindre discrètement, après mon travail, chère amie, et voulais mettre au point une stratégie simple qui nous permettrait, malgré la nuit, de nous retrouver plus facilement.

— J'ai ma petite idée. Premièrement, je tiens à m'éloigner du point de départ de façon à ne pas me faire trop vite repérer par mon poursuivant. Mentalement, voyez-vous à peu près la forme de l'île ?

— Oui, même assez bien.

— Alors, dès qu'ils m'auront libérée, je me rendrai le plus discrètement possible à l'extrémité nord. J'ai remarqué qu'à cet endroit la configuration particulièrement tourmentée du terrain est constituée de nombreuses roches, dont certaines surplombent directement des passages étroits. C'est un lieu propice à l'embuscade et aussi idéal pour se dissimuler.

— L'extrémité nord. Bien, je vous promets de m'y rendre et de chercher à vous y retrouver. En attendant, je vous recommande la plus grande prudence, cette partie de l'île n'étant pas sans danger.

— J'en suis consciente et vais en tenir compte. Quant à vous, faites attention, mes amies pourraient avoir fait la même déduction. Si c'est le cas, nous allons toutes nous retrouver dans ce même secteur. Pourtant, malgré cela, je continue à croire qu'il s'agit bien du meilleur endroit.

— Je partage votre avis, ma chérie.

— Savez-vous auxquels de ces jeunes hommes serai-je

confrontée ?

— Non, pas encore.

— Logiquement, des trois prédateurs, le renard me semblerait être le plus approprié. N'est-ce pas votre avis ?

— Je le pense également. Et si notre déduction se montre exacte, malgré ce qu'ils semblent croire, nos scientifiques ne nous réserveraient aucune surprise. Je me demande parfois si ses professeurs, en nageant continuellement dans leur savoir, n'ont pas une fâcheuse tendance à prendre le commun des mortels pour des cornichons. Ce qui leur permet d'en déduire qu'ils sont les seuls à détenir les connaissances suffisantes pour attribuer à chacun des prédateurs la victime idéale. »

Christina éclata de rire.

« Comme vous y allez, mon cher. Ces hommes sont loin d'être des imbéciles. Cependant, je vous l'accorde, dans votre jugement il y a une part de vérité. Alors, hasardons-nous à faire des prévisions. Nila sera une biche. Elle ne devrait logiquement pas se trouver confrontée à l'aigle. Elle serait une proie bien trop lourde à emporter. Le tigre, en revanche, est tout à fait approprié. Quant à Trévia dans la peau d'un lièvre, son prédateur dans le choix qu'il nous reste est à l'évidence l'aigle.

— J'approuve votre raisonnement, mon amie. Si nos déductions toutes simples se révèlent être exactes, nous aurons la confirmation que nos éminents scientifiques nous prennent pour des ânes. »

Elle éclata de rire.

Des coups frappés à la porte surprirent les amis. Martin aida Christina à descendre de la table et la prit dans ses bras. Il voulut l'embrasser, mais elle le retint doucement :

« Non, mon ami, nous n'avons pas le temps. N'oubliez pas, l'extrémité nord de l'île.

— Soyez sans crainte, ma chérie, je me souviendrai », lui dit-il avant de la laisser partir.

Martin accueillit Pierre, le premier des jeunes hommes.

Christina se dirigea au petit salon où Petrov l'attendait. Le médecin avait disposé deux tables en parallèle ; une étroite où s'installaient les sujets, et une autre couverte de flacons de peinture de toutes formes et couleurs.

L'homme, en souriant, invita Christina à se coucher sur le plateau.

« Je vais commencer par le dos. Quand je vous aurai métamorphosée, vous n'allez plus vous reconnaître. Vous serez devenue une chatte. Parmi les races de cet animal, connaissez-vous le Bengale, madame ?

— Non. Je l'avoue, je suis assez peu intéressée par ce genre d'animal. »

À l'aide d'un gros pinceau, Petrov lui étendait du fond de teint sur la peau. Par ses paroles en apparence anodine, il la mettait progressivement en confiance.

« C'est dommage, car le Bengale est un chat superbe. Les spécialistes l'ont surnommé la panthère d'appartement. Un peu plus grand qu'un chat normal, bien proportionné, sa robe est jaune tachetée de noir.

— Comme un léopard ? remarqua Christina en s'abandonnant lentement au jeu du praticien.

— Oui, vous avez raison.

— Je ne connais pas, mais je l'imagine facilement.

— C'est parfait ! Et pour respecter l'aspect de cette bête, je donne un léger fond de couleur jaune à votre corps, puis disposerai les taches foncées. »

Petrov maquilla rapidement l'ensemble du dos, des jambes et des cuisses de Christina qui restait silencieuse et réfléchissait à sa transformation. Quand Petrov estima que son dessin était suffisant, il lui demanda de se retourner sur le dos. Il reprit ses gestes rapides et compléta le déguisement en commençant par les membres inférieurs pour monter progressivement jusqu'au corps puis terminer par les épaules et le visage. À ce moment, Petrov abandonna sa voix amicale pour lui demander d'un ton ferme :

« Maintenant, madame, vous allez me regarder pendant que je poursuis mon œuvre. »

Christina ouvrit les yeux et rencontra le regard sévère et froid de Petrov. Désagréablement impressionnée, elle les referma aussitôt. L'homme répéta sa demande en élevant la voix :

« Regardez-moi ! »

Malgré sa volonté, la vue de ce visage lui paraissait diabolique. Elle devint même rapidement insoutenable. Finalement, Christina céda à l'invitation de son conscient qui la poussait à refuser ce nouvel affrontement et referma les paupières. Cette fois, Petrov se fit plus autoritaire. La voix grave de l'homme résonna d'une façon étrange dans ses oreilles.

« Regardez-moi ! je l'exige ! Abandonnez-vous à mes paroles ! »

Christina ouvrit encore une fois les yeux. En rencontrant ceux du praticien, elle sentit aussitôt un frisson parcourir tout son corps. Prise au piège, elle lutta encore un moment, puis tout sembla basculer dans sa tête. D'abord, le regard d'aigle de Petrov se déforma et finit par se confondre avec celui de son mari. Immédiatement, le passé se réveilla. Comme plongée dans un cauchemar, elle revit la scène où, étendue sur le canapé de son salon, en serrant les dents et se tortillant de douleur, elle subissait les coups violents d'Alexandre en proie à son accès de folie. Des pensées contradictoires se heurtaient avec virulence dans son cerveau. Totalement perturbée, elle sentait sa raison défaillir. Sa volonté de rester maître de son esprit s'opposait aux paroles dominatrices de l'homme. Haletante et le corps soumis à de brusques convulsions, Christina réagissait d'une façon totalement imprévue. Petrov dut user de tout son art pour la calmer et, finalement, la conduire mentalement dans la direction qu'il voulait lui imposer.

Soudain, Dargaud pénétra silencieusement dans la pièce et appela doucement Petrov :

« Serge, il est déjà vingt heures quinze. Que se passe-t-il ? Avez-vous rencontré un problème ? »

Surpris, Petrov se retourna vivement.

« J'ai bien précisé de me laisser seul avec mes patients. »

L'hypnotiseur transpirait et se trouvait dans un état de nervosité inhabituelle. Dargaud le remarqua et s'approcha pour jeter un coup d'œil à Christina. La jeune femme restait immobile et semblait avoir subi un choc plutôt qu'une simple séance d'hypnose. Dargaud prit son poignet dans sa main pour contrôler les pulsations et dit presque machinalement, alors que Petrov muet le regardait faire :

« Cela ne fait aucun doute, Serge, vous avez rencontré un

184

problème avec elle.

— Non, je vous l'assure, rien de particulier. C'est une femme de caractère, et j'ai dû insister davantage, mais finalement tout est rentré dans l'ordre.

— Réfléchissez bien, Serge ! Si cette femme n'est pas en état de poursuivre l'expérience, j'exige qu'elle soit retirée du nombre de nos sujets ! »

Petrov reprenait le contrôle de lui-même et répondit d'une manière très ferme :

« Son cas n'a absolument rien d'inquiétant. Je peux vous l'assurer en tant que médecin et spécialiste de l'hypnose, j'estime que madame Beauvallon et en excellente santé et, par conséquent, se trouve parfaitement apte à poursuivre son rôle dans le cadre de notre étude.

— Je veux bien le croire, Serge, cependant, avant qu'elle ne soit transférée sur l'île, je tiens à prendre l'avis de Trabeaut. Je suis curieux de savoir ce qu'il en pense.

— Je peux vous l'assurer encore une fois, vous n'avez aucune raison de vous inquiéter. »

Dargaud se dirigea vers la porte et se retourna.

« Je ne dis pas non, Serge, seulement, je voudrais que Trabeaut la voie. C'est l'affaire d'une minute. »

Petrov sembla se plier à contrecœur à cette exigence. Il répondit d'un ton faussement décontracté :

« Faites comme il vous plaira, mon cher. Après tout, si cela peut vous rassurer. »

Après le départ de Dargaud, Petrov appela les marins qui attendaient dans la coursive.

« Où sont les deux femmes ? s'étonna-t-il en n'apercevant pas les sujets féminins.

— Nous les avons débarquées sur l'île, répondit le responsable des transferts.

— Vous les avez libérées ?

— Oui. Quand le docteur Dargaud a remarqué l'heure, il nous a demandé de libérer les premiers sujets.

— Eh bien, c'est parfait ! Conduisez madame Beauvallon où vous avez laissé les femmes.

— Entendu, docteur. »

Le marin allait pénétrer dans la pièce quand Petrov le retint par le bras.

« Non ! attendez ici ! Je dois encore lui rendre sa mobilité. »

Quelques instants plus tard, l'esprit encore tourmenté par l'épreuve qu'elle venait de subir et à demi-consciente, Christina montait à bord du Zodiac.

Petrov retrouva rapidement Pierre Gallion qui attendait patiemment son tour. Il l'entraîna dans la pièce où il entreprit aussitôt de le maquiller aux couleurs chaudes d'un renard. Le médecin venait à peine de commencer son travail quand Dargaud entra doucement dans la chambre.

« Christina n'est plus ici ? lança Dargaud surpris par son absence.

— Non ! répondit assez sèchement Petrov. Je l'ai fait transporter au grand salon pour ne pas prendre trop de retard. Maintenant, je vous en prie, laissez-moi.

— Parfait, je vous laisse, ne vous fâchez pas. »

Pierre venait de se retourner et Petrov, avec beaucoup de soin, lui enduisait légèrement les jambes d'un produit coloré, quand il fut dérangé à nouveau dans son travail par Dargaud.

« Excusez-moi, Serge, mais Christina ne se trouve pas au grand salon, et les deux hommes d'équipage ont disparu. Alors, que se passe-t-il exactement ?

— Ce n'est pas vrai ! s'écria Petrov en levant les bras au ciel. Je ne peux rien faire de sérieux si je suis à tout moment importuné !

— Enfin, quand même ! répliqua Dargaud qui se fâchait à son tour. Il s'agit de l'équilibre mental d'un être humain et de plus de celui d'une amie qui nous est chère. Il est tout à fait normal de s'inquiéter. Je ne vous laisserai pas tranquille tant que je ne saurai pas la vérité ! »

Petrov feint tout à coup de se souvenir.

« Ha oui ! cela me revient à l'esprit ! Vous comprenez, j'étais si absorbé par mes pensées que cela m'avait complètement échappé. Quand vous êtes sorti pour aller chercher notre confrère, j'ai remarqué une soudaine

186

amélioration de l'état de Christina. Face à ce fait nouveau, je me suis permis de la laisser poursuivre notre expérience.

— En dépit de mon désir de la faire examiner par Trabeaut ?

— Ne vous tracassez pas inutilement. Je connais parfaitement l'hypnose. Aussi, je peux vous certifier qu'elle était parfaitement en mesure de participer à ce simple jeu. »

Face à cette façon peu correcte de se comporter, Trabeaut, qui les avait rejoints, exprima à son tour sa colère :

« Serge ! vous vous êtes conduit comme un sauvage ! Je vous préviens, je vous tiendrai comme personnellement responsable s'il arrive quoi que ce soit de fâcheux à notre amie !

— J'ai la conscience tranquille. J'ai agi avant tout dans l'intérêt de la science. Et maintenant, je vous somme de sortir, autrement je refuse de poursuivre l'expérience.

— Rassurez-vous, nous allons vous laisser. Vous pouvez poursuivre votre travail en paix. »

Restée seule sur la plage, Christina regarda autour d'elle et essaya de se repérer.

Son esprit embrouillé était la proie d'indicibles luttes contre des pensées étrangères qui heurtaient sans cesse sa raison. Ses yeux, dans leurs mouvements circulaires, s'arrêtèrent sur le grand feu de bois, avant de découvrir plus loin les silhouettes plus sombres des arbres qui formaient une ligne presque continue au bord du rivage. Dans son raisonnement confus, elle comprit rapidement qu'ils constitueraient un lieu où elle pourrait se dissimuler avec de bonnes chances de rester indécelable. Avec souplesse et rapidité, elle se glissa parmi les troncs des cocotiers. Accroupie au pied d'un arbre, elle attendit en restant aux aguets. Soudain, une phrase traversa son cerveau embué. L'extrémité nord de l'île. Oui, cela lui rappelait quelque chose. Elle se souvint qu'elle devait s'y rendre sans se faire remarquer. Pour l'instant, personne ne semblait lui prêter d'attention. Elle avança lentement et voulut s'en assurer. C'est alors qu'elle remarqua deux hommes qui s'approchaient doucement. Elle entendit l'un d'eux dire à son compagnon :

« Sais-tu où est passée la chatte ? Moi, je l'ai perdue de vue quand elle est entrée sous le couvert des palmiers.

— Non, je pensais que tu t'en occupais.

— Cela n'est pas grave, nous allons certainement la retrouver. »

Christina se faufila sans bruit entre les troncs devenus des protecteurs complices pour gagner un peu l'intérieur des terres. Évitant la proximité des feux où se tenaient les hommes, elle poursuivit lentement son chemin.

À vingt heures trente, Éric Argutsson rentrait dans la cabine de Martin pour se faire masser. Il venait à peine de s'installer qu'il le mit au courant de l'incident survenu avec Christina. Martin, en entendant cela, ne fit qu'un bond :

« Attendez-moi ici, Éric, je reviens ! »

Martin sortit et chercha l'un des scientifiques. Il trouva Trabeaut. Le professeur était sur le pont principal et conversait avec Barlow.

« Excusez-moi, docteur ! lança-t-il interrompant la conversation des deux hommes, mais c'est très important ! je viens d'apprendre ce qui s'est passé avec Christina.

— Que dites-vous, jeune homme ? dit calmement Trabeaut qui voulait le rassurer. Il ne s'est rien passé de particulier avec votre amie. Petrov a rencontré un peu plus de résistance de sa part, c'est tout.

— Je regrette, professeur, je ne suis pas tranquille et vais immédiatement dans l'île à sa recherche.

— Et votre dernier client ?

— Vu la situation, je renonce à le masser. De toute façon, je me sens beaucoup trop nerveux pour le faire correctement. Je vous en prie, docteur, allez dans ma cabine et dites à Éric qu'il veuille bien m'en excuser. »

Déjà, Martin se précipitait dans la coursive.

« Ne l'oubliez pas ! dit d'une voix forte Trabeaut à son intention, l'expérience se poursuit ! »

Un instant plus tard, les hommes rattachés à la manœuvre du Zodiac emmenaient Martin jusqu'au rivage. Aussitôt arrivé sur la terre ferme, il courut vers les marins qui, placés un peu en retrait de la plage, entretenaient le grand feu de ralliement.

« Avez-vous remarqué la direction prise par la femme chatte ? » leur demanda-t-il.

Apparemment gênés, les hommes se regardèrent, puis, le plus grand, qui se prénommait Raoul, désigna un fourré de buissons :

« À peine, monsieur. Quand elle a débarqué, nous l'avons vu partir vers ces palmiers là-bas. Nous avons voulu la suivre, mais quand nous sommes arrivés, elle avait déjà disparu. »

Martin réfléchissait. Raoul lui avait désigné le sud, donc l'opposé de l'endroit convenu avec son amie. Si Christina avait voulu rallier directement le nord, elle n'aurait rencontré aucun problème. Les deux extrémités de la plage avaient une configuration comparable. Alors pourquoi avait-elle délibérément choisi l'inverse ? Martin resta perplexe, puis, soudain, lui vint une idée. Malgré l'influence persistante des suggestions de Petrov, Christina avait réussi à conserver suffisamment de lucidité pour choisir d'aiguiller les hommes dans une fausse direction, ce qui, tout compte fait, reflétait assez bien son caractère. De toute façon, à défaut d'indications plus précises, Martin décida de se rendre au nord, comme ils en avaient convenu. Respectant à son tour la plus grande discrétion, il se mit en route en faisant lui aussi un crochet par le sud. Il longeait parfois le rivage et tantôt le quittait pour bénéficier d'un endroit plus couvert. Ainsi, de pas en pas, il se rapprochait lentement de l'endroit où il était censé retrouver son amie.

12. Une chasse mouvementée

Après avoir usé de mille ruses, Christina avait réussi à échapper à la vue des hommes de Barlow. Elle était parvenue à l'endroit où l'érosion du sol corallien avait formé un véritable dédale de chemins plus ou moins praticables. En respectant toujours la même prudence, elle arrêta son choix sur une roche qui avait l'avantage de présenter un sommet aplati. Elle la gravit et s'étendit sur le ventre. Depuis ce promontoire, grâce à la clarté d'une demi-lune, elle bénéficiait d'une vue suffisante pour contrôler le passage et guetter l'arrivée d'un éventuel agresseur.

En dépit de l'incident survenu au cours de la préparation des sujets, à vingt et une heures trente, les médecins décidèrent de poursuivre l'expérience. Éric, le dernier des jeunes hommes à subir la séance de peinture et de mise en condition, quittait le salon où officiait Petrov. Quelques minutes plus tard, les trois scientifiques, accompagnés du trio des sujets masculins, débarquaient sur la plage.

Petrov choisit délibérément Pierre et l'entraîna à l'écart en s'adressant à ses confrères :

« Emmenez les deux autres prédateurs et ordonnez-leur de se mettre en chasse. »

Aussitôt libérés, les chasseurs se lancèrent à la recherche de leurs proies.

Trabeaut retourna près du feu et s'approcha de Dargaud.

« Franchement, cher ami, dit-il d'un air pensif, quelle chance ont nos jeunes hommes de dénicher les femmes, de nuit, dans une île somme toute assez grande ?

— Certes, je le reconnais, leur quête n'est pas facile. Mais voyez-vous, la lune s'est levée et cela va grandement faciliter leur recherche. »

Sans se soucier de ses collègues, Petrov était parti le long du sentier balisé où avait disparu Pierre. Ces petits chemins conduisaient d'un feu à un autre. Petrov, au cours de son parcours, s'arrêtait chaque fois près d'un feu pour questionner le marin chargé de l'entretenir et savoir s'il avait repéré les fugitives. Comme il n'obtenait invariablement que de vagues réponses, il leur prodigua conseils et instructions plus actives.

Toujours à la recherche de Christina, Martin avait finalement rejoint l'extrémité nord de l'île. Il tourna autour des rochers en examinant chaque recoin et anfractuosité où son amie aurait pu trouver refuge.

Le temps passait et le jeune homme ne la découvrait toujours pas. À deux reprises, il dut se dissimuler à son tour pour éviter de se retrouver face à un chasseur qui furetait dans les environs.

Soudain, rompant le silence de la nuit, un cri perçant le fit tressaillir. Martin pensa immédiatement à Christina. Il se précipita dans la direction d'où le son semblait provenir. Les cris reprenaient de plus belle. Il estima qu'une quarantaine de mètres le séparaient de l'endroit où devait se passer un drame.

Deux hommes d'équipage arrivèrent sur les lieux en même temps que Martin. Ils découvrirent la même scène.

Olivier tenait sans ménagement Nila par un pied et la traînait sur le sol dans l'intention de la ramener au feu de ralliement. La jeune femme se débattait de toutes ses forces en gémissant.

Avec l'aide des marins qui durent faire usage de leur force pour neutraliser Olivier, Martin libéra Nila, et quand Trabeaut alerté par les cris de Nila les rejoignit, il lui confia la victime et repartit à la recherche de Christina. Le comportement brutal du jeune Olivier lui faisait craindre le pire pour son amie. Il approchait du labyrinthe où Christina avait dû se réfugier quand un nouveau cri court et aigu le fit sursauter. Cette fois, la scène semblait se passer à quelques mètres de l'endroit où il se trouvait. Au même moment, une forme sombre plongea du haut d'une roche sur une ombre qui glissait entre les pierres. Malgré la pénombre, Martin avait reconnu Christina. Elle s'était abattue sur l'homme et, à califourchon sur son dos, lui labourait les flancs de ses ongles.

Martin se lança au secours de l'infortuné. Christina, en le voyant, abandonna sa victime pour s'approcher de lui avec un air menaçant. Martin, surpris, recula d'un pas et lui parla doucement, dans l'espoir de lui faire recouvrer ses esprits :

« Christina, c'est moi, Martin, ton ami. »

Elle lui répondit par un cri sauvage. Il fit encore quelques pas en arrière pour finalement s'arrêter au bord d'une corniche qui surplombait la mer de quelques mètres. Christina avançait toujours, puis se prépara à bondir.

« Non ! Tina ! » cria-t-il de toutes ses forces, en espérant la sortir de son état.

Plongée dans son inconscience, Christina resta insensible à la voix de son ami et se propulsa contre lui, le renversa sur le sol où elle le griffa et le mordit cruellement à l'épaule. Martin réussit à se débarrasser de son agresseur et se releva.

« Parfait, ma chérie ! s'écria-t-il alors qu'elle se préparait à renouveler son attaque. Puisque tu ne veux rien entendre, je vais employer les grands moyens ! »

Il recula jusqu'au bord de la corniche d'où il s'apprêta à recevoir son amie. Ongles en avant, une nouvelle fois, Christina s'élança sur Martin qui la ceintura et l'entraîna dans sa chute.

Au contact de l'eau, la jeune femme recouvra ses esprits. Premièrement surprise puis déconcertée, elle était incapable de nager et se cramponna à son ami. Martin l'aida à monter sur les pierres du rivage et, de là, à gravir les quelques mètres presque verticaux qui les séparaient de la surface de l'île. L'ascension réussie, ils arrivèrent à l'endroit où Christina avait agressé Pierre. Martin chercha un instant le jeune homme, puis, comme il ne le trouvait pas, décida de poursuivre son chemin. Il entraîna son amie qui restait encore plongée dans un état second. Il se demandait ce qu'il était advenu de Pierre. Peut-être que le choc l'avait sorti de son envoûtement et qu'il avait rejoint le lieu de ralliement, ou encore, ce qui était moins probable, mais toujours envisageable, il se prenait toujours pour un renard en chasse et risquait de surgir d'un bosquet pour s'emparer de sa proie. Alors qu'il longeait le sentier, Martin surprit des voix. Il retint aussitôt Christina et quitta le passage pour se dissimuler parmi les arbres. Comme les hommes approchaient, il comprit ce qu'ils disaient.

« Petrov ne veut plus nous voir ici. Pourtant, le comportement de l'aigle me semble franchement anormal.

— T'as raison. En admettant qu'il se prenne pour un prédateur, son approche de sa proie n'a rien de naturel. Il nous faut vite en parler au capitaine. »

Martin reconnut les deux marins. Il sortit de sa cachette pour les interpeller :

« Raoul ! lança-t-il nerveusement, qu'avez-vous remarqué d'anormal ?

— Avec Marco, balbutia le matelot, je suivais et surveillais l'homme aigle. Quand on l'a vu capturer la femme lapin, au lieu de s'en saisir pour la ramener, comme il était censé le faire, il ne s'est pas conduit comme un prédateur.

— Comment cela ? dit rapidement Martin soudain inquiet pour la jeune femme.

— C'est un peu difficile à dire, répondit à son tour Marco. Vous comprenez, on ne voudrait accuser personne tant qu'il n'a encore rien fait.

— De quoi s'agit-il exactement ? Parlez, bon Dieu ! » s'écria Martin impatient.

Comme les matelots hésitaient encore, Martin renonça à en apprendre davantage. Il se contenta de leur confier Christina et de demander dans quelle direction se passait l'événement dont ils parlaient.

« C'est au bout de ce chemin, derrière les rochers », lui indiqua Raoul en accompagnant ses paroles d'un geste de la main.

Grâce à la clarté de la lune, Martin voyait assez pour se permettre de courir. Aussi, il ne lui fallut qu'un instant pour découvrir l'endroit où l'homme aigle était en prise avec la femme lapin.

Éric venait de relâcher Trévia qui tenta une nouvelle fois de fuir. Il la rattrapa d'un bond et la projeta au sol où il s'efforça de l'immobiliser. Alors qu'en grognant de désir, il voulait s'installer entre ses cuisses, Trévia se débattait en émettant de faibles plaintes. Martin réalisa rapidement ce que voulaient dire les marins.

« Persévère, grand aigle ! s'exclama à plusieurs reprises une voix rauque. Cette femelle est une proie facile. Tu l'as capturée et, maintenant, il ne te reste plus qu'à lui imposer ta loi. »

Martin découvrit Petrov. Il était assis sur le sol à quelques pas du couple. Il ne s'était pas aperçu de son arrivée et encourageait l'aigle.

Martin restait incrédule devant ses paroles insensées. Il suivait la scène et avait remarqué l'état désespéré de Trévia. Au cours de leur lutte sauvage, Éric tentait en vain de lui arracher son slip, mais, jusqu'ici, la jeune femme lui résistait courageusement. Surexcité par cette lutte sauvage, Petrov se leva et, en tournant autour des antagonistes, exhortait l'homme aigle à user de sa force pour remporter la victoire :

« Oui ! vas-y, mon petit ! Tu vas l'avoir ! Encore un instant, et tu verras, elle va bien finir par se laisser baiser, cette salope ! »

Cette fois, Martin n'hésita pas davantage. Il s'élança sur Éric et, d'un geste violent, l'écarta de sa proie.

Aussitôt, la voix grave et puissante de l'hypnotiseur s'opposa violemment à son intervention :

« Vous n'avez pas le droit ! Laissez-les et allez-vous-en ! Vous n'avez rien à faire ici !

— Vous êtes fou, Petrov ! Vous incitez directement Éric à la violer », dit Martin en aidant Trévia à se relever.

Éric était fermement déterminé à reprendre sa victime. Aidé indirectement par le professeur qui, en protestant énergiquement, se joignait à la lutte, l'homme aigle revint à la charge.

« Et alors, tonna Petrov, quoi de plus naturel ? Malgré notre expérience, l'aigle est resté un homme et la lapine une femme. Avec un physique comme le sien, il est évident qu'elle est faite pour cela. Le malheureux se trouve face à une provocation à laquelle il ne peut logiquement résister. »

194

Confronté aux deux hommes, Martin choisit de se débarrasser du plus virulent. Il lâcha un instant Trévia pour affronter le médecin qui continuait de hurler :

« Vous n'êtes qu'un imbécile ! Vous ne connaissez rien à l'humanité ! Dans les temps préhistoriques, l'homme ne se souciait pas de notre stupide morale actuelle. Quand il rencontrait une femme seule, son instinct l'invitait à la couvrir sans lui demander son avis. Cette nuit, nous avons la possibilité d'assister à une scène similaire. Du point de vue psychologique, cet événement est un cas intéressant et vous n'avez pas le droit de le gâcher avec votre intervention insensée !

— Oui ! à l'instant précis où l'aigle allait manger le lapin ! rétorqua Martin.

— Elle appartient à l'aigle ! pas à vous ! » hurla Petrov hors de lui.

Martin se débarrassa définitivement de Petrov en lui assénant un magistral direct au menton. Stoppé net dans ses gestes désordonnés, le professeur s'écroula sur le sol.

« Cette fois, tu vas rester tranquille, espèce de cinglé ! s'écria Martin exaspéré.

— Ouf ! c'est fini ! dit Martin en essuyant d'un revers de la main la sueur qui perlait sur son front. Venez, Trévia, nous allons rentrer. »

Il chercha Éric du regard. L'homme aigle était assis sur une pierre. La tête entre ses mains, il restait prostré. Martin hésita à lui venir en aide, puis renonça, préférant prendre soin de Trévia.

Après ce qu'elle venait d'endurer, la jeune femme reprenait difficilement son souffle et se cramponnait à son sauveteur qui lui parlait doucement pour la réconforter. Elle éprouvait de la difficulté à se déplacer. Aussi, soutenue par Martin, elle s'efforça de marcher dans la direction du feu de ralliement.

De nouveaux bruits de pas précipités se rapprochaient et les inquiétèrent. Martin jeta un regard rapide dans les alentours pour chercher un endroit où ils pourraient se dissimuler avec sa protégée. Déjà, les silhouettes de plusieurs marins apparaissaient au détour du sentier. Les hommes de Barlow se rendaient à leur rencontre.

« C'est fini ! s'écria Raoul en les voyant. Cessez immédiatement l'expérience, c'est un ordre du capitaine !

— Ne vous excitez pas, répondit calmement Martin, c'est déjà fini. Je me charge de ramener mademoiselle Denison au bateau. Par contre, vous, suivez le sentier et vous devriez trouver Petrov et Éric. »

Martin poursuivit son chemin jusqu'au point de ralliement où il arriva trop tard. Les hommes avaient déjà abandonné le lieu pour rejoindre le bateau. En s'approchant du rivage, dans la lumière blafarde de la lune, il vit le Zodiac qui revenait du *Téthys*.

« Venez, on va vous conduire à bord », proposa l'un des hommes d'équipage.

Avant de partir, Martin jeta un dernier coup d'œil dans la direction des bois qu'il venait de quitter. Aucun des marins ne semblait revenir. Ils n'avaient sans doute pas encore retrouvé les deux hommes et devaient poursuivre leurs recherches. Sans attendre plus longtemps, il fit signe au marin de prendre la direction du bateau.

« Tout le monde est déjà à bord, monsieur. Il ne manque que vous, Éric et le professeur Petrov », lui dit le matelot préposé à la manœuvre du pneumatique.

Toujours aidée de son sauveteur, Trévia gravit péniblement l'échelle pour arriver sur le pont principal où Martin la conduisit au grand salon.

Les deux professeurs avaient transformé cette pièce en salle de soins. Les deux tables de massages y avaient été transportées et, sur chacune, un des cobayes blessés s'y trouvait allongé. Dargaud s'occupait de Pierre dont le dos comportait de grandes et profondes griffures.

« Professeur, je ramène Trévia. Elle est à bout de force, dit Martin en regardant autour de lui.

— Des blessures importantes ? demanda Trabeaut en détournant à peine la tête.

— Importantes ? Heureusement non ! répondit Martin. Si vous le voulez bien, je vous offre mon aide.

— Oui, certainement. Étendez notre amie sur une place libre et enlevez-lui cette saleté de peinture. »

196

Les membres de l'équipage avaient pris soin d'envelopper les sièges de grandes toiles plastifiées. Martin choisit un canapé et y installa sa protégée qu'il recouvrit d'une grande serviette-éponge. Il chercha du regard Christina. La jeune femme était étendue un peu plus loin sur un fauteuil relax.

« Et Christina, l'avez-vous examinée ? » demanda-t-il inquiet.

Malgré la situation dramatique, Trabeaut se voulut rassurant.

« Ne vous faites pas de souci pour elle, mon ami, murmura-t-il, elle n'a que quelques égratignures. Rien de bien grave, croyez-moi. Je lui ai administré un sédatif, elle va dormir un bon moment.

— Est-elle débarrassée de son grimage ? »

Trabeaut, toujours occupé à soigner Nila, se releva et fit quelques pas pour se détendre avant de répondre :

« Non, nous n'avons pas eu le temps de nous en occuper. Venez, Desroches, et aidez-moi plutôt à retourner cette patiente. »

Le dos de Nila comportait quelques blessures superficielles. Cependant, à la vue de ce corps malmené par cette expérience désastreuse, Martin se sentit désagréablement impressionné :

« Est-ce le premier sujet que vous soignez, docteur ? prononça-t-il à l'adresse de Trabeaut.

— Oui. J'ai perdu un temps fou à la libérer de cette saloperie de peinture. »

Le capitaine Barlow les rejoignit. Sans s'occuper des deux médecins, il s'adressa directement à Martin :

« Venez, monsieur, nous allons travailler ensemble, si vous le voulez bien. Nous libérerons les blessés de leur maquillage pour les confier ensuite à nos médecins.

— Voilà une excellente idée, remarqua Dargaud. »

Assistés d'un marin qui faisait la navette entre les deux hommes et la cuisine du bord pour changer les seaux d'eau, Martin et Barlow lavaient les infortunés cobayes qui, totalement amorphes, se laissaient faire en silence.

« Encore heureux que cette satanée couleur se dilue dans l'eau ! » dit Martin à l'adresse de son collègue.

Trabeaut parcourut la salle du regard. À part l'homme aigle

et l'hypnotiseur, tous les sujets étaient réunis. Il se demanda ce qui pouvait bien retenir encore les retardataires.

« Au fait, savez-vous ce qu'il est advenu d'Éric et du docteur Petrov ?

— Aucune idée, répondit Dargaud. Et vous, Desroches, les avez-vous aperçus ? »

Tout en poursuivant son travail, Martin leur expliqua la scène dont il avait été le témoin, le comportement anormal d'Éric et celui non moins étrange de Petrov.

Les deux professeurs furent surpris. Pourtant, l'attitude de Petrov leur rappela ce qui s'était passé lors de leur première expérience. À ce moment, deux matelots entrèrent dans la pièce. Ils soutenaient Éric et ils l'aidèrent à s'asseoir dans un fauteuil.

« Encore ? s'écria Trabeaut. Mais ma parole, c'est une hécatombe cette expérience, une véritable catastrophe ! Et Petrov, l'avez-vous retrouvé ?

— Nous l'avons aperçu, dit Raoul d'un air dépité, mais quand nous avons voulu nous en approcher, il s'est sauvé en hurlant.

— Bon, remarqua Trabeaut, je crains cette fois que son équilibre ne soit sérieusement atteint. Laissez-le. Pour l'instant, nous avons plus urgent à faire. Capitaine Barlow !... Où est-il encore passé ?

— Ici ! Ne vous énervez pas inutilement », répondit la grosse voix du marin.

Assis près de Trévia, l'homme désinfectait ses écorchures et les recouvrait de pansements.

« Que faites-vous ? lui demanda Trabeaut.

— Je soigne vos blessés.

— Vous soignez ? répéta le médecin surpris.

— Vous semblez oublier qu'un capitaine a aussi quelques notions de médecine. Pas comme vous, bien entendu, mais suffisantes pour faire face à ce genre de problème.

— C'est vrai, cela m'avait échappé. Et de quoi souffre votre patiente ?

— En tant que spécialiste, ce sera justement à vous de le définir. Moi, je me contente de soigner les blessures.

— Alors, c'est parfait. Messieurs, tous nos sujets sont

maintenant réunis et, à première vue, nous n'avons pas à déplorer de fracture.

— Non, je ne le pense pas, répondit Barlow.

— Et vous, Dargaud ? Vous semblez bien silencieux ! »

Dargaud avait rejoint le capitaine. Il jeta un rapide coup d'œil à Trévia et prononça d'un ton calme :

« Par chance, notre demoiselle souffre de quelques petites écorchures sans doute infligées par son agresseur. Pourtant, je ne suis pas rassuré, j'ai une grosse énigme à résoudre. »

Trabeaut se redressa et lui jeta un regard surpris.

« Ah oui ? Laquelle ?

— Je vous en parlerai quand nous en aurons fini avec nos malheureux cobayes. »

Une heure plus tard, toutes les victimes avaient été transférées dans leur cabine. Martin avait pris soin de Christina qui dormait paisiblement.

« Nos infortunés sujets sont sous sédatifs, dit Trabeaut à ses amis. Venez, allons au bar, nous méritons un bon cognac. »

Ce soir, Leonardo, impressionné par les événements, était loin de se sentir à l'aise. Pourtant, prêt à satisfaire au mieux les désirs de chacun, il remplit sa tâche avec zèle. Rapidement, toutes les personnes ayant participé de près ou de loin à l'expérience se retrouvèrent avec un verre d'alcool à la main.

Plus tard, les hommes se retirèrent peu à peu. Les deux médecins, ainsi que le capitaine et Martin, allaient en profiter pour tirer un premier bilan de leur soirée. Avant de commencer à parler, l'attention de Dargaud fut attirée par des traces de sang qui coulaient le long de l'avant-bras droit de Martin :

« Êtes-vous blessé, mon ami ?

— Oui, répondit Martin qui prit garde à taire la vérité. Au cours de cette soirée mouvementée, j'ai dû heurter l'angle vif d'un rocher.

— Montrez-moi cela. »

Martin retira son polo et découvrit l'épaule qui le faisait souffrir. Dargaud inspecta rapidement la plaie et remarqua avec un air surpris :

« Mais, vous avez été mordu, mon cher ! Je distingue bien les traces de dents. Qui vous a fait cela ?

— Vous avez raison, professeur. Dans le feu de l'action, Christina m'a agressé. »

Ses compagnons ne purent se retenir de rire.

« Et moi qui vous croyais amis ! » plaisanta gentiment Trabeaut.

Martin leur conta sans omettre de détails sa rencontre brutale avec son amante dans le dédale des rochers. Cette fois, c'est Dargaud qui poursuivit :

« Eh bien, je dois l'admettre, votre aventure me surprend, mon cher ! Et je peux vous l'affirmer, votre amie possède une superbe dentition. Je me vois obligé de vous faire quelques points de suture, autrement, vous allez conserver définitivement ces marques. Puis-je me permettre de vous donner un conseil ? Si, à l'avenir, un différend vous oppose, ne la laissez en aucun cas vous approcher, car notre amie est capable de se montrer redoutable. »

Trabeaut se servit un verre, puis revint s'asseoir dans un fauteuil en face de ses amis.

« Pendant que vous soignez notre héros, si l'on en profitait pour récapituler les événements marquants de la soirée avant d'aller nous coucher ?

— Oui, mais que fait-on de Petrov ? » demanda Martin.

Le capitaine haussa les épaules pour démontrer le peu d'importance qu'il attribuait à cette question :

« Laissons-le, il ne peut pas nous échapper. Demain matin, nous irons le cueillir sur l'île.

— Comme vous y allez, Barlow ! remarqua Martin. Petrov n'est pas un criminel. Emporté par votre expérience, il a perdu un instant les pédales, voilà tout.

— Malheureusement, ce n'est pas si simple, dit Dargaud d'un ton mystérieux. Je vais vous révéler ce que je vous ai promis lorsque nous étions occupés à prodiguer nos soins. »

Le professeur abandonna un instant son patient pour récupérer des objets qu'il avait dissimulés sous un meuble et les posa sur une table basse devant ses amis.

« Que pensez-vous de cela ? » dit-il en restant perplexe.

Trabeaut prit les deux morceaux de cuir, les examina et resta songeur.

« Ce sont des gants munis de griffes de six ou sept centimètres, finit-il par prononcer d'un ton mystérieux. Plutôt redoutable ces gadgets ! Où les avez-vous trouvés ?

— C'est là tout le problème. D'après les explications de Martin, Christina n'a pas attendu d'être agressée par son prédateur. Se prenant pour une chatte, avec son caractère de battante, notre amie a préféré passer à l'action et attaquer la première. C'est sans nul doute ce qui lui a sauvé la vie. »

Martin écoutait avec attention.

« Que voulez-vous dire, docteur ?

— Quand Christina a bondi sur Pierre, surpris, celui-ci a perdu l'équilibre. Dans sa chute, sa tête a sans doute heurté la roche et il a dû perdre connaissance. Grâce à votre intervention, Christina n'a pas eu le temps de s'acharner sur lui. Dérangée dans son attaque, elle s'est retournée contre vous. Les hommes du *Téthys* ont retrouvé le jeune homme inanimé. C'est alors qu'ils se sont aperçus qu'il portait ces gants. »

Trabeaut n'en croyait pas ses oreilles.

« Comment est-ce possible ?

— La seule explication est celle-ci. La personne qui lui a procuré ces armes ne fait pas partie de l'équipage. Cela n'aurait pas de sens. Alors qui ? si ce n'est Petrov lui-même.

— Je vous comprends, Dargaud, remarqua son confrère. Mais pourquoi diable pensez-vous que Pierre aurait pu agresser Christina avec l'intention de la tuer ? »

Dargaud réfléchit et se décida à dire quelque chose qu'il se serait bien gardé de révéler.

« Je dois vous l'avouer, non sans un peu de honte, j'ai agi d'une façon peu correcte avec notre ami Petrov.

— Comment cela ? intervint Trabeaut en faisant une moue qui démontrait sa surprise.

— Je lui ai demandé la faveur de pouvoir assister à l'une de ses séances d'hypnose. Comme il s'y est catégoriquement opposé, j'ai pris l'initiative de dissimuler un magnétophone dans le salon qu'il occupait. Maintenant, je vous propose d'écouter l'enregistrement. Il devrait nous révéler ce que Petrov a implanté dans le cerveau de Christina et de Pierre. Peut-être que nous y découvrirons la solution à notre énigme. »

Trabeaut, loin de s'offusquer d'un tel comportement, resta un moment perplexe avant de prononcer :

« Pour une fois, votre insatiable curiosité va nous être d'un grand secours.

— Si vous le voulez bien, je me charge de retrouver ces deux passages sur la bande magnétique, proposa Barlow.

— Volontiers, lui répondit Trabeaut. Pendant ce temps, nous allons en profiter pour analyser le comportement de nos autres sujets.

— Encore une chose, dit le capitaine en revenant sur ses pas, où avez-vous dissimulé votre appareil, Dargaud ?

— Ha oui ! j'oubliais de vous le dire ! Vous le trouverez à gauche sur le plus haut des meubles.

— À nous mes amis, reprit Trabeaut après le départ du marin. Premièrement, nous passerons sur l'aventure de Christina, puisqu'elle nous a été déjà contée en détail par Martin. Quant à Nila, comme elle se prenait pour une biche, elle s'est d'abord dissimulée de son mieux. Quand Olivier, alias le tigre, l'a dénichée, sans le moindre respect pour elle, il a voulu la rapporter jusqu'au point de ralliement. Seulement, en la saisissant par les pieds et la traînant sur le sol, il lui a infligé des blessures. Heureusement pour elle, les hommes de Barlow ainsi que vous, Desroches, êtes intervenus à temps pour libérer la malheureuse, et c'est au cours de cette action assez rude qu'à son tour Olivier s'est blessé.

— En ce qui concerne Trévia et Éric, dit à son tour Martin, je vous ai expliqué la scène dont j'ai été témoin. À vous, messieurs les professeurs, d'en tirer les conclusions psychologiques.

— À mon idée, enchaîna Dargaud qui remplissait une nouvelle fois son verre de cognac, Trévia, métamorphosée en lièvre, a voulu se dissimuler comme l'avait fait Nila. Quand Éric l'a débusquée, il a cherché à l'emporter. Trévia, sans se montrer

202

agressive, a voulu se défendre. Au cours de leur lutte, l'homme, au contact des formes pulpeuses de la jeune fille, a rapidement transformé son objectif initial de la capturer par celui de la prendre sexuellement. L'instinct s'est sans doute montré plus puissant que le conditionnement de Petrov. La force de l'homme avec son désir a prévalu sur la suggestion totalement artificielle de prédateur improvisé et, grâce à vous, jeune homme, ce qui aurait pu se terminer par un viol a trouvé une fin moins dramatique. »

Martin, face à ces explications, restait circonspect.

« Tout à fait entre nous, messieurs, dit-il lentement en appuyant sur ses mots, je me permets d'émettre une hypothèse qui me semble plus plausible, bien que moins glorieuse. Éric n'a pas subi de massage et, d'après ce que j'ai appris, sa séance d'hypnose a été écourtée pour rattraper le temps perdu avec Christina. Face à la jeune femme vêtue uniquement d'un petit slip dérisoire, excité par l'atmosphère de chasse, Éric a profité de l'immunité que lui procurait l'expérience pour se livrer délibérément à une agression sexuelle. Vivement encouragé dans cette direction par Petrov, ne l'oublions pas.

— C'est possible, soupira Dargaud d'un ton déçu, même peut-être probable, mais cela, nous ne le saurons sans doute jamais.

— Je vous prie de m'excuser un instant, dit Martin en se levant, je vais donner un coup d'œil à nos patients, afin de m'assurer que tout va bien.

— Allez, mon ami », lui dit Trabeaut.

Martin visita les cabines l'une après l'autre. Tous dormaient paisiblement. Il remonta sur le pont.

« Rien à signaler ? lui lança Dargaud.

— Non, rien à signaler. Ils dorment.

— Alors, venez. Barlow a retrouvé les passages de l'enregistrement qui nous intéressent. »

Les quatre hommes étaient assis au bar, prêts à écouter les suggestions faites par Petrov à ses cobayes qu'allait leur révéler la bande magnétique.

« Voici, dit le capitaine. Ce passage est celui où Petrov conditionne Christina. Vous allez remarquer, cela me semble assez significatif. J'ai sélectionné uniquement les passages ayant un certain intérêt.

— C'est parfait ! Alors, allez-y, capitaine », dit Trabeaut qui trépignait d'impatience.

Barlow tourna un bouton et, aussitôt, la voix rauque et impressionnante de Petrov s'échappa du haut-parleur :

« Vous êtes une chatte, Christina, un animal craintif et sans défense. C'est votre nature et vous devez simplement l'écouter. Vous allez vous retrouver seule dans la nature hostile et ne penserez qu'à une chose : vous dissimuler parmi les buissons. Quand le renard vous débusquera, vous ne lui opposerez aucune résistance, car c'est votre nature. Vous tomberez à ses pieds, entièrement soumise et résignée face à votre destinée naturelle.

— J'interromps ici l'enregistrement, expliqua Barlow. Je vous précise seulement que Petrov lui répète plusieurs fois ce texte avec de légères variantes. Vous avez certainement relevé qu'il insiste sur l'attitude passive que notre amie doit adopter.

— Oui, vous avez sans doute raison, capitaine, fit remarquer Martin. Pourtant, Petrov pourrait donner cette directive dans le seul but d'éviter un affrontement entre les deux sujets.

— Bien, admettons. Alors, écoutez la suite et vous comprendrez. À mon avis, ses intentions étaient claires et la suite va dissiper définitivement vos doutes. Dans ce passage, Petrov s'adresse à Pierre. »

Barlow enclencha l'appareil.

« La chatte est devant vous, sans défense, soumise à votre loi, celle de la nature qui vous dicte de la tuer et de la dévorer. Vous allez l'approcher, bondir sur votre proie et, avant qu'elle ne réagisse, lui enfoncerez profondément vos griffes dans le corps, puis continuerez de la lacérer jusqu'au moment où la bête ensanglantée s'effondrera à vos pieds. Vous frapperez encore et encore. C'est votre nature. Et quand la chatte ne bougera plus, vous cesserez vos coups et commencerez à mordre dans sa chair tendre et délicieuse à vos crocs. »

Le capitaine regardait les hommes en guettant leurs réactions.

« Là encore, Petrov répète plusieurs fois cette phrase. Alors, qu'en dites-vous, messieurs ? »

Les trois hommes restèrent muets de stupeur après avoir entendu les paroles prononcées par Petrov. Quel intérêt pouvait avoir Petrov à condamner à une mort atroce leur amie ? Leur incompréhension était totale. Après un long moment de silence, Trabeaut recouvra le premier la parole :

« Vous avez parfaitement raison, capitaine, cet enregistrement est précieux. Gardez-le en lieu sûr, il va nous permettre de confondre Petrov, et nous exigerons qu'il nous explique dans quel dessein il avait conçu cet acte criminel et insensé.

— Si nous le retrouvons vivant, soupira Martin.

— Ne vous faites pas de souci, dit le capitaine, nous le retrouverons demain matin, sans aucun doute.

— Je l'espère. Et à propos de nos sujets, docteur Trabeaut, pensez-vous qu'ils vont se réveiller sans trop de problèmes psychologiques et pouvoir reprendre une vie normale ?

— Certainement. Il nous faudra les examiner cas par cas et établir un bilan pour chacun. Mais en vérité, je ne pense pas que nous allons rencontrer de problèmes particuliers.

— Bien, messieurs, prononça calmement Dargaud en se relevant avant de poursuivre. Comme nous portons l'entière responsabilité de cette déplorable aventure, nous avons du travail en perspective. Pour l'instant, je vous propose d'aller nous coucher. Pour cette nuit, nous avons eu notre quota d'émotions fortes. Trabeaut, si vous le permettez, je partagerai votre cabine. Je ne veux plus rester avec ce fou de Petrov.

— Je suis parfaitement de votre avis, cher confrère. Et vous, Martin, allez-vous dormir auprès de Christina ?

— Oui, mais avant, je vais donner encore un dernier coup d'œil à nos amis.

— Entendu. Je vous souhaite une bonne nuit, dit Dargaud. Quant à vous, capitaine, je compte sur vous pour faire surveiller *Le Téthys*. Je ne voudrais pas que Petrov profite de notre sommeil pour venir faire des siennes à bord.

— Ne vous inquiétez pas, dit Barlow en quittant son siège, je vais placer deux hommes de garde. »

Martin jeta un bref regard à la cabine des deux garçons, puis à celle où reposaient Trévia et Nila. Tous dormaient paisiblement. Il décida de rendre visite à Christina. Son amie dormait. Il allait la quitter, mais se ravisa. Petrov rôdait encore dans les parages. Peut-être chercherait-il à se venger de son échec. Tant que ce criminel serait en liberté, il ne se sentait pas tranquille. Face à ce danger potentiel, Martin renonça à laisser son amie sans surveillance. Il verrouilla la porte et s'étendit près d'elle, où il finit par s'endormir.

Au lever du jour, alors que tous les passagers dormaient encore, le capitaine rassembla les membres de l'équipage et leur donna la mission de débarquer et de ratisser l'île pour retrouver Petrov.

Il devait approcher huit heures quand le bruit d'une animation provenant du pont principal réveilla Martin. Il se leva. Christina dormait encore. Il la laissa et sortit sans faire de bruit.

Il se rendit au salon où il retrouva Barlow en compagnie de deux marins. Après s'être souhaité une bonne journée, d'un mouvement de tête, le capitaine lui désigna Petrov. L'hypnotiseur se tenait prostré dans un fauteuil.

« Où l'avez-vous trouvé ? demanda Martin en s'adressant à Barlow.

— Au sud de l'île. Il était assis sur un rocher. Quand mes hommes l'ont arrêté, il les a suivis sans faire de problème.

— L'avez-vous interrogé ?

— Non, je préfère attendre la présence des deux profs.

Après tout, c'est leur collègue.

— Vous avez raison. En attendant, si vous le permettez, je vais aller prendre mon petit-déjeuner. »

Barlow l'invita à le faire, puis donna l'ordre d'enfermer Petrov dans sa cabine en attendant l'arrivée des deux hommes de science.

Installés autour d'une table de la salle à manger, le capitaine et Martin échangeaient leurs impressions concernant leur incroyable aventure. Ils finissaient leur repas quand Trabeaut, accompagné de son confrère, les rejoignit. Barlow leur expliqua ce qui s'était passé.

Aussitôt, les deux savants insistèrent pour voir le prisonnier.

« Venez, messieurs, allons lui rendre visite, proposa Barlow, puisque vous semblez si pressés de l'entendre. »

Quand ils ouvrirent la porte, ils trouvèrent Petrov assis sur le bord de sa couchette. L'homme au regard d'aigle semblait effondré. Il avait perdu tout de son prestige et les regardait d'un air absent.

« Que vous est-il arrivé, Serge ? Je vous croyais notre ami », dit doucement Dargaud.

Petrov resta muet. Trabeaut usa de psychologie et essaya à son tour de le convaincre d'expliquer son action. Finalement, l'homme atteint dans sa personnalité sortit de son mutisme et tenta de justifier son comportement. Les quatre hommes écoutèrent son récit sans jamais l'interrompre.

Ils apprirent ainsi comment les événements s'étaient déroulés. Lors d'un dîner d'affaires, Petrov avait rencontré le mari de Christina. À cette occasion, il lui avait parlé de son projet d'expérience envisagé en collaboration avec deux confrères. Petrov lui avait également révélé qu'à la suite de placements hasardeux, il se trouvait actuellement dans de grandes difficultés financières. Alors Alexandre en avait profité pour lui proposer d'éponger ses dettes, à la condition toutefois de le débarrasser définitivement de sa femme. Après bien des hésitations, Petrov avait finalement accepté le marché. Pour sceller leur accord, Alexandre lui avait remis une partie de la somme en lui promettant qu'après la disparition accidentelle de sa femme, il lui ferait parvenir le reste. L'expérience donnait à Petrov l'occasion idéale pour satisfaire son projet. Il comptait suivre Pierre dans l'île, le laisser débusquer Christina et la tuer. Ensuite, il aurait retiré les gants des mains du garçon pour les jeter à la mer. Plus tard, on aurait retrouvé le corps sans vie de Christina, et le mystère de son agression mortelle serait resté complet. Tous auraient sans doute accusé Pierre. Cependant, son état d'hypnose plaidant en sa faveur, ils se seraient refusés à le tenir pour responsable. Malheureusement pour Petrov, les événements ne s'étaient pas passés comme il l'avait prévu. Pierre, en progressant dans la végétation de l'île, à la faveur de la nuit, lui avait échappé. Ensuite, seconde malchance, au lieu de rester passive, Christina, fidèle à son caractère, avait jugé préférable de passer la première à l'attaque.

Son récit terminé, Petrov retrouva son mutisme et refusa de répondre à d'autres questions.

Ses amis, consternés par ce qu'ils venaient d'entendre, se regardèrent. Barlow leur fit signe de sortir.

« Que comptez-vous faire de lui, messieurs ? demanda le capitaine alors qu'ils rejoignaient le pont principal.

— Premièrement, répondit Trabeaut sans hésiter, nous allons mettre Christina au courant de ce qui s'est passé, puis déciderons de la suite à donner à cette sombre histoire. Pour le moment, capitaine, je crois qu'il est préférable de rentrer à Victoria. »

Barlow parut satisfait de cette décision :

« Bien. Je vais donner des ordres dans ce sens et, en attendant, consigne Petrov dans sa cabine. »

Tous approuvèrent et se dirigèrent vers le grand salon, à l'exception de Martin qui préféra se rendre au chevet de son amie.

Quand Christina, qui s'était réveillée, l'aperçut, elle lui tendit les bras :

« Je suis heureuse de te retrouver ! lança-t-elle joyeusement. Tu sais, j'ai l'impression de sortir d'un horrible cauchemar. »

Martin la prit dans ses bras, l'embrassa et essaya de se rendre compte à quel point cette aventure l'avait traumatisée.

Par les réponses qu'elle fit à ses questions, il imagina facilement dans quel état étrange l'avait plongée l'hypnose de Petrov. Plus tard, quand il estima que son amie était suffisamment remise de ses émotions pour connaître la vérité, il lui conta les événements qu'il avait vécus et finit par lui parler du comportement criminel de Petrov.

Christina écouta son ami. Elle ne sembla pas particulièrement surprise par la démarche de son mari, tant la conduite de cet homme l'avait dégoûtée. Quand Martin termina son récit, elle resta un moment silencieuse.

« Alex voulait ma mort ! Ce salaud ! dit-elle finalement acerbe. Aussi, je vais exiger des aveux complets de Petrov sur ses intentions criminelles et son marché avec Alexandre. Quand je serai en possession de ce papier, Petrov pourra aller se faire pendre où il voudra, sa vie ne m'intéresse pas.

— Que vas-tu faire avec ce document ?

— Obtenir un divorce rapide et entièrement à mon avantage.

— Vas-tu déposer une plainte contre ton mari ?

— Non, le menacer simplement. Ou il suit mes directives, ou il choisit de finir en tôle. C'est clair et sans appel. »

Martin était heureux de retrouver son amie comme il l'aimait ; fière et combative.

« Martin chéri, dit-elle en se levant et en s'étirant, je mangerais bien quelque chose.

— Il est dix heures, remarqua-t-il en consultant sa montre. Viens, montons à la salle à manger et, pendant que tu prendras ton petit-déjeuner, je te tiendrai compagnie. »

Les deux amis retrouvèrent tous les passagers dans la grande pièce. Assumant la responsabilité de leur initiative, Trabeaut et son collègue avaient pris soin des jeunes gens.

Martin choisit une table près de leurs amis et s'y installa avec Christina. En attendant d'être servis, ils parcoururent les visages de chacun. Un peu plus loin, les deux profs conversaient doucement en compagnie de Nila et Trévia. Visiblement, les deux femmes avaient recouvert toute leur lucidité. Quant aux trois garçons, assis à une table voisine, ils mangeaient en silence.

« Professeur Trabeaut », appela doucement Martin.

Le médecin se retourna, salua Christina et prononça sur un ton paternel :

« Comment vous sentez-vous, chère amie ? »

Christina esquissa un sourire.

« Pas trop mal, répondit-elle avant de désigner d'un mouvement de tête les jeunes gens : J'espère pouvoir en dire autant de nos amis. »

Trabeaut secoua négativement la tête.

« Je crois qu'il est préférable de rentrer à Victoria et de garder tout ce petit monde un ou deux jours sous contrôle, jusqu'à la disparition complète de toute trace de cette fâcheuse aventure.

— Avant de nous rendre à Victoria, dit Barlow, je voudrais vous faire une proposition ; vous pouvez disposer du yacht encore cinq jours. Il nous faut un peu plus d'une demi-journée pour gagner Victoria. Aussi, nous pourrions passer ce temps à visiter une ou deux îles remarquables de ma connaissance. Ce qui vous permettra aussi de prendre soin de vos sujets dans d'excellentes conditions.

— Et pendant ce temps, qu'allons-nous faire de Petrov ? demanda Martin.

— Si madame Beauvallon n'y voit pas d'inconvénient, répondit le capitaine, dès qu'il aura signé ses aveux, je le laisserai libre de circuler dans le bateau. Cependant, rassurez-vous, pour notre sécurité, mes hommes garderont un œil sur lui. À moins que nos professeurs ne s'y opposent – *il se tourna vers Trabeaut et Dargaud*. Quand pensez-vous, messieurs ?

— Je pense que Petrov ne représente plus un danger maintenant, dit Trabeaut aussitôt approuvé par son confrère.

— Alors, direction les îles ? » lança Barlow en pressentant les réponses.

Tous approuvèrent avec enthousiasme cette nouvelle perspective.

À midi, *Le Téthys* leva l'ancre et quitta la tranquillité du lagon pour la haute mer où il prit la direction d'une l'île nommée Croissant. Île qui, à en croire le capitaine, était remarquable.

Après le déjeuner, tous les passagers somnolaient installés dans des transats disposés sur le pont supérieur. Soudain, avec une rapidité déconcertante, de gros et lourds nuages noirs encombrèrent le ciel, le jour s'assombrit et la mer changea. Les vagues grandirent pour se muer en une houle profonde. Le bateau, malgré ses stabilisateurs, se mit à rouler bord sur bord. Les passagers, surpris par la rapidité du changement de temps, abandonnèrent leur place pour descendre à l'intérieur.

Un instant plus tard, réfugiés dans le confort du salon, ils regardaient au travers des vitres le véritable déluge d'eau et de feu qui s'abattait sur le petit navire. Trabeaut les rejoignit et s'installa dans un fauteuil voisin :

« Je viens de la passerelle. Nous allons essuyer un grain. C'est ce que m'a dit le capitaine. Et vous, chère amie, vous sentez-vous bien ?

— Oui, merci, dit simplement Christina. Cependant, je me sentirai vraiment tranquille quand ce diable de Petrov aura signé ses aveux. »

Trabeaut lui sourit :

« Pour une fois, ma chère, je vous ai devancée. Les voici, écrits et signés de sa main. »

Il lui tendit fièrement une lettre pliée.

« Bravo ! s'exclama Christina en prenant le papier.

— Allez-vous le poursuivre en justice ? demanda Trabeaut par simple curiosité.

— Non, celui-là, qu'il aille au diable !

— Voilà qui est bien envoyé ! s'exclama le prof. Pour revenir à notre étude, je me demande s'il n'y a pas comme une malédiction qui plane autour de nos expériences. »

Martin quitta les abords du vitrage pour s'asseoir dans un fauteuil. Il répondit à la pensée du médecin :

« Sans vouloir vous froisser, je crois qu'il vaudrait mieux cesser de jouer avec l'esprit des humains. De vouloir nous manipuler réveille peut-être une force en nous qui se retourne contre les auteurs de cette atteinte à l'intégrité de chacun. »

Christina avait imité son ami et s'était installée sur un canapé.

« Et vous, ma chère, quand pensez-vous ? demanda Trabeaut.

— Pardonnez ma franchise, professeur, mais je vous avoue être assez satisfaite par l'échec de ce qu'il faut bien appeler par son nom : une tentative de manipulation mentale poussée à son extrême. En cas de succès, on pouvait craindre une utilisation abusive de ce procédé. L'homme en général est trop facilement enclin à employer toutes les découvertes mises à sa disposition pour assurer sa position dominante, quitte à traiter ses semblables en esclaves. »

Dargaud, les bras croisés sur sa poitrine, se tenait debout devant l'une des fenêtres. L'air pensif, il écoutait distraitement ses amis. Les mots prononcés par Christina le surprirent désagréablement.

« J'ose espérer que vous ne pensez pas à nous en disant cela ! dit-il en se retournant avec un visage qui exprimait toute son indignation. Je peux vous assurer que ni mon confrère ni moi-même ne poursuivons de but aussi pervers. »

Christina sourit et lui répondit doucement comme pour apaiser sa révolte :

« Non, rassurez-vous, cher ami. Si tous les chercheurs de par le monde savaient d'avance jusqu'où irait l'utilisation de leurs découvertes, je suis certaine que beaucoup en seraient bien malheureux. »

L'arrivée de Barlow mit un terme à leur discussion philosophique.

« Mes amis, j'ai une bonne nouvelle à vous annoncer ! Malgré l'orage que nous venons d'essuyer, nous aborderons l'île Croissant en fin d'après-midi. »

Table des matières

www.ingramcontent.com/pod-product-compliance
Lightning Source LLC
Chambersburg PA
CBHW071156260626
47162CB00003B/1076